古屋 裕一［著］

# 初期
# ヴァルター・ベンヤミンにおける
# 媒質的展開運動

Walter Bendix
Schoenflies Benjamin

北樹出版

初期ヴァルター・ベンヤミンにおける

媒質的展開運動——目次

# 初期ヴァルター・ベンヤミンにおける媒質的展開運動

# 序



本稿は、初期ヴァルター・ベンヤミンの言語論・批評論・アレゴリー論それぞれの基本的構造を明らかにするために書かれたものであるが、より本来的には、これらを〈媒質論〉というベンヤミンの思考型の確立に向かう生成過程として捉え、初期ベンヤミンの諸論文の統一的連関を探ることを目的としている。またそれと同時に、通常後期ベンヤミンの思考媒質と考えられる歴史の概念を、この媒質論そのもののもつ基本的な運動原理として捉え直すことによって、ベンヤミンの思想像の統一的パースペクティヴの可能性を探ることを潜在的な目標として秘めるものである。

ここで考察範囲とする初期とは、ベンヤミンが『ドイツ悲戯曲の根源』を書き上げる一九二五年までの時期を指している。これは、この悲戯曲論の「認識批判的序論」においてベンヤミンの展開する媒質論が初めてまとまった体系的な形で述べられていること、また、一九二六年の『一方通行路』に見られるように、彼がこの悲戯曲論によって大学を追われ著述活動をジャーナリズムの世界に移して以降、歴史の展開する現実の社会生活の場を主な思考媒質とするようになったこと、などによるものであるが、本稿はそこに、ベンヤミンの媒質論の構造の変動を迫るような決定的転機をみるものではない。その意味で、この時期を初期とする区分はあくまでも便宜的なものに過ぎない。さらにまた、ベンヤミンの思考型を〈媒質論〉とする呼称自体もある程度恣意的なものである。「媒質（„Medium“）」という言葉自体は、彼の『言語一般および人間の言語について』（一九一六）および『ドイツロマン派における芸術批評の概念』（一九一九）のなかで、それぞれの主要概念として用いられているものであるが、他の論文では必ずしも使われてはいないのであり、したがってベンヤミンの思考型一般を媒質論と呼ぶ必然性があるわけではない。ただベンヤミンの諸論文には、上記二論文において媒質が果たしているのと同様の機能をもつものが、必ず論述の中心として展開されているのであり、それゆえ本稿ではそれらをとりあえず一括して〈媒質〉という概念のもとに包摂し、そこに媒質論という呼称を与えておいた。この呼称自体はそれ以上のことを意味するものではない。これらのことは、あらかじめ断っておく必要があるだろう。

様々な相貌をもち、それ自体極めて難解なベンヤミンの諸論文のなかから、その統一的連関を探ろうとする行為は、考えただけで憂鬱な作業である。憂鬱は、その作業の困難さゆえに生じるわけではなく、そのような統一的連関を探ろうとする行為自体が、大抵の場合、対象となる事象の無限に豊かな展開可能性を排除し、その魅力を抹殺してしまう不毛な行為となってしまうがゆえに、それは憂鬱なのである。それにもかかわらず本稿がこの不毛性を引き受けているのは、連関の統一性は断片としてのみ意義をもつものであり、事象の無限な展開可能性は不毛性の破壊を通じてのみ開示される、という意識に支えられている。「歴史は凋落の宿駅としてのみ意味をもつ」とすれば、本稿もまたそのような一つの宿駅としてのみ意義をもつのであり、憂鬱はそこにおいてのみ本来性を獲得するはずである。

本稿の構成および略記について簡単に言及しておきたい。構成については以下のようになっている。第一章は、『言語一般および人間の言語について』の読解を通じて初期ベンヤミンの言語論の構造を探るとともに、そのなかから媒質論の本質をなす媒質的展開運動の原形態を提示することを目的としている。第二章の目的は、『ドイツロマン派における芸術批評の概念』から『ゲーテの親和力』に至るベンヤミン自身の批評概念の形成の過程を追うとともに、その間になされる媒質的展開運動の性質の転化を明らかにすることに置かれている。第三章では、『ドイツ悲戯曲の根源』の序論の注釈を通じて、これまでみてきた媒質論の整備された形態を提示するとともに、そのアレゴリー論が根本的に媒質論的構造をもつものであることを明らかにしたい。略記は、その時々に応じて、『言語一般および人間の言語について』を初期言語論、『来たるべき哲学のプログラムについて』をプログラム論、『ドイツロマン派における芸術批評の概念』をロマン派批評論、『神学的政治的断章』を『断章』、『フリードリヒ・ヘルダーリンの二つの詩』をヘルダーリン論、『ゲーテの親和力』を親和力論、『ドイツ悲戯曲の根源』を悲戯曲論と、それぞれ記すことがある。

# 第一章　言語論

この章において目指されるのは、ベンヤミンが一九一六年に書いたとされる論文『言語一般および人間の言語について』を考察することによって、彼の初期の言語論の基本的構造を究明することにある。ただし本章の関心は、この言語論が言語学一般のなかでもつ意義に対して向けられているのではなく、この論文の考察によって、ベンヤミンの一般的な思考特徴としての〈媒質的展開運動〉をできる限り明瞭な形で呈示し、それによって以下の章において彼の他の諸論文を考察する際の手掛かりを手に入れることに重点が置かれている。したがって他の言語学的諸説との比較は、それがこの思考特徴を対比的に際立たせるのに役立つ限りにおいて補足的に触れられるに過ぎない。考察の方法としては、テクストにできるだけ忠実な読解に努めた。ベンヤミンの論述は往々にして難解であり、論究の出発点としてのこのような読解なしには、その論究の立場やそこにおいて引用される用語がベンヤミンのテクストを離れてあいまいなものとなることを避けるためである。ベンヤミンの比較的初期の言語論としては、これ以外に一九二一年に書かれた『翻訳者の使命』があり、彼の言語論を考察する際には欠かせないものであるが、そこにおいては、本稿が悲戯曲論との関係からその重点の転移を問題とする一九一六年の言語論にみられる「名」と「裁く言葉」という人間の言語における媒質的展開運動の二つの傾向は明示されておらず、また、その翻訳という媒質的展開運動はすでに一九一六年の言語論においてその原型は出てきているため、このベンヤミンの思考特徴の呈示を主眼とするこの章においては、主として『言語一般および人間の言語について』を考察の中心に置いた。

## 第一節　媒質としての言語

### 一　「言語一般」：「言語（Sprache）」と「話し手（Sprecher）」との関係

概念・用語が複雑に連関し合ったベンヤミンのテクストについて語り始める困難さを少しでも減少する意味でも、始発点としてはかなり即物的に、テクストのなかから幾つかの基本的なテーゼを抜き出しながら、その読解という形で論を進めてゆきたい。初期言語論の冒頭で「言語一般」について説明するベンヤミンの論述はかなり難解であるが、そこには一つの論証的スタイルが認められるのであり、この論証性を明確にするためにやや結論を先取りするなら、ベンヤミンがここで目指すのは、言語を、彼の言うところの「言語」「言語的本質」「精神的本質」の一致した一元的な「伝達可能性」が自己展開する運動体、すなわち「媒質」として明示することである。しかしながらそれらの最終的一致は留保されたまま、「言語」「言語的本質」「精神的本質」は始めは区別されるべきものとして論が進められていく。

まず始めに、始点として立てられるのは次のテーゼである。

「言語とは、（略）精神的内容の伝達をめざす原理を意味している。[1]」

言語を「精神的内容の伝達をめざす原理」とすることによって、ベンヤミンは言語を人間の音声をもった「言葉（„Wort"）[2]」を越えたあらゆる事物に（つまり「技術、芸術、司法、あるいは宗教[3]」といった「人間の精神表出のあらゆる分野[4]」に、さらには「生命ある自然のなかにも、生命のない自然のなかにも[5]」）妥当する原理へと拡大する。あらゆる事物は「精神的内容」をもち、自らこの「精神的内容」を伝達するのであり、その伝達原理として言語は存在する。したがってまず押さえておかなければならないのは、ここで考察されるのは人間の言語およびあらゆる事物の言語に妥当する「言語一般」であり、その「話し手（Sprecher）[6]」とされるのは人間および事物一般である、ということである。言語は人間の占有物として捉えられているわけではない。このあらゆる事物が「精神的内容」をもつという思考には、事物にその反省領域としての「自己（„Selbst"）」を認めるロマン派との思考的類縁性がすでにみられるが[7]、そこには、事物をそれ以上展開不可能な静的な確固たる実体とみなす見方を退け、そこに潜在的な運動領域の可能性をみようとするベンヤミンの意図がすでに潜んでいる。

次いで彼は、„in“と„durch“という用語によって伝達のあり方に区別を設け、上のテーゼを発展させる。

「精神的本質は自己を言語のなかで（„in“）伝達するのであって、言語を通じて（„durch“）伝達するのではない。[8]」

先の「精神的内容」はここでは「精神的本質」と言い換えられているが、言語を通じて（„durch“）の「精神的本質」の伝達を否定するということは、言語をコミュニケーションの〈手段〉〈道具〉とみなす言語観、すなわち「伝達の手段は言葉であり、伝達の対象は事柄であり、伝達の受け手は人間である[9]」とする「言語のブルジョア的な把え方[10]」の否定を意味している。さらに、言語のなかで（„in“）「精神的本質」は伝達される、とすることによって、伝達の器・形式ないし伝達の〈場〉としての「言語」と、その伝達内容としての「精神的本質」とが、ひとまず区別される。

「言語のなかで自己を伝達するところの精神的本質は、言語それ自体ではなく、言語とは区別されるべき何ものかである。[11]」（傍点著者）

ベンヤミンはさらに、この形式ないし〈場〉としての「言語」とその言語内実としての「言語的本質」とを区別し、この言語に帰属する「言語的本質」が本来的に「話し手」すなわち人間あるいは事物に帰属する「精神的本質」を伝達する、と仮設する。

「精神的本質と、その伝達をこととする言語的本質とのあいだの区別は、言語理論上の研究におけるもっとも根源的な区別である[12]」

ベンヤミンがこのように「言語」と「言語的本質」と「精神的本質」とを区別して捉える理由は、必ずしも明瞭ではない。しかし彼の論述展開から推測するなら、これらはおそらく言語を考察しようとする際に通常考えられる区分、すなわち表現主体としての話し手と表現客体としての言語という区分、およびこの表現客体としての言語においてみられる表現形式と表現内容との区分を念頭において、この表現主体・表現形式・表現内容に近似したものをそれぞれ「精神的本質」「言語」「言語的本質」と呼んでいるように思われる。

では、本来的に言語に帰属する表現内容としての「言語的本質」と、本来的に事物ないし人間に帰属する表現主体としての「精神的本質」との間の関係はどのようなものであるのか。それに対する答えが次のテーゼである。

「精神的本質は、それが伝達可能である限りにおいてのみ、言語的本質と一致する[13]。」

あるいは、

「ある精神的本質において伝達可能なもの、それがこの精神的本質のもつ言語的本質なのである[14]。」

このように定義することによって、「精神的本質」と「言語的本質」は「伝達可能性」を媒介として結びつくことになる。すなわち、「伝達可能性」は「精神的本質」の伝達可能な部分域としてそこに包摂されるとともに、「伝達可能性」と「言語的本質」とは等価な関係にあることになり、「伝達可能性」は「話し手」の「精神的本質」と言語の「言語的本質」の双方に帰属する両義的領域となる。

次いでベンヤミンは「言語」と「言語的本質」との区別を廃棄する。

「すべての言語はおのれ自身を伝達する。[15]」

「もろもろの事物の言語的本質は、それらの事物の言語である。[16]」

テクストのこの部分は論述が錯綜していてかなり解りづらいが、おそらく彼が意図しているのは、後述される「言語流動」という視点から考えるなら、次のようなことであろう。言語とは、決して伝達の確固たる形式ないし〈場〉とその本質的内実とに区分して捉えられるべきものではなく、両者が不可分に一体化した一元的な運動エネルギーの流動体とでもいうべきものであり、この流動体そのものが内実であるとともに伝達の〈場〉を形成する。したがって、この流動体としての言語が自らを伝達するということが意味しているのは、「伝達」というものをこの流動体の未展開な潜在層からこれが展開された顕在層への移行運動として捉えるベンヤミン独自の伝達観である。

「言語はもろもろの事物のもつ言語的本質を伝達する。この本質のもっとも明確な現れは、しかし、言語それ自身なのだ。したがって、言語は何を伝達するかという問いに対する答えに

は、すべての言語はおのれ自身を伝達する、となる。[17]」(傍点著者)

またこのように「言語」と「言語的本質」とを同一視することによって、「言語」は人間および事物の「精神的本質」に残りなく直接に結びつくことになる。なぜなら先程のテーゼにおいて見てきたように、「言語的本質」は「伝達可能性」と等価な関係にあり、この「伝達可能性」は「話し手」の「精神的本質」へと包摂されるものであるのだから。

「もろもろの事物の言語的本質は、それらの事物の言語である。(略)この命題は同語反復ではない。なぜならば、それが意味しているのは、ある精神的本質にあって伝達可能であるものがその精神的本質のもつ言語である、ということなのだから。[18]」(傍点著者)

このように「話し手」の「精神的本質」における「伝達可能なもの」が言語そのものであるならば、〈言語とは精神的本質の伝達をめざす原理である〉という始めのテーゼは、ある一つの条件、すなわち精神的本質とは残りなく伝達可能なものでなければならない、という条件を留保したうえで、〈すべての言語はおのれ自身を伝達する〉というテーゼに残りなく収斂するだろう。このとき言語はもはや「話し手」を表現主体とするような表現客体ではなくなり、このような表現主体としての「話し手」と表現客体としての「言語」の止揚された、一元的な「伝達可能性」という運動エネルギーが未展開な潜在層からそれが展開された顕在層へと移行する流動体、すなわち「もっとも純粋な意味での伝達の〈媒質(„Medium“)[19]〉」となる。「媒質」としての「言語一般」において、このように表現主体としての「話し手」と表現客体としての「言語」が一体化しているということが、伝達の「直接性[20]」ないし「魔法[21]」と呼ばれているものであり、またこのような一体化した在り方が「受動即能動態（„das Mediale“[22]）」と呼ばれているものである。またこの言語の「魔法的」な在り方、媒質的言語における「伝達可能性」のもつ一元性ゆえに、言語は表現主体に制限されることなく、その「伝達可能性」の自己展開の無限性、すなわち「言語の無限性[23]」が保証される。

さて、「言語一般」についてこの段階まで論を進めたところで、ベンヤミンは言語を人間の言語としての命名言語と事物の言語とに区別して捉え、この両者の関係のなかから、〈精神的本質とは残りなく伝達可能なものである〉という、言語を「媒質」として捉える際に先に条件として留保された命題を明らかにしようとする。

## 二　「名」：人間の言語と事物の言語との関係

「言語一般」についてのこのような考察に基づいて、人間の言語と事物の言語との関係を一つの原初的な理論モデルのもとで考えてみよう。「言語一般」が「媒質」として、つまり一元的な「伝達可能性」が自己展開する流動体として捉えられている限り、原初的な状況においては、一方では人間の言語が、未だ展開されない「伝達可能性」の混沌とした流動体として存在し、他方では事物の言語が、同様に未展開な混沌とした流動体として存在する。しかもここで語られる事物とは、一つの確固たる個体として存在するのではない。ベンヤミンによれば、事物は音声によらない「素材的な協同」を通じて互いに伝達しあっている。[24] それゆえ、この「直接的で無限な存在」とされる事物の「共同体」[25]は、事物の言語を個々の事物の個体性を超えた事物全般の「伝達可能性」の不可分な流動体として捉えることを可能にする。したがってここでは、一方では不特定な人間の言語が、未展開な「伝達可能性」の混沌とした流動体として存在し、他方では事物の言語が、事物全体の「伝達可能性」の不可分な連続的流動体として存在していることになる。ベンヤミンはこのように二つの連続的流動体を並置したうえで、両者の間に質的な差異を設ける。

「事物の言語的本質がその事物の言語である。この命題を人間に応用すれば、人間の言語的本質が人間の言語だ、ということになる。すなわち、人間はおのれ自身の精神的本質を人間の言語という形で伝達する、ということである。ところが、人間の言語は言葉となって語り出される。人間は、したがって、すべての事物を名づけることによって、かれ自身の精神的本質を（それが伝達可能なかぎりにおいて）伝達するのである。[26]」（傍点著者）

ここから次の命題が導かれる。

「人間の言語的本質とは、このように、人間が事物に命名することなのである。[27]」

媒質的流動体という意味では人間の言語も事物の言語も等しいものであるが、この二つの未展開な混沌とした連続体のなかから人間および事物が自らを語り出す機能を、ベンヤミンは人間の側にのみ、すなわち、人間の「命名」という音声を伴った「言葉」にのみ認める。「事物には——音声という――純粋な形式原理が機能しない。[28]」事物の言語は沈黙の言語であるがゆえに、その「伝達可能性」を展開し、自らを語り出すことができない。それゆえ事物の言語はそれ自体では未展開な混沌とした「伝達可能性」の連続体のままにとどまる「不完全な」言語であることになる。これに対して人間の言語は音声を伴った「言葉」であり、「命名」という形でその未展開な茫洋と広がる「伝達可能性」のなかから「集中的（„intensiv"）」な志向性をもって自らの語り出し・「叫び（„Ausruf"）」を行い、その「伝達可能性」を展開する。しかし「名」においてはこの「叫び」は同時に、人間の言語の外部にある事物に対する「外伸的な（„extensiv"）」な志向性をもった「呼びかけ（„Anruf"）」となっている。

「名は、しかし、ただひとつ究極の叫び（„Ausruf"）であるだけでなく、言語の本来の呼びかけ（„Anruf"）でもある。それとともに、名のなかに言語の本質法則が姿をあらわす。この法則によれば、自己自身を語り出すことと、すべて他のものに語りかけることは同じことだ。言語――およびそのうちにある精神的本質――は、それが名のなかで、つまり普遍的な命名において語るときにのみ、自己を純粋に語り出すのである。こうして、絶対的に伝達可能な精神的本質としての言語の集中的（„intensiv"）な全体性と、普遍的に伝達する（命名する）本質としての言語の外伸的（„extensiv"）な全体性とは、名において頂点に達するのだ。[29]」

したがって「名」においては、人間は「叫び（„Ausruf"）」という形で自らの「伝達可能性」を展開すると同時に、「呼びかけ（„Anruf"）」という形で自己自身のうちから事物の認識へと到達する。

これは逆に事物の側からみるならば、音声をもたずそれ自体では自らを展開することのできなかった事物は、名づけられることによって初めて自己を人間へと伝達し、この人間の言語において自らの「伝達可能性」を展開することができる、ということになる。「名」において、人間の自己伝達と事物の自己伝達、人間の自己認識と事物の自己認識および人間による事物の認識が同時になされる。すなわち「名」という人間の媒質的言語においては、認識主体と認識客体とが不可分に一体化した、人間と事物の双方の一元的な「伝達可能性」が自己展開してゆくということになる。「言語一般」において、表現主体としての「話し手」と表現客体としての「言語」が一体化しているということが、伝達の「直接性」ないし「魔法」と呼ばれていたとすれば、この「名」における認識主体と認識客体との一体化は、表現主体としての人間（認識主体）と表現客体としての「名」との一体化、および表現主体としての事物（認識客体）と表現客体としての「名」との一体化、この両者の同時進行として捉えられるがゆえに、それは「認識の魔法」[30]ないし認識の「直接性」[31]と呼ばれる。（おそらくこれと同じように、表現主体と表現客体との一体性を表す〈medial（受動即能動的）〉な関係も、この認識主体と認識客体との一体性を表す関係へと拡張しうるものであろう。）そしてこのような一体性をもたらす命名能力は人間に帰属するがゆえに、人間は事物に対する優位性をもつことになる。また、人間の言語と事物の言語との関係をこのように考えることによって、言語を何らかの旧来の慣習によって事物と結びつけられた恣意的な記号であるとする「ブルジョア的言語理論」[32]が退けられるとともに、言葉を事物の本質として事物に帰属させてしまうような「神秘的な言語理論」[33]

も退けられる。

## 三　「翻訳」および「神の言葉」

前段の考察において、「名」は、認識主体と認識客体とが不可分に一体化した、人間と事物の双方に帰属する両義的な「伝達可能性」が、自己を展開してゆく媒質的流動体として捉えられた。したがってここでいう「伝達」とは、この「伝達可能性」という運動エネルギーが、その未展開な潜在層からそれが展開された顕在層へと自らを語り出してゆく移行運動を指しているのであって、言語を手段として、この手段の外部にある伝達の対象と受け手の間でなされるコミュニケーション行為を意味しているのではない。ベンヤミンはこのような、言語を伝達の手段ないし記号とみなし、そこに言語自体の展開可能な領域をみないような「ブルジョア的言語理論」を批判する。「すべての言語はおのれ自身を伝達する。」というテーゼによって表されたこのような媒質的言語の展開運動は、したがって、本質的に「伝達の手段も、対象も、受け手も知らない[34]」のであり、もしそこに受け手というものが考えられるとすれば、それは、この「伝達可能性」の未展開な潜在層が残りなく展開された完全な言語という、媒質的流動体自体の運動の極限値であろう。そしてこの人間と事物の双方の「伝達可能性」を担う「名」という媒質的流動体の極限値は、その完全性ゆえに、「神」の全能に結びつけられて次のように語られる。

「名のなかで人間の精神的本質は自己を神に伝達する。[35]」（傍点著者）

このことが、第一段の「言語一般」の考察において、表現主体としての「話し手」と表現客体としての「言語」との一体性という、言語の「媒質」的在り方を導いてくる際に条件として留保された命題、すなわち〈精神的本質は残りなく伝達可能なものであり、それゆえ精神的本質は言語的本質と一致する〉という命題を導出する、ベンヤミンの次の一節の論理的飛躍を可能にする。

「自己を伝達する精神的本質が絶対的に完全な言語それ自体であるような場所にのみ名は存在し、また、そこには、ただひとつ名しか存在しない。人間言語の相続遺産としての名は、したがって、言語がそのまま人間の精神的本質であることを保証している。[36]」（傍点著者）

この文章を支えているのは、「名」においてのみ、人間と事物の双方に帰属する「伝達可能性」は自己を完全に展開できるのであり、その完全性ゆえに、人間の精神的本質はこの「伝達可能性」が自己展開する流動体としての言語そのものでなければならない、という論旨構造であるが、しかし「名」における「伝達可能性」の展開の完全性は、別に人間の精神的本質がそのまま言語であることを保証しはしない。「伝達可能性」が、「精神的本質は、それが伝達可能である限りにおいてのみ、言語的本質と一致する。」というテーゼから導かれてきたものである以上、その展開の完全性は、せいぜい人間の精神的本質のなかの伝達可能な側面が（たとえそれが事物の完全な認識をもたらすものであるにせよ）完全に展開された、ということにすぎない。したがってこの一節におけるベンヤミンの論理的飛躍を可能にしているのは、「伝達可能性」こそが万能なる「神」に直接結びつくものであり、これこそが人間および事物の神的本質であるとするベンヤミンの形而上学的確信である。あるいはこの形而上学性を離れてみるなら、このテクストは論証のスタイルをとりながらも、その根底にあるのは、伝達可能性こそが人間のおよび事物の精神的本質であるというベンヤミン自身の所信表明であるということになる。次の文は、この確信の表れとしてのみ理解できる。

「精神的本質は、したがって、始めから伝達可能なものとして措定され、あるいはむしろ、まさしく伝達可能性のなかへと措定される。そして、事物の言語的本質は伝達可能な限りでの事物の精神的本質と一致するという正命題は、この命題に含まれる〈限りでの〉という語において同語反覆となる。言語の内容などというものは存在しない。伝達としての言語はある精神的な本質を伝えるのであって、それはとりもなおさず伝達可能性そのものを伝えることなのだ。」[37]（傍点著者）

ベンヤミンはこのような確信にしたがって、言語を、表現主体としての「話し手」と表現客体としての「言語」とが止揚された一元的な「伝達可能性」が自己展開する流動体、すなわち「もっとも純粋な意味での伝達の〈媒質〉」として呈示する。

では、このような確信の根底におかれた「神」とはいかなるものであるのか、またこの「神」と人間の言語および事物の言語との関係はどのようなものであるのか。この点をできるだけ明瞭にするために、「名」における伝達を「翻訳」という概念のものに捉え直してみたい。

「名」において、人間は自らの未展開な「伝達可能性」を語り出すとともに、逆に事物は語りかけられることによって、それ自体では展開し得ない自らの「伝達可能性」を名のなかで展開する。したがって「名」は、人間と事物の双方の「伝達可能性」が止揚された一元的な「伝達可能性」が自らを展開してゆく流動体としてある。しかしながら現実においては、「命名」行為によってこの展開が一挙に成されるわけではない。つまり、ただ一回の「命名」によって未展開な人間の「伝達可能性」と事物の「伝達可能性」とが完全に展開され、人間は事物の完全な認識に到達するというようなことは、現実にはまずありえない。「命名」によっては通常人間と事物の「伝達可能性」の一部が展開されるに過ぎず、人間は事物を不十分な形で認識するに過ぎない。したがって「命名」はこの完全な展開を目指して何度も繰り返されることが要求されるのであり、「名」はつねに自らの「伝達可能性」の未展開な潜在層からこれが展開された顕在層への移行過程にある。この潜在層から顕在層への展開の度合いが、ベンヤミンが「密度」[38]と呼ぶものであって、この度合いによって言語に段階的差異が生じ、諸々の言語が存在することになる。つまり「沈黙する無名の言語」[39]としての事物の言語よりは人間の言語の方が「密度」が高いことになり、また人間の言語においてもこの「密度」の度合いに応じて様々な展開段階の「媒質」・言語が存在することになる。ベンヤミンの言う「翻訳」とは、この「伝達可能性」の展開運動そのものを指す概念である。すなわちそれは一義的には、事物の無名の言語を人間の命名言語のなかに受容することを指しているが、より一般的かつ本質的には、「媒質」としての言語のなかで潜在的な未展開な「伝達可能性」が自らを顕在化してゆく自己展開の度合い＝「密度」によって生じる言語の段階的差異のなかで、低次の言語が高次の言語へと転換・移行してゆくことを表している。

「この概念［＝翻訳という概念：論者註］が豊かな意味を獲得するのは、高次の言語は、（神の言葉を除けば）いずれも他のすべての言語の翻訳と見なされるという洞察においてである。さまざまな密度をもった媒質の関係としてすでに言及した諸言語のあいだの関係とともに、それらの言語間の相互の翻訳可能性が与えられているのである。翻訳とは転換の連続をつうじて一言語を他の言語へと移行させることだ。転換の連続体、非抽象的な合同域と相似域、それらを踏破するのが翻訳なのである。(40)」

このような「翻訳」概念に関連させて、ベンヤミンは「神」ないし「神の言葉」を説明する。上記の一節にみられる「（神の言葉を除けば）」というためらいは、次のような文によって打ち消される。

「ある本質の言語とは媒質であって、そのなかでその精神的本質は自己を伝える。中断することのないこの伝達の流れが、自然全体をつうじて、もっとも低い実在から人間にいたるまで、そして人間から神へと流れているのだ。(41)」

「高次の言語はすべて低次の言語の翻訳であり、この翻訳という移行運動は、神の言葉が究極的な明晰さのうちに展開されるときまで続けられる。神の言葉は、この言語流動の統一体に他ならない。(42)」

媒質的言語とは、表現主体と表現客体とが一体化した運動エネルギーとしての「伝達可能性」が、未展開な潜在層からそれが展開された顕在層へと移行してゆく流動体であり、この「伝達」の流れは、沈黙する事物の言語から「命名」を通じて人間の言語へ、そして人間の言語における様々な展開段階を経て、「神の言葉」へと通じてゆく。事物の言語と人間の言語と「神の言葉」との間には連続的な言語の流れがあり、そこには質的相違性・断絶はみられない。そして「神の言葉は、この言語流動の統一体に他ならない。」とベンヤミンが言うとき、おそらく彼の脳裏にある「神の言葉」のイメージは、人間および事物において「伝達可能性」という運動エネルギーとして現れるような、無限な総体的エネルギー体であろう。（これは「暴力（„Gewalt")」と言うこともできるだろう。これと『暴力批判論』との関連は次章で述べる。）つまり、人間の言語も事物の言語も（したがって表現客体・即・表現主体という〈medial〉な関係から、人間も事物も）この総体的なエネルギー体としての「神の言葉」の一つの現れなのであり、それゆえに人間および事物の言語と「神の言葉」との間には質的断絶は存在しない。人間と事物の双方の「伝達可能性」を担った「名」における一元的な「伝達可能性」が、自らを完全に展開することによって、人間および事物の言語は自らの神性を自覚するのである。——もちろん、この運動エネルギーとしての人間および事物の言語の「伝達可能性」の総体がそのまま「神の言葉」であるわけではない。「言語一般」を考察した際にみてきたように、媒質的言語は、表現主体に制限されることなく、その〈medial〉な一元的「伝達可能性」を自己展開する無限性、すなわち「言語の無限性」を秘めているが、総体的なエネルギー体として「無限な言語[43]」である「神の言葉」に対しては、人間および事物の言語の「伝達可能性」は、その一つの現れとして「有限な言語[44]」にとどまらざるを得ない。つまり、「神の言葉」は無限な潜勢的エネルギーとして存在するのであり、人間および事物の言語の「伝達可能性」はこの無限な潜勢層からの有限なる顕現としてのみ存在する。媒質的言語の無限性とは、この潜勢層と顕現層といういわば垂直方向の二元論（これは位相論的な意味での二元論であり、質的には共に神的エネルギー領域として等質なものである。）に対して、この顕現層にのみ次元を限って考察する場合、「伝達可能性」はその未展開な潜在層からそれが展開された顕在層へと向かう水平方向での運動の無限性をもつ、ということに過ぎない。――さらにまた、この無限なエネルギー体が潜勢層から顕現層へと移行してゆくのは、潜勢層における「神の言葉」にのみ認められる能力であって、人間の「有限な言語」に対しては認められてはいない。人間の言語における「伝達可能性」の「神」への「伝達」、「神の言葉」に向かう流れとは、人間の「名」における「伝達可能性」が、自らを完全に展開することによって、自らが「神の言葉」の顕現であることを自覚するということであって、有限なる人間の言語自体がそのまま潜勢層にある「神の言葉」のなかに流れ込み、これを展開・顕現させるというわけではない。それゆえに、先ほどこの「伝達可能性」の展開運動を示す「翻訳」という概念を考察する際にベンヤミンがみせたためらい、すなわち「(神の言葉を除けば)」高次の言語は低次の言語の翻訳と見なされうるとして、「神の言葉」を「翻訳」という「伝達可能性」の展開運動のなかに組み入れることを躊躇する姿勢が生じることになる。ただし、潜勢層にある「神の言葉」というエネルギー体が自発的に顕現層へと流入してくる限り、人間の言語の「伝達可能性」は垂直方向へも無限に展開運動の射程を延ばすことができるのであり、それは「神の言葉が究極的な明晰さのうちに展開されるときまで続けられる」ことになる。

以上のような「神の言葉」と人間および事物の言語との関係を、ベンヤミンは聖書のイメージを借りて具体的に語っているのであるが、その考察は次節にまわし、ここではベンヤミンの言う「啓示の概念」(45)についてやや補足的に見ておきたい。というのは、この「啓示の概念」も人間の言語と「神の言葉」との関連のうちに捉えられるものであるが、その説明の際に用いられる「言表的でないものでありかつ言表されていないもの」と、この潜勢層にある「神の言葉」との混同を避けるためである。さらにまた、そこにはのちの悲戯曲論における象徴概念批判とアレゴリー的急転の発想の微かな萌芽が見られるのであり、その点も考察の興味を向ける遠因となっている。

「啓示の概念」を展開する際に、ベンヤミンは次のような言語の説明から始める。

「すべての言語的形成の内側には、言表されたものでありかつ言表的なものと、言表的でないものでありかつ言表されていないものとの相剋が存在している。(„Innerhalb aller sprachlichen Gestaltung waltet der Widerstreit des Ausgesprochenen und Aussprechlichen mit dem Unaussprechlichen und Unausgesprochenen.“)(46)」

ここで述べられている「言表されたものでありかつ言表的なもの」と「言表的でないものでありかつ言表されていないもの」という区分は、媒質的言語における「伝達可能性」の未展開な潜在層とそれが展開された顕在層との間の区分を示している。媒質的言語においては、表現主体としての「話し手」の「精神的本質」と表現客体としての「言語」の「言語的本質」とが一体化しているがゆえに、ベンヤミンは「精神的本質」と「言語的本質」との二重の視点から、前者の潜在層を「言表的でないもの（„das Unaussprechliche"）」、顕在層を「言表的なもの（„das Aussprechliche"）」とし、後者の潜在層を「言表されていないもの（„das Unausgesprochene"）」、顕在層を「言表されたもの（„das Ausgesprochene"）」として表すのである。ところで、「啓示の概念が言語の不可侵性というものを、言葉のなかで自己を語り出す精神的本質の神性を条件づけ特徴づける唯一の、しかも十分な特性と見なすとき、」一般的な啓示の捉え方によれば、この神性に通じる究極的な「精神的本質」は、潜在層の「言表的でないもの」のもとにある、とされる。すなわち「言語的本質」における「言表されたもの」が、それとは根本的に分離した「精神的本質」の潜在層である神的な「言表的でないもの」を象徴的に表現するのであり、この象徴性が「言表されたもの」の不可侵性を保証する、とされる。このような啓示の捉え方においては、言語は「精神的本質」に帰属する神的な「言表的でないもの」の単なる象徴的記号となっており、言語の展開可能性が奪われると同時に、言語の神性自体も、言語と〈medial〉な一体性をもたない「精神的本質」における「言表的でないもの」のなかに吸収されてしまう。これに対して「媒質」としての言語においては、「伝達可能性」の潜在層から顕在層への展開の度合いに応じて、等級的な段階づけがなされるのであり、しかもそこにおいて「言語的本質」と「精神的本質」とが一体化しているのであれば、究極的な「精神的本質」とは、「伝達可能性」の未展開な潜在層が残りなく展開し顕在化したもの、もはや「言表的でないもの」をもたない、いわば「究極的に言表的なもの（„das Aussprechlichste"）」と呼びうるようなものであり、これがそのまま究極的な言語的本質、もはや「言表されていないもの」をもたない「究極的に言表されたもの（„das Ausgesprochenste"）」であることになる。

「精神は深くなればなるほど、すなわち、実在し現実的なものとなればなるほど、言表的なものでありかつ言表されたものとなる。（略）その結果、言語的にもっとも実在し、もっとも確定された表現、言語的にもっとも含蓄が深く、もっとも動かしがたいもの、一言でいえば究極的に言表されたものが同時に、純粋で精神的なものなのである。[47]」

したがって啓示の概念における「言語の不可侵性[48]」によって表されるのは、一般に考えられているような〈言いあらわしえないもの〉などでは決してなく、残りなく言葉にあらわされるような究極的な「精神的本質」の神性である、ということになる。誤解を少なくするためにベンヤミンの用語に従って解読したため、やや煩雑になったが、要するにベンヤミンの言う「啓示」とは、まず、それ自体は「伝達不可能なもの」として存在する潜勢層における「神の言葉」が、「伝達可能性」として顕現層に現れることであり、その上で、この顕現層において「伝達可能性」が未展開な潜在層からそれが展開された顕在層へと移行してゆくことによって、その展開の極限値において「神の言葉」の現れとしての自らの神性を自覚する、ということである。したがって、「啓示」の本質は言いあらわしえないものなどではなく、残りなく言葉にあらわされるものであるといっても、それはこの顕現層にある「伝達可能性」が残りなく展開されるということを意味しているのであって、「伝達不可能なもの」である潜勢層の「神の言葉」が残りなく言葉にあらわされるということではない。ただし、先に述べたように、潜勢層にある「神の言葉」というエネルギー体が「伝達可能性」として自発的に顕現層へと流入してくる限りでは、人間の言語はこの「神の言葉」という潜勢的エネルギーを無限に展開し、言葉にあらわしうる可能性をもつ。しかし、この無限なエネルギー体の潜勢層から顕現層への移行は、潜勢層における「神の言葉」にのみ認められる能力であって、人間の「有限な言語」に対して認められるものではないのである。――ところで、ベンヤミンの構想する人間の言語と「神の言葉」との関係は、このような「言語流動」という言語観によって汲み尽くされるものではない。ベンヤミンは、すでにみてきたように、言語を言表し得ない神的本質の象徴的記号とするような啓示の捉え方を批判した。それはこのような啓示観が、言語自体のもつ潜在的な「伝達可能性」を否定し、言語からその展開可能性を奪い取るものであると同時に、この展開の極限値において「神の言葉」の現れとして自覚される言語自体のもつ神性も、このような啓示観においては、言語の外部に想定される神的本質のなかに吸収され、言語はたんなる記号に過ぎないものとなってしまうからである。しかし、このような象徴的啓示観のもつ弊害を取り除き、「言語流動」という言語の媒質的展開運動を明示したうえで、ベンヤミンは再びこの象徴概念を導入する。

「言語はいかなる場合にあっても、伝達可能なものの伝達だけにとどまらず、同時に、伝達不可能なものの象徴でもある。(49)」

つまり、顕現層における「伝達可能性」の未展開な潜在層からそれが展開された顕在層への自己展開という言語の媒質的展開運動そのものが、同時に潜勢層において「伝達不可能なもの」としてある「神の言葉」を象徴する、とされる。ベンヤミンがこのような象徴概念を（啓示にみられるような通常の象徴概念を否定したうえで）再び導入するのは、言語のバベル的堕落状況において人間の言語と「神の言葉」とが結びつく希望を見い出したいためであり、おそらくそれはのちの『ドイツ悲戯曲の根源』における「一回限りの急転（„*ein* Umschwung"）」、「美しいラストシーン（神格化）（„Apotheose"）」へとつながってゆくものと思われるが、ここでは人間の言語と「神の言葉」との間にこのような象徴関係が想定されている、ということを指摘するだけにとどめておく。

## 四　補

本稿の目的は、ベンヤミンの言語論において見られた以上のような媒質的展開運動が、彼の他の諸論文に対してもつその基本的構造の妥当性、およびそのなかでのこの展開運動の性質の転移を明示することにある。したがって、言語において考察された彼のこのような媒質的展開運動が言語学一般および諸々の思想傾向のなかでもつ意義に対しては、本稿の関心は向けられてはいない。しかしながら、この媒質的展開運動というベンヤミンの思考特徴の輪郭を際立たせるという意味では、このような対比的考察に言及することもけっして無駄ではないだろう。ここでは補足的にごく大雑把にではあるが、そのような考察に触れておく。

言語を「媒質」と捉える上記のようなベンヤミンの言語観とソシュールの言語論との類似点は、すでに幾人かの研究者によって指摘されている。[50] その際、特に注視されるのは、ベンヤミンの「命名」とソシュールの「分節」との類似性、および〈言語名称目録観〉的言語観に対する両者に共通する否定的態度である。

両者の言語論を比較する前に、一応ソシュールの言語論について確認しておこう。[51] ソシュールに端を発する構造主義が認識論において決定的転機をもたらした理由は、その〈実体論から関係論への転換〉という構図のなかに求められる。すなわち、人間の意識も事物の世界も、決してアプリオリな確固とした概念や個物によって構成される実体的秩序としてあるのではなく、人間的事実の一切は恣意性・差異性・共時性を特徴とする共同幻想的構造の織り成す関係の網の目としてある、という基本認識が構造主義を特徴づけている。したがってソシュールの言語論においては、このような実体論的要素主義に基づく言語観、すなわち〈言語命名論〉ないし〈言語名称目録観〉は批判される。〈言語名称目録観〉とは、概念なり事物なりが言葉を知る以前からアプリオリな実体として実在し、言葉はこれらの既成の概念や事物を名づけ、代行・再現する記号であるとする言語観である。これは一方では言語を自然的事物の因果法則の反映とみなす経験主義、他方では言語を人間の意識のアプリオリな超越論的構造ないし〈純粋概念〉の反映とみなす主知主義の双方の根底に共通してみられる言語観といえる。ソシュールはこのような言葉を既成の確固とした概念や事物を再現する〈記号〉〈手段〉とみなす言語観、およびその背後にある実体論的要素主義を否定し、人間の意識も事物の世界も恣意的・差異的・共時的な言語構造＝ラングの産物に過ぎないとする関係論的構造主義の立場をとる。すなわち自然言語についてみるならば、人間において言語以前に現実としてあるのは、一方では人間によって発声可能な物理音の未分化な連続体であり、他方では人間によって体験可能な心理的現実、すなわち、人間の原－意識としての、事物として分節される以前の混沌とした世界像の連続体である。人間が普遍的にもつ潜在的な言語能力としてのランガージュは、この物理音と観念の二つの連続的な〈実質〉層に対して、〈形相〉としてのラングの網目を投影することによって、この二層を同時に分節し、不連続化（差異化）する。したがって言語以前のアプリオリな実体は、観念の側にも物質の側にもなく、ランガージュによって構成された構造としてのラングが、これらを単位へと分節する。すなわち、物理音のイメージと世界像のイメージとが不可分に一体化した、ラングの網目である〈形相〉としてのシーニュを通じて、その〈実質〉をなす分節された物理音は、同様に分節された観念と結びつき、一つの発話的言語単位をなす。したがって、物理音の分節化と同時に観念も分節されるのであるが、この観念の分節化は、一方では事物として分節される以前の混沌とした世界像の連続体の分節化であり、また同時に他方では、人間の原－意識の連続体の分節化でもある。音声の分節化とともに、この二つの連続体の分節化は同時になされる。すなわち「世界が差異化されると同時に、主体の意識の方も同時に差異化される」(52)。

このようなソシュールの言語論は、これまで考察してきたベンヤミンの言語論と興味深い対応性を示している。両者に共通しているのは、主知主義、経験主義のいずれにもみられる〈言語名称目録観〉、およびその根底にある実体論的要素主義を否定する態度である。ベンヤミンのいう事物の「命名」とは、人間の意識における実体論的諸要素としての〈純粋概念〉の織り成す超越論的構造を事物の世界へと投影するものでもなければ、逆に、同じく実体論的諸要素としての事物によって構成される自然の潜在構造を人間の意識のなかに反映させるものでもなかった。すでにみてきたように、ベンヤミンは「伝達の手段は言葉であり、伝達の対象は事柄であり、伝達の受け手は人間である」とする「言語のブルジョア的把え方」、すなわち、伝達の対象なり受け手なりを言葉に先行する実体的アトムと考え、それを写し取り伝える〈手段〉ないし〈記号〉として言葉を捉える言語観を批判していた。ベンヤミンの言語論においても「命名」行為に先立つ実体的諸要素は存在していない。「命名」以前にあるのは、一方では人間の言語の、したがって人間の「精神的本質」の、未展開な「伝達可能性」という混沌とした潜在的流動体であり、他方では「素材的な共同」を通じて互いに不可分に連なり合った、表現主体としての事物の存在そのものであるような事物の言語の、同様に未展開な「伝達可能性」の潜在的流動体である。上記のソシュールの言語論において、ラングの網目の投影を通じて、音声の分節化とともに観念領域における二重の連続体、すなわち未分化な事物の世界像の連続体と人間の原‐意識の連続体が同時に差異化され分節化されたように、ベンヤミンの言語論においても、「命名」を通じて、「叫び（„Ausruf"）」‐「呼びかけ（„Anruf"）」という分節された発話とともに、二つの未展開な連続的流動体、すなわち事物の「共同体」の潜在的な「伝達可能性」と人間の潜在的な「伝達可能性」が、それぞれ同時に自らを語り出し、顕在化する。ベンヤミンは「言語流動」という立場に立ち、構造論的視点は（少なくともこの論文には）明瞭には見られないが、このようなそれ自体は未分化な連続体である人間の意識と事物の世界が、「命名」によって自らを語り出し顕在するという点で、「命名」と「分節」にはある対応関係がみられる。この対応性のもとに、「命名」能力をもった人間の「伝達可能性」という運動エネルギーを人間の潜在的能力としてのランガージュに、「名」におけるこの「伝達可能性」の顕在態をランガージュが顕在化した構造としてのラングに、また〈Ausruf-Anruf〉という発話行為をパロールに対比させてみることも、おそらく可能であろう。

ところで、ベンヤミンの「言語流動」という言語観自体のなかにも、ソシュールの言語論とのある種の対応関係をみることができる。ソシュールの言語論は、単に静態的分析方法としての狭義の構造主義、ソシュールのいう「静態言語論」にとどまるものではなく、「動態言語論」という一つの運動相へと向かうものであり、この運動はラングとパロールとの弁証法的な相互依存関係のなかに求められた。すなわち一方では、ラングは実践的惰性態として個人のパロールを規制し、パロールはこの既制のラングの個人における実質的現れとしての具体的物質的発話に過ぎないものであるが、他方では、パロールは全く個人的な知識と意志に基づきながらディスクールという実践を通じて社会関係を樹立し、ラングに働きかけてこれを変革し再布置化する。そしてこの再布置化されたラングが惰性化すると再び個人のパロールを規制するようになり、それと同時にパロールは再びこのラングの変革を目指す。このような「シーシュポスの状況(53)」として、ラングとパロールは永続的な循環運動を繰り広げる。ソシュールのいうランガージュとは、人間に普遍的に潜在する言語能力であると同時に、このラングとパロールの弁証法的な言語活動そのものを指す用語である。このようなソシュールの動態的言語論を、ベンヤミンの「言語流動」ないし「翻訳」という概念と対比させてみよう。すでにみてきたように、「言語流動」とは、沈黙する事物の言語から「命名」を通じて人間の言語へ、そしてこの人間の言語から「神の言葉」へと向かう言語そのものの移行運動を指しており、「翻訳」もまた、この低次の言語から高次の言語へ向かう転換・移行運動を表す概念であった。しかしその際注意しなければならないのは、この言語の流れは、それぞれ個別領域としての事物の言語から人間の言語へ、そして人間の言語から「神の言葉」へと順を追って進んでゆくわけではないということである。事物の言語から人間の言語へと向かう言語の流れとは、事物が人間によって名づけられることによって、「名」において自らの未展開な「伝達可能性」を展開することであるが、しかしこの同じ「名」において、人間もまた自らの未展開な「伝達可能性」を展開する。すなわち「名」において人間の自己伝達と事物の自己伝達は同時になされるのであり、「名」という人間の媒質的言語においては、認識主体と認識客体とが不可分に一体化した、人間と事物の双方の一元的な「伝達可能性」が自己展開してゆくということになる。しかもこの言語が「神の言葉」に向かって流れてゆくとは、「伝達不可能なもの」として潜勢層にある「神の言葉」へと流動してゆくということではなく、「名」における「伝達可能性」が自らを完全に展開することによって、自らが「神の言葉」の顕現であることを自覚するということであった。したがって「言語流動」とは本質的に、人間と事物の双方の「伝達可能性」を担った「名」における一元的な「伝達可能性」が、その未展開な潜在層からそれが展開された顕在層へと、自らの完全な展開を目指して無限に移行してゆく、ということを意味している。すでにみてきたように、この顕在化へと向かう展開運動は、「命名」によって一挙に達成されるわけではなかった。つまり、ただ一回の「命名」によって未展開な人間の「伝達可能性」と事物の「伝達可能性」とが完全に展開され、人間は事物の完全な認識に到達するとともに自らの神性を自覚する、というようなことは現実にはまずありえないのであり、通常は「命名」によっては人間と事物の「伝達可能性」の一部が展開されるに過ぎず、人間は事物を不十分な形で認識するのに過ぎない。したがって「命名」はこの完全な展開を目指して何度も繰り返されることが要求されるのであり、「名」はつねに自らの「伝達可能性」の未展開な潜在層からこれが展開された顕在層への移行過程にある。そしてこの潜在層から顕在層への移行の度合いによって言語に段階的差異が生じ、この段階的転換・移行運動が「翻訳」という概念のもとで捉えられたのであった。すでにソシュールの言語論との対応関係において、この「名」における「伝達可能性」が人間の潜在的な言語能力としてのランガージュに、また「命名」によってこの潜在的な「伝達可能性」が顕在化したものがランガージュの顕在構造としてのラングに対比しうること、しかもこの「命名」による顕在化は、それぞれ未分化な連続体のままにとどまる人間の「伝達可能性」と事物の「伝達可能性」の同時的な顕在化・認識化であり、これがラングの網目の投影による人間の意識と事物の世界像の同時的な分節化と対比しうることはすでに指摘しておいた。したがってベンヤミンのいう「言語流動」が、人間と事物の双方の「伝達可能性」を担った「名」における一元的な「伝達可能性」がその未展開な潜在層からそれが展開された顕在層へと向かう移行運動を指すものであり、しかもこの移行運動は、「命名」が何度も繰り返されることによって段階的に進展してゆくものであるとすれば、この「命名」の反復による段階的進展をラングとパロールの弁証法的な永続的止揚運動に対比させ、「名」の「伝達可能性」の潜在層から顕在層への移行を、ラングの永続的な差異化・再布置化として捉えることも可能であろう。すなわち、この「名」における「伝達可能性」の展開運動、ベンヤミンの思考特徴としての媒質的展開運動そのものが、永続的な差異化活動としてのランガージュに対比しうるものである。おそらくこのことが、ポスト・モダンの思想運動の担い手の一人とされるJ・デリダがそのベンヤミン論[54]において、彼の言語論に興味を向ける根本的な理由であるように思われる。構造としてのラングとこの構造の外部にあってこれを変革する潜在的エネルギー（人間の潜在的言語能力であるランガージュ）の現れとしてのパロールという二項対立を、この両者の弁証法的運動相そのものの視点から捉え直すとき、デリダのいう「差延」が生じる。

「……ラングとパロール、コードとメッセージの分離とこの分離にともなう事態に先立って、差異の体系的な産出を、差異の体系の産出を――差延を認めなければならない[55]。」

この構造とその変革エネルギーという二項対立に先立ち、それを〈効果〉[56]として派生させる原－エネルギーの運動体、ソシュールにおいては「二項対立の弁証法を包みこんだ、〈力動的一元論〉[57]」として捉えられるような永続的な差異化活動（＝「差異の戯れ」）であるランガージュが、ベンヤミンの「伝達可能性」という運動エネルギーの展開運動と対比可能であるがゆえに、この展開における段階的転換・移行運動としての「翻訳」が、「全世界的言語の脱構築[58]」という状況において働く必然的な運動機能として、デリダの注意を引くことになる。

さて、以上のような対比的考察においてこれまで故意に無視してきたが、言語を「媒質」と捉えるベンヤミンの言語論のなかには、このようなソシュールやデリダとの対比を安易に許さない、一つの決定的要因があった。すなわちそれは、この媒質的展開運動が恣意的なものではなく、「神の言葉」へと向かう志向性をもつということである。たとえこの志向性が、「伝達不可能なもの」として潜勢層にある「神の言葉」への志向を意味するのではなく、この潜勢的な「神の言葉」の顕現としての自らの神性の自覚を意味しているにしても、この神性の自覚は無限な潜勢的エネルギーとしての「神の言葉」に対する「伝達可能性」の有限性の自覚としてもたらされる。つまり、「伝達可能性」の展開運動は、その未展開な潜在層が完全に展開されることによって自らが潜勢的な「神の言葉」の顕現として自覚されるような、自らの極限値をもつのであり、媒質的展開運動はこの自らの極限値に向かう志向性をもつ。この志向性ゆえに、媒質的展開運動の展開の度合いが「密度」と呼ばれたのであり、この度合いに応じて言語に等級的差異が生じ、諸々の言語が存在するとされたのであった。ベンヤミンのいう「翻訳」とは、恣意性に基づく等価性をもった諸言語の間でなされるものではなく、展開の度合いに応じた価値的序列をもつ「低次の言語」から「高次の言語」に向かってなされるものである。この媒質的言語の展開運動の極限値は、「完全に認識する言語」としての「楽園の言語」という聖書のイメージのもとに語られているが、それが実際にどのようなものであるかは、必ずしも明瞭ではない。しかしベンヤミンのその後の言語論の展開を考えるなら、それは主客相関の廃棄された媒質的中立領域としての歴史内実の真なるカテゴリー表を構成するような「諸秩序の一般的教学[59]」（『来たるべき哲学のプログラム』）であると同時に、「個々の言語のたがいに補完的な志向の総体によってのみ達成されうるもの、すなわち純粋言語[60]」（『翻訳者の使命』）であるようなある根源構造、すなわち、主体・客体・言語が〈medial〉に一体化した、おそらくロゴスという言葉にのみ許されうる、人間の超越論的（„transzendental"）な意識構造ないし実存疇的（„existenzial"）な存在構造であると同時に、存在者一般および言語の本質的潜在構造であるような、ある絶対的構造へと収斂してゆく何ものかであろう。この意味でベンヤミンは、彼が一度は否定した実体論的要素（単位）主義、ロゴス中心主義へと再び回帰しているようにみえる。しかしながら事態を錯綜させているのは、この媒質的展開運動の極限値は、「伝達不可能なもの」としての無限な「神の言葉」に対する「伝達可能性」の有限性の自覚、ないしはこの展開運動の理念的理想としてのみ想定しうるものであって、現実の展開運動においては言語にはその「伝達可能性」の自己展開の無限性、すなわち「言語の無限性」が保証されているという事実である。この言語運動としての「翻訳」について、『翻訳者の使命』では次のように語られている。

「このことはもちろん、あらゆる翻訳は諸言語の異質性に対処するひとつのともかくも暫定的な方法にすぎないという事実の承認を含んでいる。この異質性の一時的暫定的な解決とは別様な解決、瞬間的最終的な解決は人間には閉ざされている、あるいは、いずれにせよそれは直接には求められえない。[61]」

つまり言語は現実の展開運動においては、その潜在層から顕在層へと向かう一時的暫定的な移行段階にとどまらざるをえないのであり、決してその極限値に到達することはない。そしてこのことから帰結する決定的事実は、この媒質的展開運動の価値的序列を定めるようないかなる判定基準も現実には存在しない、ということである。このことが先に否定されるかにみえたベンヤミンとデリダとの対比を再び可能にする。デリダがそのベンヤミン論のなかで展開するのは、「バベル」という語において認められるような翻訳の必然性と不可能性というダブル・バインド的状況である。つまり、言語的混乱のなかで翻訳は必然的になされねばならないが、固有名においてみられるように言葉を完全に一つの統一的なラングのなかに翻訳することは不可能なのであり、翻訳は自らの翻訳段階を終点としてそこにとどまることはできない。ここから導出されるのは、各翻訳段階を派生的〈効果〉とするような、「翻訳」という終わりなき永続的運動体である。おそらくベンヤミンにおける媒質的展開運動の極限値とは、現実の展開相においては、個々の展開段階にとどまることを禁ずることによって、逆説的に展開運動の無限性を保証するような運動原理として機能するものであるように思われる。

補説が長くなったが、以上のような考察によって、本節が叙述の目的とするベンヤミンの媒質的展開運動の輪郭はほぼ呈示された。その基本的特徴は章末に記すとして、次節では、聖書のイメージを借りて語られるこの媒質的言語の純粋形姿およびその現状説明についてみていきたい。その際考察の重点が置かれるのは、バロック論のアレゴリー概念と密接な関連をもつ、この媒質的展開運動の堕落形態としての「裁く言葉」「判決」についてである。

## 第二節　言語の純粋形姿とその現状

### 一　言語の純粋形姿

ベンヤミンは前節においてみてきた、人間の言語と事物の言語の双方の「伝達可能性」を担った「名」の媒質的展開運動の極限値、およびこの境界領域に現れる「神の言葉」の形姿を、聖書の創世紀第一章のイメージのもとに言語起源論的に説明する。もちろんこれは、聖書の内容に、この言語の展開運動を基礎づける前提としての権威を認めるということを意味するのではなく、逆にこの展開運動の終極的極限値としての言語の根源形姿、およびそこから始源に要請される言語のあり方が、聖書のイメージを借りて語られるのである。

「伝達不可能」な総体的エネルギー体として潜勢層にある「神の言葉」が、「伝達可能性」という原―運動エネルギーとして顕現層に流出すること、このことがベンヤミンのいう神的「創造」に他ならない。したがって人間も事物も、この潜勢的な総体的エネルギーの顕現として創造され、存在する。しかし人間は事物を命名し認識するという意味で、事物に対する優位性を与えられていたのであり、この潜勢エネルギーの顕現化の方法には人間と事物とでは何らかの相違があると考えられる。この辺の事情を、ベンヤミンは聖書のイメージのもとに巧みに説明する。まず神の言葉と事物との関係についてみてみよう。創世紀においては、神は言葉によって事物を創造すると同時に、言葉によって事物に命名しこれを認識した。神は言葉によって事物を造り、名づけ、よしとされたのである。すなわち、この潜勢エネルギーの顕現化という創造状況においては、事物の「伝達可能性」は顕現と同時に完全に顕在化し命名されている。この〈顕現〉と〈命名〉、創造する言葉と認識する名とは、神による事物の創造においては一致している。この事物の創造状況における神の言葉のもつ創造と認識との一体性のゆえに、事物は創造後の世界において、それらの名において認識可能なものとなるのである。これに対して、神は人間を、事物とは異なり、言葉によって創造したのでもなければ、人間を命名もしなかった。神は人間を自らの姿に似せて創ったのであり、自らの言葉を人間に授けたのである。そうすることによって、神は初めてその創造の手を休めた。この神の潜勢的エネルギーの流出停止に伴って成立する創造後の世界において、人間と事物の双方にある変化が生じる。すなわち、事物の側においては、創造と命名とが一体化していた創造状況においてのみ名を与えられ顕在化していた事物の言語が、潜在化し、名を萌芽として孕んだ「沈黙する無名の言語」となる。また人間の側では、創造し認識する神の言葉を授けられたにもかかわらず、この潜勢的エネルギーの流出停止とともに、この言葉のもつ創造的な機能は停止し、それは命名し認識する機能のみを担う言葉となる。したがって、創造し認識する神の言葉の「絶対的無限性[1]」に対しては、人間の言語の認識の無限性は、つねに制限されたものであるに過ぎないことになる。すなわちすでに述べたように、流出の自発性をもった潜勢的エネルギー体として「無限な言語」である「神の言葉」に対しては、人間の言語はこの無限な潜勢層からの顕現としての「有限な言語」にとどまらざるを得ないのであり、「名」における認識の無限性とは、この潜勢層と顕現層といういわば垂直方向の二元論に対して、この顕現層にのみ次元を限って考察する場合、事物の認識可能性を担った「名」における「伝達可能性」はその未展開な潜在層からそれが展開された顕在層へと向かう水平方向での運動の無限性をもつ、ということに過ぎないのである。ただし、ただ一つだけ、人間の「有限な言語」の方から自発的にこの潜勢層へと流入し、創造し認識する神の「無限な言語」に限りなく近づく場合がある。すなわち、「人間の固有名」においては、人間は新生児を創造すると同時にこれを命名し認識するのであり、「固有名とは、神の創造者としての言葉と人間との協同に他ならない[2]。」（傍点著者）このように創造後の世界においては、人間は（人間の固有名を除いて）神から創造機能の停止した命名・認識機能のみを担う言葉を授かるのであり、またこのとき同時に事物は、この認識する名を潜在的に秘めた「沈黙する無言の言語」をもつことになる。したがって、この創造後の世界において、事物の不完全な「沈黙する無名の言語」を命名することによって完全な認識へともたらすことが、人間に与えられた課題となるのであり、このことが人間の事物に対する認識者としての優位性を基礎づける。この課題が完全に達成され、ただ一度の命名によって人間が事物を完全に認識するのは、創造後の始源の世界の言語、すなわち「楽園の言語」[3]においてである。「楽園の言語」は「完全に認識する言語」[4]であり、この創世紀に現れる人間の言語の純粋形姿のイメージのもとに、ベンヤミンは事物と人間の双方の「伝達可能性」を担った「名」における一元的な「伝達可能性」の展開運動の極限値を描いてみせるのである。そしてこの「伝達可能性」が完全に顕在化した極限値における人間の言語と事物の言語との認識的一致を保証し、しかもこの運動エネルギーとしての人間と事物の「伝達可能性」を現出させるものとして、無限なエネルギー総体の存在が始源に要請されるのであり、これをベンヤミンは創世紀における神の世界創造のイメージのもとに語るのである。したがってここで語られている「神」は、聖書的な、キリスト教神学的な神である必要はかならずしもない。ただ注意すべきことは、この始源に要請された、「神の言葉」として表されるような神的エネルギーの存在、およびそれによって保証され、この神的エネルギーの顕現として自覚されるような極限値の存在が、「名」における媒質的展開運動の積極的意義を支えているということである。この神的存在は論理的には始源に要請されているのであるが、実際には、ベンヤミンは信仰的確信をもってこの神的存在を始源に措定している。（ここから生じる論理的破綻は、例えば「伝達可能性」と「精神的本質」とを同一視しようとする際の論理の飛躍としてすでにみてきた。）したがって、この確信が揺らぎ、言語流動における「神の言葉」との直接的な結びつきが疑われるとき、媒質的展開運動の性質自体も変化してくることになるだろう。このことは次章以下において考察する。

## 二　言語の現状

言語の現状を考えるとき、上記の「楽園の言語」のイメージのもとで捉えられるような人間の「直観」にもとづく事物の完全な命名・認識が行われているとは決して言えないであろう。言語は現状においては多様な混乱を呈しており、そこでは言語は事物との普遍的確定的な認識的対応をもっているようには思われない。ベンヤミンはこのような言語の現状を、引き続き楽園からの堕落・堕罪という聖書の創世記のイメージのもとで説明する。

「楽園の言語」は、「名」のなかで人間と事物の「伝達可能性」が一致し、完全に展開しているたった一つの「完全に認識する言語」であった。人間は、この「楽園の状況が知っている唯一の悪」[5]である「認識の樹」[6]になる林檎を食べることによって、楽園を追われる。言語の堕落・多様性は、この人間の堕罪に起因するものである。

「言語の本質連関にとって、この堕罪は（それ以外の意味についてはここでは触れぬこととして）、三重の意味を有している。まず第一に、人間は名の純粋な言語から抜けだすことによって、言語を（人間には不似合いな認識の）手段となし、それとともにいずれにせよある部分ではたんなる記号としてしまう。そしてその結果、のちになって言語の多数性が招来されるのである。第二の意味は、いまやこの堕罪のなかから、堕罪のなかで傷つけられた名の直接性の回復として、新しい直接性、つまり、もはやそれ自身のうちで至福の状態で安息することのない、判決の魔法が生まれるという点である。第三の意味は、おそらくこう推測することがゆるされようが、言語精神のひとつの能力としての抽象化の起源もまた、堕罪のうちに求められるかもしれないという点であろう。[7]」（傍点著者）

すなわち、堕罪が媒質的言語に対してもつ意義は、次の三点である。

①楽園の「認識の樹」になる林檎は、人間に命名による事物の認識をもたらすのではなく、「何が善で何が悪かという知恵[8]」、善悪の認識をもたらす。この林檎を食べたことによるアダムとエバの堕罪は、「善悪を認識する言葉[9]」としての「人間の言葉[10]」（これは「名」という本来的な人間の言葉とは区別して使われている。）の誕生をあらわしている。善悪の彼岸にある「楽園の言語」においては、「名」のなかで人間と事物の「伝達可能性」が一致し、完全に展開しているのに対して、この「善悪を認識する言葉」は、事物との対応一致をもつことなく、「名」から離れてゆく。「名」が事物と〈medial〉に結びついた直接性をもつ「媒質」であり、内側からの認識であるのに対して、この「善悪を認識する言葉」は、いわば善悪という意味内容を「たんなる記号」「手段」として伝える「外的な伝達をこととする言葉[11]」であり、間接的な「外側からの認識[12]」である。それは事物との対応を欠くがゆえに、善悪という無限な意味内容を手段として伝達してゆ

く、「キルケゴールがこの語を捉えているあの深い意味における「饒舌」[13]」となる。ここから、もはや創造・認識する「神の言葉」によって保証された言語の単一的統一性を欠いた、「言語の多様性[14]」が招来される。

②このような「たんなる記号」「手段」としての間接的な「外的な伝達をこととする言葉」「善悪を認識する言葉」によって、「名の直接性」は傷つけられる。「名の直接性」とは、すでにみてきたように、「名」における認識主体としての人間と認識客体としての事物との〈medial〉な一体性（厳密には、表現主体としての人間（認識主体）と表現客体としての「名」との一体化、および表現主体としての事物（認識客体）と表現客体としての「名」との一体化、この両者の同時進行性）を表すものであり、その主客相関の廃棄された一元的な展開領域の開示という〈魔法性〉ゆえに、それは「認識の魔法」とも呼ばれていた。ベンヤミンは、堕罪のなかで傷つけられたこの「名の直接性」の回復として、「判決の魔法」が生まれるという。これが意味するのは次のようなことである。すなわち、「善悪を認識する言葉」は、善悪についての認識内容をたんなる「手段」として人間に伝える「外的な伝達をこととする言葉」として、「具体物の伝達における直接性たる名のもとを離れて、すべての伝達の間接性という深淵、手段としての空虚な言葉の深淵のなかへ、饒舌の淵へ」と落ち込んでゆく。しかし同時にこの「善悪を認識する言葉」は、二義的なより本質的な意味では、この善悪についての認識内容に対して〈medial〉な直接的関係をもつ「媒質」としての言語、すなわち「裁く言葉、つまり判決というより厳しい純粋さ[15]」となる。それは事物と

の〈medial〉な直接性をもった「名」の魔法とは異なったものであるが、「媒質」としての言語のなかで、「伝達可能性」の一元的な無限な展開運動が繰り広げられるという点で、同じく「魔法」と言いうるものである。

「善悪の認識は、しかし、キルケゴールがこの語を捉えているあの深い意味における「饒舌」であり、この罪びととなった饒舌な人間を救うことができるのは、かれらがそのもとに服させられた純化と高揚、つまり裁きだけだ。裁く言葉にとっては、もちろん、善悪についての認識は直接的である。その魔法は、名の魔法とは異なるものであるが、しかし同じく魔法であることには変わりはない。(16)」

③この「媒質」としての「裁く言葉」「判決」のなかで展開される「伝達可能性」とは、「名」において受容される具体的事物の「伝達可能性」ではなく、善悪に基づいた「抽象の伝達可能性」である。

「抽象的な言語要素は――あるいはこう推測することができようが――裁く言葉、つまり判決のうちに根ざしている。抽象の伝達可能性のもつ直接性が、（それにしても直接性こそ言語の根なのだが）裁きの判決のなかに置かれている。抽象の伝達におけるこの直接性が裁きとともに始まったのは、人間が堕罪のなかで、具体物の伝達における直接性たる名のもとを離れて、すべての伝達の間接性という深淵、手段としての空虚な深淵のなかへ、饒舌の淵へと落ち込んだときであった。(17)」

間接的な〈手段〉としての「善悪を認識する言葉」は、同時により本質的には「抽象の伝達可能性」を担った「媒質」としての「裁く言葉」「判決」なのであり、したがって抽象言語とは、この「裁く言葉」の「伝達可能性」の展開の度合いに応じて生ずることになる。そして、この「媒質」としての「裁く言葉」の「伝達可能性」が残りなく展開された、その展開の極限値において明らかになるのは、「善悪を認識する言葉」が求めるような堕罪以後の世界における「善悪についての解明」なのではなく、このような善悪の認識行為自体に対して下される審判、「認識の樹」によってあらわされる「楽園の状況が知っている唯一の悪」としての「純粋悪」[18]である。

このように「善悪を認識する言葉」は、一次的には善悪の認識内容を伝達するたんなる「手段」として、「名」のもつ「直接性」を離れ「伝達の間接性という深淵」「饒舌の淵」へと落ち込み、言語の多様化をもたらすのであるが、二次的には、この認識内容と〈medial〉な直接性をもつ「媒質」である「裁く言葉」「判決」として、その展開の極限値において、自らの善悪の認識行為そのものを「純粋悪」と判決する、という両義的機能を担うことになる。善悪の認識を約束しながら、その認識行為自体が絶対的悪であるということ、これが「認識の樹」によってもたらされた「饒舌の淵」に広がる法の神話的呪縛圏のもつイロニーである。

「認識の樹は、それが与えることができたかもしれぬ善悪についての解明のために神の国に立っていたのではなく、問う者のうえに下される審判の象徴としてそこに立っていたのだ。この恐ろしいイロニーこそ、法の神話的源泉の標識なのである。[19]」

　この一節に明瞭に看て取れるように、人間の堕罪とともに生じるこの「裁く言葉」の支配という発想には、明らかに後の『暴力批判論』や『ゲーテの親和力』で展開される〈法の神話的暴力〉というモチーフがすでに萌芽として現れている。さらに、この「裁く言葉」における「抽象の伝達可能性」の展開の極限値が「純粋悪」と判決されるという想案は、『ドイツ悲戯曲の根源』における〈精神性・知・意味〉を担ったデモーニッシュなアレゴリーの極限としての救済を表すアレゴリーへと通じてゆくものである。すでに第一節三の終わりでみてきたように、媒質的言語はつねに「伝達不可能なもの」として潜勢層にある「神の言葉」を象徴的に表すものであった。（この象徴機能は、啓示にみられるような通常の象徴概念を否定したうえで再導入されたものであった。）したがってこの象徴機能は、「裁く言葉」の極限値としての「純粋悪」という判決においても、潜勢的な「神の言葉」と結びつく象徴性を（おそらく最も強く）もつのであり、このことがアレゴリーの極限において「一回限りの急転」によってもたらされる救済を表すアレゴリーとの類比を可能にする。そしてこのような親和力論、悲戯曲論へと通じてゆく「裁く言葉」の出現とともに、次にみられるように、これらの諸論文で展開される自然の神話的相貌もまた萌芽として準備される。

「善悪を認識する言葉」によって、「名の直接性」の侵害と言語の多数化がもたらされ、これが堕罪のイメージのもとで捉えられたとすれば、この侵害によってぐらついていた「人間が事物の言語を理解するさいの、あの事物を直観する行為」[20]からの離反が完了することによってもたらされる完全なる言語混乱は、「バベルの塔の建設の計画と、それにともなう言語混乱」[21]のイメージのもとで捉えられる。つまり、「名」における人間と事物との〈medial〉な結びつきは、「饒舌」としての抽象言語によって覆われ曇らされるだけでなく、それによって人間の直観・命名能力自体も衰微し、人間が事物に与える名は、神によって創造のなかで与えられた名とは異なった、恣意的な雑多なものとなる。このような状況は「近似的に「命名過剰」とでも呼びうるもの」[22]であり、それによってバベル的言語混乱がもたらされる。そしてこのように人間が事物から分離してゆくことによって、「自然の外観はきわめて深い変化をとげる。われわれが自然の深い悲しみと考えるところの、自然の別の沈黙がはじまるのだ。」自然はもはや自らの沈黙、人間に命名されなければ音声をもつことのない言語的不完全さを悲しむのではなく、「法の神話的源泉」としての「認識の樹」から生じた堕落した言語によっておおわれていることを悲しみ、その悲しみのゆえに沈黙する。

「沈黙しているがゆえに自然は悲しむ。ところが、自然の本質のなかへもっと深く入り込むのは、この文章を逆転させることである。つまり、自然の悲しみは自然を沈黙させる、と。」[23]自然は神話的暴力に覆われている悲しみゆえに沈黙する。この沈黙する自然は、やがて不気味な自然力となって、神話的暴力そのものを表す指標となるはずである。

さて、以上のような『言語一般および人間の言語について』の読解によって、本稿においてベンヤミンを論究する際の基盤が与えられた。すなわちそれは、この言語論において考察された彼の思考特徴をなす〈媒質的展開運動〉であり、またこの展開運動においてみられた〈名〉と〈裁く言葉・判決〉という二つの傾向である。本章を終える前に、次章以降のベンヤミンの批評論・アレゴリー論の考察に備えて、ごく簡単に大雑把ではあるがこれらの要点を確認しておきたい。

〈媒質的展開運動〉の基本的特徴は次のような点にある。

①媒質的展開運動は、この展開運動の可能性を排除するような実体論的ないし固定的立場を否定する。これはこのベンヤミンの言語論においては、伝達の対象や受け手を言葉に先行する実体的アトムとみなし、それを写し取り伝える〈手段〉ないし〈記号〉として言葉を捉える「ブルジョア的言語理論」に対する批判としてみてきたものである。このような否定層は、芸術作品を神的な実体的秩序の反映とみなすような象徴的芸術理論への批判、歴史を過去から未来へと向かう連続的進展と捉え、過去の歴史を完結したものとみなす歴史主義に対する批判、人間の日常的な意識構造の優位性の否定等、ベンヤミンの論述にほとんど一貫してみられるものである。

②媒質的展開運動とは、主客相関の廃棄された〈展開可能性〉とでも言うべき一元的な運動エネルギーが、その未展開な潜在層からそれが展開された顕在層へと段階的に移行してゆく永続的な無限運動を指している。この活動体ないし流動体としての〈媒質〉は、この言語論においては〈言語〉と規定されているが、かならずしも言語である必要はない。次章でみるように、この媒質は〈芸術〉として、あるいはまた〈歴史〉としても展開しうるものである。附言すれば、この媒質の展開領域がのちに親和力論で「事象内実」と呼ばれる。

③媒質的展開運動はその展開の極限値をもつ。したがって媒質的展開運動はこの極限値に向かう志向性をもつとともに、その展開の度合いに応じた価値的序列をもつことになる。この極限値はある絶対的な〈根源〉といいうるものであり、その意味でこの媒質的展開運動は、展開の極限においては強い実体論的志向、ロゴス中心主義的志向をもつものである。しかしながら、この極限値は媒質的展開運動の理念的理想としてのみ想定しうるものであり、現実には決して到達されることのない無限目標にとどまる。それゆえまた、この展開運動の価値的序列を定めるようないかなる判定基準も現実には存在しない。つまりこの媒質的展開運動の極限値とは、現実の展開相においては、個々の展開段階にとどまることを禁ずることによって、逆説的に展開運動の無限性を保証するような運動原理としてのみ機能する。

④媒質的展開運動は、その展開運動の外部に神的な〈展開不可能なもの〉をもつ。ただしこの媒質的展開運動と〈展開不可能なもの〉との間には、微かながら〈象徴〉的つながりがあるとされる。

〈名〉は、人間の「伝達可能性」と事物の「伝達可能性」の双方を担った〈媒質〉であり、この両者の一体化した「伝達可能性」がその未展開な潜在層からそれが展開された顕在層へと上記のような媒質的展開運動を繰り広げる。楽園的状況においては、この未展開な潜在層は、神の創造機能の停止とともに事物の言語が「沈黙する無名の言語」となることに由来し、展開過程における潜在層の存在は、たかだか人間によってまだ一度も命名されていない事物が存在するということに過ぎない。しかし言語のバベル的現状においては、この未展開な潜在層は、事物の言語が「饒舌」な抽象言語や「命名過剰」な名によって覆われ沈黙していることに由来するのであり、展開運動は何度も繰り返される命名活動によって〈名〉の純度、展開の「密度」を高めてゆくことを指しており、この展開過程における潜在層の存在は、人間によって事物がまだ真に命名されてはいないということを意味している。ベンヤミンによる媒質としての〈名〉の説明は、はじめからこのような言語の楽園状況とバベル的現状の双方に妥当するような両義性をもって進められているのであり、前者はむしろ後者の極限値としての理念的理想ないし純粋形姿として捉えられるべきものであろう。そしてこの後者のバベル的言語状況における媒質的展開運動＝「翻訳」のあり方をより具体的に深く追求するのが一九二一年に書かれた『翻訳者の使命』である。しかし注意すべきことは、このような媒質的展開運動の積極的意義を支えているのは、この展開運動がその極限値において事物の完全な認識に達し、「神の言葉」と直接に結びつくというベンヤミンの信仰的確信である。しかもこの極限値が理念的理想として現実には到達されることのない無限目標にとどまるのであれば、この信仰的確信が揺らぐとき、〈名〉における媒質的展開運動は無志向な（ないし相対的志向性をもった）無限運動へと転じるだろう。（これがソシュールの動態的言語論、デリダのディコンストラクションとある種の親縁性をもっていることはすでに指摘しておいた。）このとき、〈名〉はもはや〈裁く言葉・判決〉とは必ずしも明瞭には区別し得ないものとなる。〈裁く言葉・判決〉もまた、人間の「伝達可能性」と「抽象の伝達可能性」の双方を担った〈媒質〉なのであり、もしも〈名〉がバベル的言語状況のままに永続的な無限運動を続けるのであれば、「命名過剰」な事物の〈名〉と「饒舌」な抽象言語との媒質的展開運動における質的差異はほとんどないからである。このことがのちに、「神の言葉」へと直接に向かう〈名〉の積極的な媒質的展開運動から、「抽象の伝達可能性」を無限に繰り広げる〈裁く言葉・判決〉の負性を帯びた媒質的展開運動、その後身としての〈精神性・知・意味〉をデモーニシュに無限に展開する悲戯曲論におけるアレゴリーへと、ベンヤミンがその関心の重点を移してゆく大きな理由となる。もちろんその場合でも、彼は神性と結びつく希望をまったく捨ててしまうわけではない。〈裁く言葉・判決〉がその極限において「純粋悪」と判決され、そのことがおそらくは神的な「伝達不可能なもの」との〈象徴〉的対応性から〈救済〉を表すであろうような、そのような希望をベンヤミンは捨て去ってはいない。ただこの媒質的展開運動と神的領域との間の絶対的断絶を認めず、媒質的展開運動が直接に神性と結びつく、という信仰的確信をベンヤミンは次第に失ってゆくのである。

やや先回りし過ぎた。いずれにせよ確認しておくべきことは、この一九一六年に書かれた『言語一般および人間の言語について』においては、ベンヤミンはこの信仰的確信のもとに論を進めているということである。すでにみてきたように、この媒質的展開運動は、必ずしも「伝達不可能なもの」として潜勢層にある「神の言葉」のなかへと直接に流動してゆくわけではないのだが、しかしこの展開運動の極限値は自らをこの「神の言葉」の顕現として自覚する。潜勢層にある無限なエネルギー体と、顕現層にあって「伝達可能性」として現れるような運動エネルギーとの間には、位相的な差異はあるものの、共に神的なエネルギーとしては等質なものであり、それゆえに「神の言葉は、この言語流動の統一体に他ならない。」と言われていたのである。そしてこの確信のもとに、〈名〉が媒質的展開運動の本来的あり方であり、〈裁く言葉・判決〉はその堕落形態とされたのであった。（もっとも本来の意味での堕落形態は、〈媒質〉ではなく〈手段〉と化した「善悪を認識する言葉」なのであり、「裁く言葉」はこれと比べるなら自らをその媒質的極限値において「純粋悪」と判決する神性を帯びている。）

さてこれらのことを確認したうえで、次章ではベンヤミンの批評理論をこの媒質的展開運動の視点のもとに考察するとともに、この批評理論の展開のなかで、〈名〉において本来的に捉えられた媒質的展開運動の性質が転化していくことをみていきたい。

# 第二章　批評論

## 第一節　神的超越領域と媒質的内在領域との間の断層

### ――『来たるべき哲学のプログラムについて』考察

ベンヤミンの初期言語論とロマン派批評論とを直接に結びつけるのは、彼が一九一七年から一九一八年の間に書いた論文『来たるべき哲学のプログラムについて』である。「すべての哲学的認識の唯一の表現は言語に還元される(1)」という基本認識のもとで書かれているこの論文について、一九一七年のショーレム宛の書簡では次のように述べられている。

「ぼくはこの冬、カントと歴史というテーマで仕事を始めるだろう。この点に必要なまったく積極的な内容が歴史上のカントに見いだされるかどうかは、まだわからない。仕事はぼくの博士論文［＝『ドイツ・ロマン派における芸術批評の概念』：論者註］がそこから生まれてくるかどうか、ということによっても左右される(2)。」

さらにこの博士論文について報告している一九一八年のエルンスト・シェーン宛の書簡には、より端的に「ぼくがいいたいのは、ロマン派とカントの、歴史的に根本的に重要な符号なのだ。[3]」と述べられている。これらのことは明らかに、ベンヤミンがカントとロマン派とのつながりを念頭に置き、カント哲学の受容のもとにロマン派批評論を執筆したことを示している。[4]以下ではロマン派批評論の考察に先立って、その準備段階として、まずこのプログラム論についてみていきたい。

プログラム論のなかでは「媒質」という言葉は一度も使われてはいないが、媒質というものを、前章でみてきたように、主客相関の廃棄された潜在的な可能態が自己を顕在化してゆく運動体として捉えるのであれば、プログラム論にもまた媒質的展開運動をみることができる。その場合、媒質となるのは〈言語〉というよりはむしろ第一義的には〈歴史〉である。

「来たるべき哲学の中心的課題は、それがその時代と大いなる将来の予感から得られる最深の予覚を、カントの体系との関連を通じて認識へともたらすことである。[5]」

このカントの体系との結びつきによって「歴史的連続性[6]」として保証されるような、「哲学がその時代と大いなる将来の予感から得られる最深の予覚」とは、のちに「歴史的可能態[7]」(『神学的政治的断章』)、「歴史的事象内実[8]」(『ドイツ悲戯曲の根源』)と呼ばれるものであり、媒質として捉えられた歴史を意味している。プログラム論の主眼とするのは、ちょうど初期言語論において、媒質としての言語・〈名〉がその展開の極限値としての「完全に認識する言語」「楽園の言語」を理念的理想としてもったように、潜在的な「予覚」として把握された「歴史的可能態」が、その展開の極限値としての、体系的な連続的統一性をもった「認識の自立的本源的領域[9]」の確立を課題として求めようとする点にある。しかも「すべての哲学的認識の唯一の表現は言語に還元される」とされているように、この媒質的極限値としての認識論的構造総体はその唯一の表現を言語にもつのであり、プログラム論が初期言語論のまさしく延長線上に書かれたものであることを示している。前者は後者においてはまだ萌芽として秘められていた歴史哲学的視点を前面に押し出してきたものに過ぎないのであり、プログラム論のなかに言語論でみられた媒質的展開運動を認めることは容易であろう。

前章で媒質的展開運動の特徴を幾つか挙げたときにみてきたように、ベンヤミンの論述は、この展開運動の可能性を排除するような実体論的ないし固定的立場に対する批判を、つねに含んでいる。この否定層は、言語論においては言語を伝達の〈手段・記号〉と捉える「ブルジョア的言語理論」としてみられたものであるが、プログラム論の歴史領域においては「啓蒙主義の経験[10]」概念に対する批判として現れている。啓蒙主義の時代はカントの時代であり、またゲーテの時代とも重なるが、この時代について親和力論においては次のように語られている。

「……現存在のもっとも本質的な諸内容は事象世界のなかに刻印される、どころか、そのような刻印されることなくして実現できるものではない、という思想が、ゲーテの時代ほど無縁のものであった時代は、かつてなかった[11]。」

すなわち「啓蒙主義の経験」は、「低次の、おそらく最も低次の現実[12]」としての歴史的事象のみに目を向け、媒質としての歴史の展開可能性の領域、つまり歴史の内実・意味内容を排斥していた。それは「いわば意味の極小点・零点へと還元してゆく経験[13]」であり、「時間的に制限された経験[14]」

「機械的経験(15)」「科学的経験(16)」としての「低次の経験概念(17)」であった。それゆえカントの認識論もまた、このような経験概念のもとで企てられたものであるため、歴史的事象の意味内容としての真なる経験を直接に基礎づけることはできない、とベンヤミンはみなし、来たるべき哲学の課題を、このような機械的経験・認識概念を改編し、歴史の媒質的可能態のなかから真なる経験を基礎づけうる純粋な認識論的構造を見い出すことであると捉える。しかしながら興味深いのは、この新たな認識論的構造の確立の基盤となるのもやはりカント哲学の体系であるとされている点である。

すでにみてきたようなベンヤミンの媒質的展開運動とカントの認識論との間には、ある種の対応関係を看て取ることができる。ベンヤミンは、媒質的展開運動の可能性を排除するような実体論的ないし固定的立場を否定し、そこに〈展開可能性〉とでも言うべき一元的な運動エネルギーが自己展開してゆく媒質的展開領域を認める。この活動体としての媒質は、未展開な潜在的可能態のままにとどまるのではなく、この展開運動の極限値としてのある絶対的な根源構造へと向かう志向性をもつものであり、しかもこの展開運動は、その〈展開可能性〉の顕在化の極限の外部になお、〈展開不可能なもの〉というある神的存在をもつものであった。カントの認識論をこれと対比的にみるならば、カントは、一切の経験的要因を排除し合理的認識に基づいて独断的に形而上学を打ち立てようとする合理主義的独断論を否定し、認識の起源となるべき経験の領域を認める。しかしこの感覚的所与としての経験がそのまま認識主体の意識をも支配し、人間の精神とは単なる「知覚の束」に過ぎないとする、ヒューム的な経験論的懐疑主義にカントはとどまるわけではなく、感覚的所与としての経験は人間の意識がアプリオリにもつ超越論的認識構造へと収斂しそれによって構成されるとして、彼はこの認識構造の分析に向かう理性批判の立場をとる。そしてこの認識構造とそれによって分節される経験の外部になお、カントは〈物自体界〉という認識を超えた領域を認めていた。このような基本的構図において、ベンヤミンとカントは極めて著しい類縁性を示すのであり、ベンヤミンが自らの媒質的展開運動の極限値をしばしば「アプリオリなもの」として提示するのも、このような類縁性に基づいている。そしてこのアプリオリな超越論的構造への志向が、ベンヤミンをまた新カント派や現象学とも結びつける理由となっている。ベンヤミンによれば、これらの哲学の基本命題は「経験の構造は認識の構造のなかにあるのであり、認識の構造から展開されるべきである。」[18]というものである。しかしながら、ベンヤミンをこれらの哲学諸流派と決定的に区別するのは、彼の求める媒質的展開運動の極限値は決して超越論的な意識構造であるわけではなく、したがって彼の言う真なる〈認識－経験〉概念というのも決して通常の認識論的な意味で使われているわけではない、ということである。そのことは例えば次のような文章に特徴的に現れている。

「あらゆる真正な経験は、純粋に認識理論的な（超越論的な）意識――この用語が、あらゆる主観的なものの装いを取り去るという規定のもとで、なお使いうるものであるとすれば――に基づくものである。純粋に超越論的な意識は、それぞれの経験的意識とは性質の異なるものであり、そこから、意識という用語を用いることがここで許されうるかという問題が生じる。[19]」

主観的な意識構造ではない超越論的認識構造とは何かという問題は、ベンヤミンの媒質的展開運動の性質を考えるなら、自ずから解消しうるものであろう。媒質的展開運動とは、主客相関の廃棄された〈展開可能性〉とでも言うべき一元的な潜在的可能態が自己展開し顕在化してゆく移行運動を指しており、この移行運動はその潜在層が完全に顕在化したある絶対的〈根源〉といいうるような極限値をもっていた。プログラム論においてはこの媒質となるのは歴史であり、来たるべき哲学の課題として求められるこの媒質的展開運動の極限値としての「認識の自立的本源的領域」もまた、「主体と客体の概念に関してまったく中立の領域[20]」とされており、したがってそれは、主客相関の廃棄された〈媒質〉としての歴史の根源構造を意味しているように思われる。それゆえまた、このプログラム論で語られる「経験」とは、認識主体に対して感覚与件として与えられる通常の認識論的な意味での経験であるのではなく、歴史的事象のもつ未展開な潜在的可能態であると同時に、この歴史の根源構造によって構成される歴史的事象の意味内容を表している。このようなベンヤミンとカントとの類似性と相違性から、ベンヤミンは、一方ではカント哲学の主客二元論的な認識論の枠組みを批判するとともに、他方ではその認識論の体系的統一的純化への志向を、歴史の根源構造を希求する自らの媒質的展開運動のなかに応用しようとする。したがって来たるべき哲学の課題は、──媒質論的視点から捉えるなら──、啓蒙主義的な経験概念およびそれに基づくカントの主客二元論的な認識論という否定層を排除するとともに、カントの認識論の体系化の志向を媒質的展開運動の領域へと転化することによって、「予覚」として捉えられた媒質的歴史の極限値としての根源構造を、「純粋な認識の領域[21]」「認識の自立的本源的領域」の連続的統一的な体系構造として析出し、それと同時に歴史的事象のもつ未展開な潜在的可能態を、この根源構造によって分節された意味内容としての「真なる経験」として構成すること、であると捉えられる。この（もはや通常の意味では認識論とは言い難い）新たな「認識論」の創出は、必然的に「一方ではアリストテレスによって恣意的に提起され、他方ではカントによってまったく一方的に機械的経験に目を向けることによって展開された[22]」カテゴリー表の完全な修正を必要とする。このカテゴリー表の基盤となるのが、真なる認識構造・歴史の根源構造の総体の「表現[23]」としての「諸秩序の一般的教学[24]」と言われているものであり、あらゆる学問の全基本概念は、この統一的連続的認識構造の表現としての「諸秩序の一般的教学」のなかに編入されなければならない、とされる。また、この認識構造によって構成される「真なる経験」は、ただ「機械的な経験」だけでなく「宗教的経験[25]」を含めた統一的連続的経験を論理的に可能とし、この経験の構造化によって、哲学は初めて真なる形而上学の論理的な場と論理的な可能性を開示し得ることになる。

「認識の新たな諸条件のもとに基礎づけられた、この新たな経験概念は、それ自体、形而上学の論理的な場と論理的な可能性であるだろう。[26]」

すでに述べたように、この認識構造の総体は究極的にその表現を言語に還元されるべきものであり、「認識の言語的本質への省察[27]」を課題とするプログラム論は本質的に初期言語論の枠のなかで書かれていると言える。したがって、歴史の媒質的展開運動の極限値としての真なる認識構造によってもたらされる、この「（真なる）形而上学の論理的な場と論理的な可能性」とはまた、言語の媒質的展開運動の極限値としての、「伝達可能性」が残りなく展開され顕在化した「究極的に言表されたもの」である「啓示の概念」と重なるものである。しかしながらプログラム論と初期言語論との間の微妙なズレは、媒質的展開運動と神的存在との関係に認められる。すなわち初期言語論においては、言語の媒質的展開運動は、必ずしも「伝達不可能なもの」として潜勢層にある「神の言葉」のなかへと直接に流動してゆくわけではないのだが、しかしこの展開運動の極限値は自らをこの「神の言葉」の顕現として自覚するものとされていた。潜勢層にある無限なエネルギー体と、顕現層にあって「伝達可能性」として現れるような運動エネルギーとの間には、位相的な差異はあるものの、共に神的なエネルギーとしては等質なものであり、それゆえに「神の言葉は、この言語流動の統一体に他ならない。」と言われていたのであった。これに対してプログラム論においては、媒質的展開運動と神的存在との間には決定的な断層が生じているように思われる。すなわち、歴史の媒質的展開運動の極限値としての真なる認識構造の開示によって、ベンヤミンは同時にこの「認識の最上級の概念への諸理念の収斂[28]」がなされるとする。つまり、哲学はこのときはじめて、この認識構造の総体あるいはそれによってもたらされる「経験の総体[29]」として、「神の経験と教え」を開示しうるとする。

「この認識の本質総体としてのみ哲学は神を考えることができる。[30]」

「そのような哲学は、その一般的な部分において神学とみなされるか、あるいは、この哲学が歴史哲学的要素を含んでいる限り、神学より上位に位置づけられるであろう。[31]」

このことはもちろんこの認識構造の総体を「神」としてとらえ、その外部にいかなる神的存在を認めないということを意味しているわけではなく、この根源構造がその外部にある神的存在を「神の経験と教え」として受け止める受容構造であることを意味しており、学的哲学の使命をそこに止まらしめようとするベンヤミンの意図を示している。

「このことは、認識が神を可能にするということを言っているのでは決してなく、認識が神の経験と教えを可能にするということを言っているのである。」(32)

これはカントの認識論を、先に述べたようなその基本的構図の類似性からベンヤミンの媒質的展開運動のなかに転用したことから来る必然的帰結であり、この区別がカントの物自体界と主体の認識構造との間にみられる区別の媒質論における現れであることは明らかであろう。しかしこのカント哲学の基本構図の転用は、そこに含まれる存在と認識との間の決定的断層をも媒質論のなかに導入することになり、もともと初期言語論のなかにみられた媒質的展開運動と展開不能な神的存在との間の差異を浮き立たせ、もはや神的存在を「言語流動の統一体」とはみなし得ないような、両者の間の質的位相的な決定的断絶をもたらしている。もちろん、媒質的展開運動がその極限値において「神の経験と教え」を開示し得ると確信される限りにおいて、この展開運動は依然としてその積極的意義を失うことはないのであるが、やがてこの断絶がベンヤミンに明瞭に自覚されるようになり、その無限目標としての極限値の神性すらも疑われるようになると、媒質的展開運動の性質もまた転化するようになるだろう。

いずれにせよ、プログラム論がベンヤミンの媒質論においてもつ意義は、神的存在を媒質的展開運動の領域から超越したものとしてこれへの言及を避け、学的哲学の使命を、媒質が潜在的にもつ展開運動の極限値としての根源構造の究明という内在的一元的領域に限定しようとしている点である。ベンヤミンがロマン派とカントの類似性として捉えているのは、基本的にはこのような神的超越者を除外した媒質の内在領域においてその絶対的な根源構造を捉えようとする態度であり、その際彼はカントにみられた合理主義的独断論と経験主義的懐疑論の批判的止揚もまたロマン派の批評理論のなかに認めようとする。（その芸術理論における具体的な現れとしては、価値規範となる形式を独断的に押し付けようとする擬古典主義および価値規範に対して懐疑的であり形式破壊的なシュトルム・ウント・ドラングという両者に対する、根源的な「絶対的形式」を探究しようとするロマン派の批評理論のもつ批判的態度が挙げられる。）このように、ベンヤミンはロマン派の „Kritik" という概念のなかに〈批評〉という意味だけではなく、カント哲学的な〈批判〉という意味をも（それが媒質論のなかに転用される限りにおいて）重ね合わせてみているのであり、先に挙げたベンヤミンの書簡にみられるとおり、プログラム論はロマン派批評論の準備を成すものとみなすことができる。

## 第二節　媒質論およびそこにみられる断層の批評理論への変奏
### ――『ドイツロマン派における芸術批評の概念』考察

ロマン派批評論を考察する際に注意しなければならないことは、この論文の意図するのは、芸術批評の概念の歴史についての研究という「一つの問題史的研究」に対して、ロマン派の芸術批評の概念を叙述することによって一つの寄与をする点にあるとされていることである。[1] だがより重要な注意点は、ベンヤミンの本来的意図は、この論文の序論で暗示され、[2] また一九二一年の学位論文の自著紹介文で述べられているように、[3] ロマン派の批評理論とゲーテの芸術理論とを対比させることによって、この芸術批評の概念の歴史という「問題史」の包括的体系的な連関を予示することにある、という点である。つまり、この両理論を止揚・統一してその体系的連関を明示するということは、ベンヤミン自身の批評理論の形成に委ねられた課題であり、このロマン派批評論をただちにベンヤミン自身の批評理論とみなすことは明らかに誤りである。しかしながら、ロマン派批評論の基底にみられるのはベンヤミンのこれまで述べてきたような媒質的展開運動であり、『ゲーテの親和力』および『ドイツ悲戯曲の根源』のなかで明示されるベンヤミン自身の批評理論においても、その批評の媒質的展開運動はロマン派批評論のなかで展開された批評理論を（もちろんゲーテの芸術理論との関係からある限定がなされているが）基本的には受容している。本節が目的とするのは、ベンヤミンの展開するロマン派の批評理論とこれまでみてきた彼の媒質的展開運動との同一性を明示し、それと同時にこの媒質的展開運動が批評論としてはどのような形態をとるのかを考察することである。このような操作は、一方ではこのロマン派批評論とベンヤミンの初期言語論、プログラム論等とのつながりを自明なものとするであろうし、他方では次節においてみる媒質的展開運動の性質の転化にともなって、この批評理論が親和力論におけるベンヤミン自身の批評理論へと変容しつつ受容される姿を示す準備を成すであろう。言うまでもなく、ベンヤミンの展開するロマン派の批評理論のなかにベンヤミン自身の媒質的展開運動が認められるということは、彼がロマン派の批評理論を自らの思考領域のなかへと歪曲したということを意味してはいない。ベンヤミンはロマン派の批評理論を、彼自身の用語を使えば「対象認識」的に認識した、ということに過ぎない。アドルノの言葉を借りれば次のように言えよう。

「顕著な力量をもつ思想家にあっては、対象に対して忠実きわまる洞察が、同時に多くの意味で思想家自身についての洞察だが、ベンヤミンにあってもそうだった。(4)」

## 一　認識論的前提

ベンヤミンはロマン派の芸術批評の概念の認識論的前提として、フィヒテ哲学の影響を受けた「反省」という思惟様式を提示し、この反省概念についてロマン派とフィヒテとを対比的に考察することによって、ロマン派の独自な認識論的あり方を浮彫りにしようとする。その際まず、ロマン派とフィヒテとの基本的相違として述べられるのは次のようなことである。

「ロマン派は現象としての、たんなる自己思惟から出発する。この自己思惟はいっさいに固有なものである。なぜなら、いっさいが自己（„Selbst"）だからである。フィヒテにとっては、ただ自我にのみ自己が帰属する。すなわち反省は、ひとえに定立作用と相関的にのみ実在するのである。フィヒテにとって意識とは「自我」であるが、ロマン派にとっては「自己」である。あるいは換言すれば、フィヒテにあっては、反省は自我に関係しているのに反して、ロマン派にあっては、それはたんなる思惟に関係している。[5]」

反省という思惟様式を、フィヒテが人間の「自我」にのみ認めるのに対して、ロマン派はあらゆる事物を「自己」とみなし、反省をこの「自己」一般に対して認める。ベンヤミンがロマン派の基本的立場としたこのような見方は、彼自身がその初期言語論のなかで展開した立場と重なるものである。すなわち、ベンヤミンはその言語論を論述する際に、言語を人間の言語としてのみ考察したのではなく、人間も含めたあらゆる事物に「精神的内容」「精神的本質」を認め、この「精神的本質」の自己伝達の原理としての「言語一般」をまず考察の対象としたのであった。これは事物に〈展開可能性〉の領域を認めようとする媒質的展開運動に固有な基本的立場であり、ベンヤミンはこの〈展開可能性〉の領域が「自己」という形でロマン派の認識論的前提のなかに現れているのを認める。ついでベンヤミンは、この「自己」において働く反省という思惟運動のなかに、媒質的展開運動の諸特性をみようとする。初期言語論を考察した際に、その「伝達」という展開運動は厳密には二つの方向に向かってなされていた。すなわち、一つは人間に「命名」されることによって事物が自己の「伝達可能性」を人間に伝達するという、いわば水平方向での伝達であり、もう一つは人間と事物の双方の「伝達可能性」が「名」において自らを「神」に伝達する〈媒質的展開運動の極限値における「神の言葉」の顕現としての神性の自覚〉という、いわば垂直方向での伝達であった。前者の伝達は本質的には、主客相関の廃棄された「名」における一元的な「伝達可能性」の展開運動という意味での後者の伝達に帰属するものであるが、ベンヤミンは「自己」一般を媒質とするロマン派の反省運動のなかにも同様の区別を仮設的に認め、前者の伝達に対応する認識のあり方を「対象認識」と呼び、後者の伝達に対応する認識のあり方を「体系または絶対者の認識[6]」と呼んで、この二様の認識のあり方についてそれぞれ論述している。以下では、ロマン派の認識論的前提とされるこれらの二つの認識のあり方と、これまでみてきた媒質的展開運動との重なり合いを、具体的に追っていきたい。

「体系または絶対者の認識」という形でベンヤミンが捉えようとしているのは、あらかじめ先取りしておくなら、「自己」一般を〈媒質〉とするロマン派の反省運動のもつ、その媒質的極限値としての根源的な絶対存在に対する志向性である。このロマン派の反省運動は、思惟の思惟の思惟の思惟の思惟……という形式をもつフィヒテの反省理論との類縁性をもつがゆえに、このフィヒテの反省との対比のなかで、ベンヤミンはロマン派の反省にみられる独自な媒質的あり方を際立たせようとする。ロマン派とフィヒテとの相違は、すでに述べたような反省の担い手を「自我」とするか「自己」とするかという基本的相違以外にも、反省そのもののあり方においてみられる相違であり、例えばフィヒテの「自我」における反省とロマン派の人間の「自己」（＝「自我」）における反省とを比べたとしても、両者は根本的に異なるものとして捉えられる。——まずフィヒテの反省概念についてみてみよう。フィヒテは自我の働きを〈反省〉と〈定立〉の二重の活動として捉える。定立とは、一次的には、自我が自己自身を絶対的に措定しようとする、カントの言う意味での実践哲学的な無限な運動であり、これに対して反省とは、この純粋我の絶対的な自己措定の無限運動が進展してゆく際に、その抵抗として現れる非我およびこの非我に制限される有限的自我という両者によって組織される理論哲学的領域において、この有限的自我が純粋我の自己定立の無限な運動を遡行してゆこうとする運動を指している。その際この反省は、思惟の思惟の思惟の思惟の思惟……という形式をとる。すなわち、有限的自我としての反省する思惟は、すべての先行する反省する思惟を自らの思惟対象とすることによって、自らは思惟する主体としてこの反省の射程を無限に延ばしてゆく。ベンヤミンはこのようなフィヒテの反省のあり方を「進行の無限性[7]」と呼び、その無限性は本来的に純粋我の自己定立の運動の無限性に従属する副次的なものに過ぎず、純粋我の絶対的無限性に対しては、つねに制限された自我としての理論領域における有限性をもたざるを得ないとして、「フィヒテはいたるところで、自我の働きの無限性を理論哲学の領域［＝反省の領域］から閉めだして、これを実践哲学の領域［＝定立の領域：論者註］へ追いやろうと努力している。[8]」と述べる。またベンヤミンによれば、このような自我の定立作用の絶対的無限性に帰属してしまうような反省の「進行の無限性」によっては、決して自我の純粋な意識を直接に認識することはできない。なぜなら、この反省は思惟された自我に対してつねにより高次の思惟する自我を想定することが可能なのであり、それは純粋な意識に決して到達することのない「終わりのない空虚な進行[9]」以上のものではないからである。このためフィヒテにおいては、反省ではなく、純粋我の自己意識としての直観に、この認識的直接性が求められなければならなかった。――ベンヤミンがロマン派の反省概念をフィヒテのそれと区別する主眼は、以上のような、フィヒテが定立と反省という二元的立場に立っていること、およびそこから帰結する、反省の無限性を定立の無限性に従属せしめていること、また認識の直接性を反省ではなく直観に求めていること、という点に向けられている。これに対してロマン派の反省概念の独自性は、まずそれがもはや定立の契機をもたない反省の一元的立場に立っているという点に求められる。

「フィヒテが反省を原始定立、根源存在のなかに移しうると考えているのに反して、ロマン派においては、定立作用のうちに存するところの、あの特殊な存在論的規定が脱落している。[10]」そしてここからロマン派の反省のもつ独自な〈無限性〉と〈直接性〉が展開される。フィヒテにおいては反省の無限性は「進行の無限性」であったが、ロマン派における反省の無限性は「連関の無限性」である。

「反省の無限性は、シュレーゲルとノヴァーリスにとっては、まずなによりも進行の無限性ではなく連関の無限性である。これは、空虚な非完結性とは異なるものとして理解されるべき進行の時間的非完結性とならび、かつこれに先行する決定的なことがらである。[11]」

この「進行の無限性」とは異なる「連関の無限性」とはどのようなものであるのか、ということについては、ベンヤミンは次のように説明する。[12] ロマン派の反省概念においても、フィヒテの反省と同じく、その形式は思惟の思惟の思惟の思惟……という形をとる。しかしフィヒテの反省概念においては、反省する思惟は、すべての先行する反省する思惟を自らの思惟対象とすることによって、自らはつねに思惟する主体として存立するのに対し、ロマン派の反省概念においては、思惟は主客不可分な連関領域が広がる場としてである。すなわち、〈思惟の思惟〉という反省の原形式は、次の反省段階である〈思惟の思惟の思惟〉において、ロマン派の場合ある両義性を帯びている。この反省段階においては、〈〈思惟の思惟〉の思惟〉、つまり〈思惟の思惟〉を思惟対象とする思惟という意味では、〈思惟の思惟〉は思惟される客体であるが、それと同時に〈思惟の〈思惟の思惟〉〉、つまり思惟を思惟対象とする思惟する思惟という意味では、〈思惟の思惟〉は思惟する主体となっている。このような反省段階にみられる〈思惟の思惟〉のもつ両義性のなかに、ベンヤミンは主客の不可分な思惟連関の広がる原形式を認め、この二義性が、後続する反省の諸段階のおのおのにおいて、次第に倍加してゆく多義性へと展開してゆくことによって、主客が乱反射するように不可分に入り混じり合った連関の無限領域が広がる、とする。それゆえこのような反省においては、フィヒテ的な〈空虚な無限進行〉としての反省形式は解消し、反省はこの連関の無限領域をつねに内包しつつアメーバーのように拡充してゆく無形式の思惟となる。（この拡充も「進行の時間的非完結性」[13]として述べられているような進行の無限性をもつのであるが、しかしそれは決して「空虚」なものではない。）したがってまた、ロマン派の直接性とは、フィヒテ的な直観的直接性（„Anschauung"）なのではなく、反省という思惟の無限運動において、思惟がそれ以外の低次の思惟の孕む連関領域を直接的にすべて自らのもとに包括し、この運動の極限、すなわち「絶対反省」において、「絶対的直接性」をもった総体的連関へと到達しようとする思惟的直接性（„Intuition"）であるとされる。――ベンヤミンによって「連関の無限性」として捉えられたこのようなロマン派の反省のあり方は、明らかにこれまでみてきたようなベンヤミン自身の媒質的展開運動と重なるものである。「自己」一般において考察されているこの反省運動は、初期言語論のなかでは「言語一般」において考察された媒質的な展開運動と対応するものであるが、この媒質としての「言語一般」においては、表現主体と表現客体とが「伝達可能性」という潜在的可能態として不可分に一体化しており、この可能態が自らを顕在化してゆく展開運動を繰り広げる。「伝達可能性」はこの展開の度合いに応じて様々な「密度」をもち、この「密度」の段階的高まりが「翻訳」という概念のもとに捉えられ、そしてこの展開運動の極限値として「完全に認識する言語」が「楽園の言語」のイメージのもとに希求されたのであった。このような言語における媒質的展開運動は、ロマン派の反省概念について述べるベンヤミンの次のような文章に明瞭に看て取れる。

「絶対反省は現実性の極大を、そして原始反省はその極小をそれぞれ次のような意味で包摂している。すなわち、確かにこの両者のなかに全現実の内容、思惟の全体が完全に含まれているのであるが、前者においてはそれが最高の明瞭さにまで発展しているのにたいして、後者においては未発展であり不明瞭なままである。[14]」

要するに、ベンヤミンの述べるロマン派の「自己」における反省とは、思惟の〈連関可能性〉と言い得るような主客不可分な運動エネルギーが、その「原始反省」（＝反省の原形式としての「思惟の思惟」、ないしその前段階を成す「感覚[15]」として捉えられている「思惟」）において未展開な潜在的可能態としてとどまっている段階から、これが完全に展開され顕在化している「絶対反省」へと向かう媒質的展開運動を指しており、その展開の度合いに応じて生じる様々な「密度」が「明瞭さ」という言葉で呼ばれ、言語論においては「翻訳」に相当するようなこの「明瞭さ」の段階的高まりが、Fr.シュレーゲルの「勢位高揚（„Potenzieren"）」およびノヴァーリスの「ロマン化（„Romantisieren"）」という用語のなかに読み取られるのである[16]。このようなベンヤミン自身の媒質的展開運動と彼がロマン派の認識論のなかに認める反省運動との同質性から、ベンヤミンは、この反省運動の無限目標としての極限値である「絶対反省」・「絶対者」を、反省の運動体そのものである「無限な充実した反省の総体[17]」として、端的に「反省媒質」と呼んでいる[18]。またこの媒質論的立場からみるならば、ベンヤミンがロマン派の反省概念をフィヒテの反省概念から区別して捉えようとしていることは、プログラム論の考察においてみてきたような、神的超越領域と媒質的内在領域との間の断層の明瞭な自覚化の現れ、と捉えることができる。（もちろんこの区別は、Fr.シュレーゲル自身が自らのロマン主義理論をフィヒテ哲学とは一線を画するものとして提示しようとしている、という事実に基づくものであり、また、フィヒテの「自我」とロマン派の「自己」との基本的差異としてすでにみてきたような、人間の主体的な意識中心主義を廃して、媒質を人間も含めた事物一般に妥当する〈展開可能性〉の領域として開示しようとする意図を第一に含んでいるものであるが。）フィヒテ哲学の絶対的自我とは、カント哲学の基礎づけとして書かれたその初期の段階においては、神的な超越存在ではなく、カントのいう「超越論的統覚（„transzendentale Apperzeption"）」、すなわち人間の経験的意識の根底につねに同一的に存する「われ思う」という意識であったと思われるが、非我や非我に制限される有限的自我によって構成される理論理性の領域を包摂する、純粋我の自己措定としての〈定立〉をその哲学の第一命題に据えることは、のちにフィヒテ哲学を受け継いだシェリングにおいて絶対的自我が絶対者という神的な絶対存在となる契機を、自らのうちに内包していたといえる。少なくともこのような自我の定立作用を第一命題とするフィヒテ哲学は、潜在的な可能態が完全に顕在化した展開運動の極限値を無限目標として志向する媒質的展開運動とは異なるものであろう。したがって、フィヒテ哲学の定立と反省の二元的立場に対して、ロマン派の媒質的な反省運動の一元的立場を明示しようとするベンヤミンの態度は、神的超越存在を媒質的展開運動から切り離し、この展開運動をその極限値としての絶対的な根源構造の究明という内在的一元的領域に限定しようとするプログラム論の視点とつながるものといえる。プログラム論でみられたような、神的超越領域と媒質的内在領域との間の断層の自覚化は、このロマン派批評論においては、のちにみるように、媒質的な反省運動の内在的立場に立つロマン派の批評理論と理念論的な超越的立場に立つゲーテの芸術理論という二つの異質な原理として、いっそう強まっているといえるだろう。

以上のような、媒質的極限値を無限目標として志向する展開運動である「体系または絶対者の認識」は、必然的に「対象認識」の理論を前提としている。初期言語論の「言語一般」を考察した際に、人間の言語も事物の言語も、表現主体と表現客体が〈medial〉に一体化した「伝達可能性」という潜在的可能態が茫洋と広がる同質な媒質として捉えられたが、これらの媒質言語は、その極限値に向かう潜在層から顕在層への展開運動を、それぞれ個別的に行うわけではなかった。このいわば垂直方向の展開運動がなされるのは、人間に「命名」されることによって事物が自己の「伝達可能性」を人間に伝達するという、人間の言語と事物の言語とのいわば水平方向での相関関係を前提としたものであった。人間と事物の双方の「伝達可能性」が一体化し、認識主体と認識客体とがもはや区分不能な「名」における一元的な「伝達可能性」の展開運動としてのみ、「言語一般」は自らの極限値に向かう媒質的展開運動を実現することができたのである。したがって、「体系または絶対者の認識」として考察された上記のような「自己」一般における媒質的な反省運動においても、それが媒質的展開運動である限り、初期言語論にみられたような他の「自己」との水平方向でのつながりをもつはずである。反省運動は一見すると、主客不可分な連関の無限領域の拡充として捉えられてはいるものの、その認識の主体も客体も共に「自己」の思惟なのであり、根本的に思惟する存在者の自己認識としてのみ論述されているように見えるが、しかしこれは他の存在者との関係をもたない自己内完結的な自己認識なのではなく、「絶対者」という極限値に向かう反省の垂直方向での展開運動は、他の「自己」との水平方向での相互的連関を前提としている。この相互連関が、ベンヤミンがロマン派の「対象認識」の理論と呼ぶものである。

「対象認識」はしたがって、初期言語論において人間の言語と事物の言語との関係が、「命名」行為における〈叫び（„Ausruf"）－呼びかけ（„Anruf"）〉という相関関係のもとに捉えられていたのと同様に、〈放射（„Ausstrahlen"）－反映（„Reflex"）〉という相関関係のもとに捉えられる。

「すなわち、事物はそれが自らのうちで反省の度を高め、その自己認識のなかへ他の存在者を包括するというぐあいに、その根源的な自己認識を他のもろもろの存在者に向かって放射するのである。（略）したがって、人間にとって、ある存在者についての彼の認識であるように見えるところのものはすべて、その存在者のうちでの思惟による自己認識が、その人間のなかに反射したものである。[19]」

存在者は他の存在者の自己認識の「反射」を自己の内に受けることによって自己を認識し、その自己認識を他の存在者に対して「放射」する。その際、この自己認識の「放射」と「反射」は異なる作用ではなく、能動即受動的な同一の作用を異なる方向から捉えたものにすぎない。したがって存在者の自己認識は他の存在者の自己認識との相互作用のなかでなされる。このような「対象認識」

は、次の言葉で定式化される。

「すなわち、ある存在者が他の存在者によって認識されることは、認識されるものの自己認識、認識するものの自己認識、さらに、認識するものが彼が認識するところの存在者によって認識されること——これらのことと同時に起こる。これが対象認識についてのロマン主義の理論の根本命題のもっとも精密な形式である。[20]」

認識者による認識対象の認識、認識者の自己認識、認識対象の自己認識、認識対象による認識者の認識、これらの四つの認識が同時に不可分に一体化してなされる「対象認識」においては、したがって、もはや主体‐客体という相関関係は廃棄されている。そこには〈連関可能性〉とでも言うべき、〈媒質〉に特徴的な主客を超えた一元的な魔術的領域が広がることになる。

「人間のうちにおける反省の高まりは、むしろ、自己自身によって認識されることと、他者によって認識されることとの間の境界を物において廃棄し、かくして反省の媒質のなかで物と認識する存在者とが相互のうちへかよいあうのである。両者は反省のたんに相対的な単位である。それゆえじつは、主体による客体の認識などというようなものは存在しない。あらゆる認識は、絶対者のうちにおける、あるいはもしそう言いたければ、〈客体という相関概念をもたぬ〉主体のうちにおける、ひとつの内在的連関である。[21]」

この「対象認識」は、ちょうど初期言語論で人間と事物の双方の「伝達可能性」が「名」において一体化し、この「名」が媒質的極限値を志向する運動へと収斂していったように、認識の主客相関の廃棄された〈連関可能性〉と言いうるような潜在的可能態が、自己認識という顕在化運動を展開することによって、ついにこの運動の統一的総体的連関である媒質的極限値としての「絶対者」の認識に至ろうとする運動、すなわち「絶対者の認識」へと、究極的には帰属するものである。それゆえ「対象認識」と「絶対者の認識」との間の区別は厳密なものではなく、前者は後者のなかへと解消しうるといえる。

「対象認識は、さきにその理論があたえられた、体系または絶対者の認識と区別されねばならない。しかし対象認識は、絶対者の認識から導き出すことができる。[22]」

またベンヤミン自身は明確には述べていないが、このように主体‐客体相関が廃棄された「対象認識」が「絶対者の認識」に帰属し、この「絶対者」が客体という相関概念をもたない主体のもとに捉えられるとされているのであれば、このような認識においては、個体‐総体という厳密な相関関係も廃棄されていることになる。一つの任意の存在者（「自己」）を反省媒質としてみた場合、「対象認識」「絶対者の認識」とは、この存在者が自らの内部に潜在的可能態としてある統一的総体的連関を、しだいに顕在化してゆくという自己認識であるが、あらゆる存在者の反省運動の極限に同一的に存在するものとしての「絶対者」を反省媒質とみた場合、「対象認識」とは、この反省媒質としての総体的世界（「自己」一般）のなかで、存在者が他者を相互的に認識しあい、連関を深めてゆくことであり、この連関の広がりの極限として「絶対者の認識」がなされる。このような個体・総体の双方における二つの反省運動は同時になされる、というより同一の反省運動を異なる視点から捉えたものに過ぎないのであり、それゆえここでは個体－総体という厳密な区別は意味をもたないことになる。

「絶対者の認識」と「対象認識」についての以上のような考察によって、ベンヤミンがロマン派の批評理論の認識論的前提とするその反省概念が、これまでみてきたようなベンヤミン自身の媒質的展開運動と正確に重なり合うものであることを明示し、それによって初期言語論、プログラム論とのつながりを自明なものとする、という所期の目的は一応達し得たと思う。以下では、この媒質的展開運動が批評理論としてはどのような形をとるのかを、具体的にみてゆきたい。

## 二　ロマン派の批評理論

ロマン派の芸術批評の概念の認識論的前提としての〈反省〉のあり方が、上記のような「絶対者の認識」および「対象認識」という形で考察された以上は、ベンヤミンの展開しようとするロマン派の芸術および芸術批評の理論は、基本的には次の二つの命題によって完全に言い尽くされている。すなわち、

「芸術とは反省媒質の一規定である。(23)」

「芸術批評とはこの反省媒質における対象認識をいう。(24)」

これはまた次のようにも変奏される。

「芸術という反省媒質における認識が芸術批評の課題である。この認識にとっては、一般に反省媒質のなかでの対象認識のために存在しているあらゆる法則があてはまる。(25)」

すなわち、

「批評が芸術作品の認識である限り、それは芸術作品の自己認識なのである。(26)」（補足すれば、これはもちろん批評の自己認識でもあることになる。）

このような規定が、芸術および芸術批評にもたらす特徴は次のようなものとなる。

媒質的展開運動の特徴の一つは、それが否定層をもつこと、すなわち〈展開可能性〉の領域を排除するような固定的立場をつねに否定するということにあった。したがって芸術を〈反省媒質〉とみなすとき、芸術作品のもつ完結性・不可侵性は失われ、作品はこの〈展開可能性〉（この場合は「批評可能性」と言われている）を潜在的可能態として秘めた未だ展開されざる不完全な形成物となる。

「いかなる作品も芸術の絶対者に対しては、どうしても不完全である。あるいは——同じことを意味するが——作品固有の絶対的な理念に比すれば不完全なのだ。」

これはのちにみるように、作品の「批評不可能性」を前提とするゲーテの芸術理論に対するロマン派の芸術理論の決定的対立点とされるものであり、この意味ではゲーテの芸術理論は媒質的芸術理論にとって否定層の役割を果たしている。

したがって、あらゆる芸術作品は自己の内部に媒質的展開運動の極限値としての「作品固有の絶対的な理念[27]」ないし「作品自体のもつ確かな内在構造[28]」を潜在的可能態としてもつ。芸術作品はこの媒質的極限値を目指して無限な反省運動を、すなわち自己認識を行うことを要求されている。その際、この作品の展開運動が具体的に現れるのは叙述形式においてであり、それゆえ反省運動は「形式」として対象的に展開されるとされる。

「形式は、作品の本質をかたちづくっている、作品に固有な反省の、対象的な表現である。[29]」したがって、作品の反省運動の極限値としての「作品固有の絶対的な理念」とはまた、「絶対的形式[30]」とも呼ばれるものであり、反省運動が、思惟の〈連関可能性〉が潜在的可能態としてとどまっている「原始反省」から、これが完全に展開され顕在化している「絶対反省」へと向かう媒質的展開運動として捉えられているのであれば、この作品の反省運動は具体的には、作品の〈展開可能性〉（「批評可能性」）が潜在的可能態としてとどまっている、作者によって創作されたままの作品の原「叙述形式」から、これが完全に展開され顕在化している「絶対的形式」へと向かう展開運動として現れることになる。そしてこの反省段階の高まり、すなわち〈展開可能性〉の明瞭化〈顕在化〉が、すでにみてきたように、Fr.シュレーゲルの「勢位高揚」およびノヴァーリスの「ロマン化」という用語のなかに読み取られたのであった。

批評が芸術という反省媒質における「対象認識」であるとされている限り、批評は、未展開な可能態としてとどまっている作品の〈展開可能性〉を、その媒質的極限値としての「作品固有の絶対的理念」「絶対的形式」に向けて完全に展開し、不完全な作品を完成する機能を担うことになる。しかもこの批評による作品の認識は、批評自体の自己認識であると同時に、作品自体の自己認識としてなされる。つまり批評の無限な反省運動とは、芸術作品のもつ無限な反省運動と等価である。

「作品における反省の勢位高揚は、その批評における反省の勢位高揚とも表されうるものであり、批評はそれ自体無限に多くの段階をもつ。[31]」

したがって、作者によって創作された作品の原「叙述形式」からその媒質的極限値としての「絶対的形式」へと向かう展開運動は、実際には批評の叙述形式としてなされる。批評の叙述形式は、批評および芸術作品の双方の主客不可分な一元的な〈展開可能性〉の、その反省運動の諸段階のもつ、その都度その都度の展開の「限界値[32]」として存在する。また、この批評の（したがって芸術作品の）もつ様々な反省段階は、必ずしも単一の批評家によって展開される反省段階とは限らず、批評家の複数性がこの反省段階に相当することがありうる。つまり「批評」という名のもとでは、批評家個人を超えた批評総体が考えられている。（これはもちろん反省媒質としての芸術のもつ統一的総体性である。）

「すなわち、個々の作品は芸術という媒質のなかで解消されるべきものであるが、このプロセスが意味あるものとして提示されうるのは、互いに入れ替わる多数の批評家によってであり、それも彼らが経験的な知性ではなく、人格化された反省段階であるときに限られる。[33]」

ところで上記のような批評理論においては、すでにみられるように〈芸術〉と〈芸術作品〉との厳密な区別はつけられていない。ベンヤミンが反省媒質として規定したのは〈芸術〉であるのに対して、上記のような論旨展開では、批評が展開すべき反省媒質は〈芸術作品〉として捉えられているようにみえる。これは、前段のロマン派の反省概念を考察した際にみてきたように、「対象認識」の理論においては個体‐総体という厳密な相関関係が廃棄されていたことによる。つまり、批評が芸術作品の「対象認識」である限り、そこでは〈作品〉という個体概念と〈芸術〉という総体概念との厳密な区別は不可能であることになる。総体としての〈芸術〉を反省媒質としてみた場合、この反省運動の極限値としての「芸術の理念」は次のように述べられる。

「方法的には、ロマン派の芸術理論全体は、絶対的な反省媒質を芸術として、さらに正確にいえば芸術の理念として規定することにもとづいている。芸術的反省の器官は形式であるから、芸術の理念は諸形式の反省媒質と定義される。この媒質においてすべての叙述形式は不断に関連しあい、互いに移行し合い、ひとつに結合して芸術の理念と同一であるところの絶対的な芸術形式となるのだ。芸術の統一というロマン派の理論は、だから、諸形式の連続体という理念のうちに存する。」(34)

ロマン派の反省概念の特徴が、すでにみてきたように「連関の無限性」として捉えられており、芸術という反省媒質においてはそれは「形式」として対象的に展開するのであれば、「芸術の理念」がこのように論述されることは当然であろう。すなわち、反省媒質としての芸術という総体的統一体のなかで、芸術作品およびその自己認識としての諸々の反省段階のもつ様々な叙述形式が、相互に不断に連関し合い、この連関の広がりの極限において、「芸術の理念」が「絶対的な芸術形式」「諸形式の連続体」として認識される。一方この総体プロセスは、〈作品〉という個体においては、自らの叙述形式の内部に潜在する媒質的極限値としての「絶対的形式」を、批評によって展開し、しだいに顕在化してゆくという自己認識、また同時に、それによって顕在化しゆく芸術の理念としての「諸形式の連続体」のなかでの作品の自己解消、というプロセスと同一のものである。このような個体、総体における反省プロセスの重なり合いのゆえに、ベンヤミンは総体としての「芸術の理念」について述べている箇所で次のように言う。

「芸術においては理念と作品とは必ずしも絶対的な対立物ではない。[35]」

「理念は作品であり、また、作品がその叙述形式の限局性を克服するならば、それは理念なのである。[36]」

また、このことは芸術という総体的統一体を一つの個体として、つまり作品としてみることを可能にするのであり、ベンヤミンはFr.シュレーゲルの「ロマン的ポエジー」およびそのヴァリエーションとしての「前進的普遍文学」「超越論的文学」「ポエジーのポエジー」という用語のなかに、この作品として捉えられた「芸術の理念」の表現をみるとともに、この芸術の反省運動の総体としての「芸術の理念」が一つの作品の叙述形式のなかに投影された最高の象徴的形式として、シュレーゲルの「小説（„Roman"）」概念を捉える。

この個体としての〈作品〉と総体としての〈芸術〉の双方の媒質的極限値である「芸術の理念」

「絶対的形式」が、「ロマン的ポエジー」という「小説」の最も完成された純粋な形姿として捉えられ、またそれが批評によって展開され言表されるべきものとされるとき、この「芸術の理念」はまた「散文的なもの」として捉えられる。

「ポエジーの理念は散文だ。これが芸術理念の最終的な規定であり、また小説理論の真の意味でもある。[37]」

「批評とは、それぞれの作品のなかにある散文的核心を析出することである。[38]」

芸術作品ないし芸術の自己認識という反省媒質における展開運動は、批評によって、散文においてなされなければならない。しかもベンヤミンは、このロマン派の「散文」概念のなかに、芸術批評の概念の歴史という「問題史」的な連関から、ヘルダーリンの「冷徹さ[39]」という概念との類縁性を認め、散文とは、「絶対的形式」へ向かおうとする作品の叙述形式に秘められた作品それ自体の意図を、一切の主観的熱情を排して忠実に展開しようとする冷徹さの現れであるとする。批評とはしたがって、作品に対する否定性の契機をもつような、批評家の主観性を含めた作品外部の価値基準に基づく価値評価としての判定などでは決してなく、この作品そのものの意図に厳密に忠実であることによって、作品自体の自己反省を積極的に押し進めるものとして本質的に作品の「自己」に帰属するものとされる。

「批評に判定をくだすのは、批評家ではなく、芸術それ自体である。[40]」

「つまりその〔＝ロマン派の批評概念の：論者註〕特徴とは、この批評の完全な積極性であって、その点で批評は、批評のなかに否定的な法廷を認める近代的な批評概念とは根本的に区別されるのである。[41]」

批評はこの意味で、作品外在的な価値基準を排した、またそれゆえ批評家の価値評価的な主観性・偶然性・恣意性を排した、いわば「客観的な志向[42]」をもつことになる。（もちろんこれは厳密には「客観的」なのではなく、主客相関を超剋した絶対性へと収斂してゆく志向である。）

しかしこのような批評理論は、それが媒質的展開運動として論述されている限り、第一章の初期言語論の考察の際に示された、この展開運動そのもののもつジレンマを共有することになる。このジレンマとはすなわち、媒質的展開運動はその極限値に向かうロゴス中心主義的な志向性をもつとともに、その展開の度合いに応じた価値的序列をもつはずであるが、しかしこの極限値は、媒質的展開運動の理念的理想としてのみ想定しうるものであり、現実には決して到達されることのない無限目標のままにとどまるのであり、それゆえこの展開運動の価値的序列を定めるようないかなる判定基準も現実には存在しない、というものであった。したがってこの批評論においてもまた、媒質的極限値としての芸術および芸術作品の「絶対的形式」は、そこに向かう批評の「客観的な志向」によっては現実には決して到達されることのないものとして想定されている。

「最後に彼らは、この概念の避けがたい否定的契機をも保持し、かつ活用することを心得ていた。結局ロマン派の詩人たちは彼らの理論哲学の要求と成果との間のとほうもない不一致を無視することはできなかった。そういうおりもおり、批評という語が時宜を得てふたたび出現した。なぜならこの語は、批判的な仕事の効力がどんなに高く評価されようと、この仕事には完結というものはありえない、ということを意味するからである。この意味においてロマン派の詩人たちは、批評という名のもとに、彼らの労苦の避けがたい不十分さというものを同時に承認し、これを必然的な不十分さとして特色づけようと試み、そしてついには、この批評概念のなかに、不可欠性のもつ必然的な不完全性、とでもあらわしうるものを暗示したのである。[43]」

媒質的展開運動は、初期言語論においては、その展開の度合いとしての「密度」に応じた様々な展開段階をもち、したがってそれは「低次の言語」から「高次の言語」へと移行していくような価値的序列をもっていた。このロマン派批評論においても、批評という作品の反省運動は、「勢位高揚」「ロマン化」として捉えられたような、その展開の度合いとしての「明瞭さ」の段階的高まりを示すのであり、したがってそれは必然的に価値的序列をもつものである。しかし批評の媒質的極限値がこのように現実には到達されることのない無限目標にとどまるのであれば、このような批評においては、この価値的序列を定めるようないかなる判定基準も存在しないことになり、「積極的な価値尺度は不可能である[44]」ということになる。そこにもし判定の契機が考えられるとすれば、それは、ある作品が批評可能かどうかによって、それが芸術作品であるかいなかということを判定する、副次的なものに過ぎない。

「ある作品が批評可能なものであれば、そのままそれは芸術作品なのであり、それ以外の場合は芸術作品とはいえない――これら二つの場合の中間に位するものは考えられない。[45]」ベンヤミン自身は、ロマン派の批評理論のなかにみられたこのような媒質的展開運動自体のひずみから当然帰結する、批評の主観性・偶然性・恣意性の疑念を避けるために、叙述形式に基づいた作品自体の意図に一切の主観性を排して厳密に忠実であろうとする「冷徹さ」という態度のなかに、その批評の展開運動が正しく媒質的極限値に向かう「客観的な志向」をもつことの保証を見い出そうとしているのであるが、しかし作品外在的な何らかの方法論的な判定基準があるわけでもなく、また唯一の判定基準としての絶対的極限値も無限目標として現実には存在しないのであれば、この批評の「冷徹さ」が真に作品自体の意図に厳密に忠実なものであるかどうかということは、確かめられ得ないことになる。初期言語論の考察の際にみてきたように、媒質的展開運動の極限値とは、現実の展開相においては、個々の展開段階にとどまることを禁ずることによって、逆説的に展開運動の無限性を保証するような運動原理としてのみ機能するものであり、それゆえに実体論的な絶対的極限値を志向する「名」における媒質的展開運動が、ソシュールの動態言語論、デリダの〈差延〉、永続的な差異化活動との対比が可能であったとすれば、このことはおそらくまた、上記のような批評理論と、クリステヴァやロラン・バルトらのテクスト理論との対比を可能にする。

すでにみてきたように、内在的批評理論（ベンヤミンがロマン派の批評概念のなかに読み取った上記のような批評理論を仮にこのように呼んでおく。）は、作品の完結性・不可侵性をもたらすような創作者の個性ないし直観能力の絶対性を排することによって、作品を批評可能な不完全なものとして捉え、そこに〈批評可能性〉という展開領域をみようとした。作品はこの展開領域において、自らの媒質的極限値としての「絶対的形式」へと向かう無限運動を繰り広げるのであるが、その際この展開運動は、作品の自己内完結的な運動としては捉えられてはいなかった。「作品固有の絶対的理念」としての「絶対的形式」に向かう個体プロセスは、同時に「芸術の理念」としての「絶対的な芸術形式」に向かう総体プロセスと重なるものであり、この総体はまた「諸形式の連続体」とも言われていた。つまり作品の媒質的展開運動とは、自らの顕在的な叙述形式からその潜在的な展開領域へと遡及することによって、そこに先行する様々な叙述形式が相互に不断に連関し合う場を認め、その連関の無限な拡充を押し進めるなかで、作品が自らの個体性を解消してゆく「連関の無限性」として展開してゆくものである。その場合批評は、作品との「対象認識」的関係のもとに、作品のこの無限な連関機能を担う運動体ないし場として存在する。このような芸術作品＝批評の媒質的展開運動は、総体としてみるならば、様々な叙述形式が連関し交錯する場としての、〈批評可能性〉の運動位相と、それが一時的に限定された派生体である、芸術および芸術作品の各反省段階としての、様々な批評の叙述形式のもつ静的位相との間を、循環しながら進展してゆく。以上のような内在的批評理論の構図と類似したものはまた、テクスト理論においてもみることができる。内在的批評理論が作品の完結性を排してそこに様々な叙述形式が交錯する連関領域を見い出したとすれば、テクスト理論においてもまた、「作者の死」(46)として表されるような、作品に内在する自己同一的主体を否定することによって、「作品からテクストへ(47)」という展開領域の開示を可能にする。この場合〈テクスト〉とは、それ自体完結した一つの個体として存在するものではなく、本来的にはそのような完結した顕在的な現象テクストの限局性を否定・破壊することによって開示される、原－欲動・生成の場であり、先行する様々な言表や共時的な様々な言表が不断に連関し合い交錯することによって構成される多元的（ポリフォニック）な〈引用の織物〉[48]である。そこにおいて読者は、テクストと（内在批評における「対象認識」的に）一体化しつつ、この連関の展開機能を担うとともに、その多元性が収斂してゆく場として存在する。このようなテクスト理論は、バフチンの〈対話原理〉[49]を受容しつつ、J・クリステヴァにおいて〈相互テクスト性〉〈ジェノ・テクスト〉[50]などの用語のもとに基礎づけられ、さらにはロラン・バルトの〈テクストの快楽〉[51]やデリダの〈エクリチュールの戯れ〉[52]へと通じてゆくものである。クリステヴァによれば、テクストの読解とは現象としてのテクストである〈フェノ・テクスト〉から生成としてのテクストである〈ジェノ・テクスト〉へと遡及することによって、後者が前者へと変換される過程を読み取る生産行為であり、われわれの文脈では、この読書行為におけるこの〈フェノ・テクスト〉と〈ジェノ・テクスト〉との絶えざる循環を、上記の内在批評の媒質的展開運動における、静的位相と動的位相との循環と対比してみることも可能であろう。[53]——このようにテクスト理論と内在的批評理論との間には、作品の完結性を否定する態度、作品ないしテクストを複数の叙述形式ないし言表が交錯する生成の場とみなす態度（内在批評の場合、これは連関の無限性としての「絶対者の認識」に基づく。）、批評ないし読者とテクストとの「対象認識」的関係、その展開過程における動的位相と静的位相との循環運動など、極めて類似した構図を認めることができる。もちろん、この両者の間にある根本的相違は看過されるべきではない。すなわち、テクスト理論における「作者の死」とは、たんに作品における人格的作者の存在を否定するのみならず、作品が完結した絶対的な内在構造をもつことをも否定しているのであって、そこに広がる〈相互テクスト性〉としての生成運動は、何らかの確定構造へと収斂してゆくものではない。これに対して内在的批評理論は、確かに創作者の直観能力に帰属する作品の完結性を否定し、そこに〈批評可能性〉という叙述形式の交錯する場、媒質領域を開示してはいるが、この媒質的展開運動が希求するその極限値とは、「作品自体のもつ確かな内在構造」とも言われている「絶対的形式」なのであり、その意味でこの生成運動は、ロゴス中心主義的な収斂性をもつものである。しかしながら先に述べたように、この媒質的極限値が決して到達されることのない無限目標のままにとどまり、現実には作品の無限な展開可能性を保証する原理としてのみ機能するものであるとすれば、作品の媒質的展開運動は、〈テクストの快楽〉として表されるようなエクリチュールの連関の無限な展開運動と、現実にはほとんど差異はなくなるだろう。ただしベンヤミンの場合、この作品の反省運動・エクリチュールの戯れが「快楽」として感じられるのは、その媒質的極限値の神的ともいえる絶対性およびそこへの到達可能性が信じられている限りにおいてである。この確信が揺らぐとき、「快楽」に満ちた「戯れ（jeu）」は、ある「悲しみ（„Trauer“）」を帯びた「戯れ（„Spiel“）」へと転じるだろう。(54)

## 三　ゲーテの芸術理論

本章第二節の冒頭で述べたように、このロマン派批評論が意図するのは、一義的には、芸術批評の概念の歴史についての研究という「一つの問題史的研究」に対して、ロマン派の芸術批評の概念を叙述することによって一つの寄与をすることにあるとされていたが、より本来的には、ロマン派の批評理論とゲーテの芸術理論とを対比させることによって、この芸術批評の概念の歴史という「問題史」の包括的体系的な連関を予示することにあった。この両理論を止揚・統一してその体系的連関を明示することは、ベンヤミン自身の批評理論の形成に委ねられた課題であり、これがのちに『ゲーテの親和力』において展開されることになる。したがってゲーテの芸術理論は、ベンヤミンの批評理論の形成にとって重要な意義をもつものであり、ロマン派の批評理論に対する補完的な役割を果たすと同時に、克服されるべき否定的要素をも含んでいる。

ベンヤミンがゲーテの芸術理論をロマン派の批評理論とは異なる原理として対比的に捉えている理由は、ゲーテの芸術理論が媒質的展開領域から超越した理念論的な立場を前提としているということによる。これはすでに、直観的直接性を要求するフィヒテの定立と反省の二元的立場に対して、思惟的直接性をもつロマン派の媒質的な反省運動の一元的立場を対比的に捉えたときに、萌芽としてみられたものであるが、根本的には、プログラム論の考察においてみてきたような、いわば

〈展開不可能なもの〉としての神的な超越存在と媒質的展開運動の内在領域との間の断層の明瞭な自覚化の、より具体的な現れとみることができる。

ベンヤミンはロマン派の批評理論とゲーテの芸術理論との対立点を、「理念」と「理想」との相違として捉える。

「ロマン派の詩人たちは芸術を理念という範疇のもとに把握している。（略）〈理念〉ということで、この連関においては、ある方法のアプリオリが理解されており、これに対応しているのが、秩序づけられた内容のアプリオリとしての理想である。（略）このような内容のアプリオリから出発するのがゲーテの芸術哲学である。(55)」

「ゲーテの芸術理論とロマン派のそれとの関係という問題は、したがって、純粋な内容の、純粋な（そしてそれ自体厳格な）形式に対する関係という問題と一致する。(56)」

ここでいわれている「理念」とは、すでに「芸術の理念」としてみてきた媒質的極限値としての「絶対的形式」（「純粋な形式」）のことであり、それは形式を反省運動を担う「器官」として、批評によって作品自体の意図に基づいて厳密に展開され探究されるべきものであるがゆえに、「方法のアプリオリ」という用語のもとで捉えられる。この「理念」は、媒質的展開運動の無限目標であり現実には決して到達されることのないものであるため、正しく〈理念〉と呼びうるものであるが、この展開領域を内在領域としてみた場合、「理念」は到達不可能なものとしてこの内在領域から超越した存在であるのではなく、あくまでも無限目標として到達可能性を秘めたこの内在領域の極限として存在する。したがって現実から超越した存在としてのプラトンの〈イデア〉との類比から、この内在領域から超越した存在を〈理念〉として捉えるなら、〈理念〉は上に述べられているようなロマン派の「理念」にではなく、むしろゲーテの「理想」の方にみることができる。ゲーテの芸術理論における「理想」とは、芸術家の直観によってのみ捉えられるような、一切の芸術作品・形式に先立って、それらとは無関係に自体的に存在する超越的存在者であり、それゆえベンヤミンはこれを「内容のアプリオリ」という用語のもとで捉える。このベンヤミンの述べるゲーテの芸術理論を具体的に要約すれば、次のようなものになる。

単一的統一的な超越存在としての「理想」＝「内容のアプリオリ」は、自らを同じく理念論的な超越存在としての「純粋内容」の多数性のなかに分解して表現する。「純粋内容」は「理想」の発現形態であり、この様々な「純粋内容」の調和のとれた不連続体のなかに、「理想」は自らを表明する。

「理想が把握されるのは、そのなかへ理想が分解されている、純粋内容の限定された多数性のうちにおいてだけである。したがって、もろもろの純粋内容の、ある限定され、調和のとれた不連続体のなかに、この理想が自らを表明する。」[57]

この「純粋内容」が作品の「原像」[58]である。詩人は現象的な自然のなかに、この「原像」と等価な「真の自然」[59]＝「原現象」[60]を「直観（„Anschauung"）」によって把握し、それに「似せて（„Gleichen"）」[61]作品をつくる。このときはじめて直観によってしか把握し得ない理念論的な「純粋内容」が具象化・対象化される。「純粋内容」＝「原像」＝「原現象」＝「真の自然」は、芸術作品によってはじめて具象化・対象化され、目に見えるようになるのであり、作品化以前においては、現象としての自然のなかに隠されている、ないし芸術家によってたんに直観されているだけである。ここに芸術作品のもつ最大の意義がある。

「叙述されたものは、作品のなかでのみ見ることができるのであり、作品の外部にあっては、ただ直観されるだけである。(62)」

「この世界の自然においてではなく、ただ芸術においてのみ、真の、直観し得る、原現象的な自然は模写されて目に見えるものとなるだろう。ところがそのような自然は、この世界の自然のなかにはなるほど現前してはいるが（現象によっておおい隠され）隠れているだろう。(63)」

しかし、作品は「純粋内容」にたんに〈似ている〉だけであり、両者の間には越え難い断絶がある。「純粋内容」は作品の成立以前に、プラトン的イデアないしエレア的にやすらえるものとして存在しているのであり、芸術作品はつねにこの模倣としての副次性を帯びる。

「この目には見えない――しかし直観はできる――原像には、作品は到達することができない。作品は、その程度に多少の差こそあれ、この原像に似ることができるだけである。(64)」

個々の「原像」は超越的理念として存在しており、「この原像の領域から作品への移行は存在しない(65)」がゆえに、個々の作品の成立は、芸術家の直観という偶然に委ねられている。また、「理想」という単一的統一的存在に対しては、個々の作品は、「理想」が分解した不連続な諸「原像」を呈示しようとする別々の努力であって、諸作品相互の連関をもたず、統一へと向かうこともない、断片的ないわばトルソーのようなものにとどまる。ただし作品は統一的「理想」に対してはトルソーであるが、「原像」と断絶しているために模倣としてそれ以上展開し得ない完結性をもち、しかもその成立は芸術家の直観能力にのみ委ねられているがゆえに、作品は本質的に批評不可能なものとなる。この〈偶然性〉〈トルソー性〉〈批評不可能性〉が、ゲーテの芸術理論における作品の特徴をなす。

ベンヤミンの捉えるこのようなゲーテの芸術理論は、明らかにすでにみてきたようなロマン派の批評理論とは異なるものであろう。超越的理念論の立場に立ち、それゆえ作品と「原像」との間に絶対的断絶を認めるゲーテの芸術理論に対して、媒質的な反省運動の一元的立場に立つ内在的批評理論においては、作品の原「叙述形式」と媒質的極限値としての「理念」＝「絶対的形式」との間には連続的な展開運動が認められる。それゆえ作品はそれ自体完結した批評不可能なものとして存在するのではなく、「絶対的形式」に向かう不完全な「批評可能性」を秘めたものとして存在するのであり、また作品の叙述形式から「絶対的形式」へと移行する連続的直接性が存在するがゆえに、逆に言えば、「芸術という媒質のなかには、絶対的形式から個々の作品への移行が存在している」がゆえに、芸術作品の〈偶然性〉は消失し、作品は必然的なものとなる。さらに、この媒質的極限値としての「絶対的形式」は連続的総体的無限性をもった「諸形式の連続体」であり、個々の作品はこのなかへと解消してゆくがゆえに、単一的統一的「理想」に対する諸「原像」およびその模倣としての諸作品の不連続的有限性を表す〈トルソー性〉[66]も否定される。このようなゲーテの芸術理論と内在的批評理論との対立点は、基本的には、前者における超越的理念論の立場、不連続的有限性の立場、創作理論の立場と、後者における反省運動の一元的内在的立場、連続的総体的無限性の立場、批評の前提となる作品の創作理論を欠いた批評理論の立場との対立という点に集約されるものである。ゲーテの芸術理論はこのような基本的立場にとどまる限り、芸術作品の「批評不可能性」へと帰着してゆくのであり、その意味では、芸術作品の「批評可能性」に基づく内在的批評理論の媒質的展開運動にとっては、排除すべき否定層の役割を果たしている。

「初期ロマン派の芸術哲学の仕事のすべては、芸術作品の批評可能性を原理的に証明しようとしたものであるというように要約することができるし、ゲーテの芸術理論のすべては、作品の批評不可能性という彼の直観の背後にある。[67]」

しかしベンヤミンの本来的志向は、内在的批評理論の立場からのゲーテの芸術理論の否定にあるのではなく、すでに述べたように、この「純粋な形式」「理念」へと収斂するロマン派の批評理論と「純粋な内容」「理想」へと収斂するゲーテの芸術理論という、上記のような対照的立場に立った二つの理論を止揚・統一することによって、芸術批評の概念の歴史という「問題史」の体系的連関を明示することに向けられている。それがどのようにしてなされ、ベンヤミン自身の批評理論が形成されるかは、本章第四節の親和力論の考察において示されるだろう。しかしこの批評理論の形成は、その前提として、これまでみてきたベンヤミンの媒質的展開運動自体の決定的な性質の転化を要求するのであり、次節はこの考察を主眼としている。

## 第三節　媒質的展開運動の性質の転化

### 一　負性を帯びた媒質的展開運動――『神学的政治的断章』考察

これまでの考察によって、ベンヤミンの初期言語論・プログラム論・ロマン派批評論のいずれにも媒質的展開運動という基本的構図が認められること、しかもこの展開運動は、〈展開可能性〉を排除するような否定層を破壊し、その極限値において自らの神性ないし絶対性を開示する機能を担うものとして、積極的な正的性質を帯びたものであることが示された。もちろんこれらの諸論文の間には、媒質論的な見地における微妙な変化がみられるのであり、それは〈展開不可能なもの〉としての神的存在の領域と〈展開可能性〉の媒質的展開運動の領域との間の断層の、漸次的自覚化として捉えられた。すなわち初期言語論においては、「伝達不可能なもの」としての「神の言葉」と、「名」における人間と事物の双方の「伝達可能性」の媒質的展開運動との間の差異は、等質な言語流動体の潜勢層と顕現層とにおける様態的差異に過ぎず、この言語流動の統一体が本来的に「神の言葉」であるとされたのであった。したがって両者はともに神的エネルギーの流動体なのであり、そこに質的な差異は設けられてはいない。これに対してプログラム論においては、物自体界

〈存在〉と主体の認識構造（認識）とを厳密に区別するカント哲学の基本構図を媒質論へと変形しつつ転用した結果、この初期言語論における媒質的展開運動と展開不能な神的存在との間の差異を浮き立たせ、もはや等質な「言語流動の統一体」とはみなし得ないような、両者の間の質的位相的な決定的断絶をもたらしている。プログラム論の基本的姿勢は、この〈もはや〈潜勢的な〉とはいえない〉超越的な神的存在についての言及を避け、学的哲学の使命を媒質的極限値としての根源構造の究明という内在的一元的領域に限定しようとするものであった。ロマン派批評論はこのプログラム論の基本姿勢を受け継ぎ、その内在的批評理論を、「絶対的形式」を媒質的極限値として求める反省運動の内在的一元的立場のもとに展開している。しかしこれとは異質な原理として、超越的理念論の立場に立つゲーテの芸術理論を対比的に考察することによって、内在的な媒質的展開運動と超越的な神的存在との間の断絶・対立をより具体的に明瞭に呈示しているといえる。もちろんこのような内在領域と超越領域との間の断層の自覚化は、必ずしも媒質的展開運動の積極的性質を奪うものではない。プログラム論においては、媒質的展開運動はその極限値において「神の経験と教え」を（ただし〈「神」を〉ではない。）開示するものとして捉えられていたし、内在的批評理論においても、その反省運動の媒質的極限値としての「絶対的形式」は神的ともいえる絶対性を帯びていた。この媒質的極限値における神性ないし絶対性が信じられる限りにおいて、内在領域と超越領域との間の断層は、媒質的展開運動の積極性を何ら侵害するものではない。しかしこの積極性を保証する唯一の基盤となっているのは、極限値の神性に対するベンヤミン自身の信仰的確信である。このオプティミスティックな確信が、ロマン派批評論以降揺らぎをみせはじめ、それにしたがって媒質的展開運動がある種の負性を帯びたものとして捉えられるようになる。この傾向は『運命と性格』（一九一九）、『暴力批判論』（一九二一）、『神学的政治的断章』（一九二一）のなかでしだいに顕著に現れるようになり、最終的に『ゲーテの親和力』（一九二二）における美の理論のなかで止揚されるのであるが、この一連の過程のなかで、『神学的政治的断章』はこの媒質的展開運動の性質の転化を示すマニフェストの役割を果たすものと捉えることができる。(1)

『神学的政治的断章』（以下『断章』と略す。）を媒質論的にみるならば、そこにおいて媒質となっているのは、プログラム論と同様〈歴史〉である。〈歴史〉は後期のベンヤミンの思索にとって決定的な媒質となるものであるが、媒質論が本来的に運動相のもとで論じられるものである限り、媒質はつねにその本質的形姿として歴史を内包する。初期言語論においてもロマン派批評論においても、そこで語られているのは媒質的極限値に向かう言語の本質的歴史であり、また芸術作品の本質的歴史である。したがってベンヤミンの初期の思索においても、現実の歴史がしばしば媒質として論じられるのは当然のことであろう。しかし同じくこの現実の歴史を媒質としたものであるだけに、『断章』とプログラム論との相違は、それだけ顕著にベンヤミンの媒質的展開運動の性質の転化を物語っている。『断章』は冒頭から次のように始まる。

「メシア自身が初めてあらゆる歴史的出来事を完成させる。しかもそれは、メシアがこれら出来事のメシア的なものとの関係自体を初めて救済し、完成し、創出するという意味においてである。それゆえ歴史的なものは自分の方から自らをメシア的なものに関係づけることはできない。それゆえ神の国は歴史的可能態のテロスではない。神の国は目的へと設定され得ない。歴史的にみるならば、それは目的ではなく終点なのだ。(2)」

プログラム論においては、歴史の媒質的極限値としての根源構造である「認識論」的構造総体が「神の経験と教え」を可能にするとされていたのに対し、ここでは、「歴史的可能態のテロス」として語られる歴史の媒質的極限値は、自らを神的なものに関連づけることはできないとされる。つまりここでは神的超越領域と媒質的内在領域との明確な機能区分がみられるのであり、神的存在がこの内在領域を完成し、その媒質的展開運動に終点を打ち、これを救出することができるとされるのに対して、内在領域の方からはそのテロスとしての媒質的極限値において神性を開示することはできないとされている。ここにはこれまでのベンヤミンの媒質的展開運動の積極性を支えてきた、上記のようなオプティミスティックな信仰的確信はみられない。

もちろんこのことは、このテロスとしての媒質的極限値そのものが否定されているということを意味してはいない。

「世俗的なものの秩序は、幸福の理念に基づいて建てられなければならない。(3)」

媒質的展開運動の極限値が、現実の展開相においては、個々の展開段階にとどまることを禁ずることによって、逆説的に展開運動の無限性を保証するような運動原理として機能したとすれば、そのような原理はここでは「幸福の理念」のなかに求められる。ただしこの「幸福」は、歴史の運動原理としてのテロスを意味しているのであって、通常の意味での幸福なのではなく、「苦悩の意味での不幸を経移してゆく(4)」ような「幸福」である。

「この永遠に衰滅してゆく、この総体性において衰滅してゆく、その空間的しかしまた時間的な総体性において衰滅してゆく現世的なもののリズム、つまりメシア的自然のリズムは、幸福である(5)。」

「この衰滅を希求することが、自然であるところの人間の段階にとってもまた、世界政策の課題である。その方法はニヒリズムと呼ばれなければならない(6)。」

媒質的展開運動のテロスは「幸福」であるが、「幸福」とは現世的なものの衰滅として捉えられる。つまり、ここでは媒質的展開運動そのものが永続的衰滅・ニヒリズムという負性を帯びたものとして捉えられていることになる。媒質的極限値が現実には展開運動の無限性を保証する原理としてのみ機能し、しかもこの極限値の神性がもはや信じられていないのであれば、媒質的展開運動がこのように永続的衰滅・ニヒリズムという相貌をとることは当然の帰結であろう。しかしこのような媒質運動の捉え方は、これまでの積極的な正的性質を帯びたものとは決定的に異なるものである。その唯一の類似物は、初期言語論における「裁く言葉」のなかにあるいはみることができるかもしれないが、その場合でも、「名」が媒質的展開運動の本来的あり方であり、「裁く言葉」はその堕落形態とされたのであって、媒質的展開運動そのものが決定的負性を帯びたものとして捉えられたことはなかった。ここには、媒質的展開運動の性質の決定的転化をみることができる。

しかしこの負性を帯びた媒質的展開運動は、ちょうど「裁く言葉」が（というより本来は媒質的言語一般が）「伝達不可能なもの」として展開運動の外部にある「神の言葉」と微かな「象徴的」つながりをもっていたのと同様に、神的超越領域との間にある種のつながりをもつとされる。「一本の矢の方向が、世俗的なものの可能態がそこで作動する目的を表し、もう一本の矢の方向がメシア的集中性の方向を表すのであれば、自由な人間の幸福の希求は、もちろんこのメシア的な方向からは離れて行われる。しかしある一つの力が自らの方途を進みながら、逆の方途にあるもう一つ別の力を促進することができるように、世俗的なるものの世俗的な秩序もまた、メシアの国の到来を促進することができるのである。世俗的なるものは確かにこのメシアの国のカテゴリーではない。しかしそれはこの国の最も微かな接近のカテゴリーなのである。(7)」幸福をテロス・極限値とする媒質的展開運動の方向と、神的領域に向かう方向とは別のものであるにもかかわらず、この展開運動は神的領域の到来を促進する。（これはもちろん、「裁く言葉」の象徴機能を考察した際に予示したような、アレゴリーの極限における救済の機能を担った「一回限りの急転」「美しいラストシーン（神格化）」へと通じるものである。）このことは媒質的展開運動を、たんなる負性を帯びたものとしてではなく、正負の両義性（厳密には三義性）をもつものとして捉えることを可能にする。すなわち媒質的展開運動は、第一に、これまでと同様〈展開可能性〉を排除するような通俗的惰性態としての否定層を破壊する機能をもつのであり、その意味では依然として積極的意義をもつものである。しかし第二に、この否定層の破壊によって開示された媒質領域は、永続的衰滅・ニヒリズムという展開運動が繰り広げられる場であり、この意味ではそれは決定的負性を帯びることになる。だが第三に、この負性を帯びた媒質的展開運動が、間接的にではあれ上記のように「神の国」の到来を促進するとされることによって、それは再び積極的意義を担う。

『断章』はこのように媒質的展開運動の性質の転化を明らかに示すマニフェストであり、その批評理論における具体的な現れは『ゲーテの親和力』のなかで展開されるが、この親和力論の前提を成すとともに、永続的衰滅・ニヒリズムという負性を帯びた媒質的展開運動をより具体的に展開しているのは、次に示す、『断章』と同年に書かれた『暴力批判論』である。

## 二　負性の具体的現れとしての「神話的暴力」――『暴力批判論』考察

第一章言語論の章末において示唆しておいたように、媒質的極限値の神性に対する信仰的確信が揺らぐとき、「完全に認識する言語」を極限値とする〈名〉における媒質的展開運動を正値とし、「抽象の伝達可能性」を担った〈裁く言葉〉をその堕落形態とするような、〈名〉と〈裁く言葉〉との間の明瞭な格差はもはや成立し得なくなる。なぜなら、媒質的極限値が神性を失い、いまや「永続的衰滅」と表されるような展開運動の無限性を保証する運動原理としてのみ機能するようなところでは、言い換えれば、〈名〉も〈裁く言葉〉もバベル的言語状況のままに永続的な無限運動を続けるところでは、「命名過剰」な事物の〈名〉と「饒舌」な抽象言語との媒質的展開運動における質的差異はほとんどなくなるからである。これはもちろん〈名〉の方が〈裁く言葉〉に近づいているのであって、このことは、この負性を帯びた媒質的展開運動の言語における現れが、神的極限値に向かう〈名〉ではなく、むしろ〈裁く言葉〉をその本来的形姿とすることを表している。この〈裁く言葉〉の起源としての「認識の樹」はまた「法の神話的源泉」とも言われていたものであり、法の神話的形態と〈裁く言葉〉とが同類のものであることを示している。ベンヤミンはプログラム論において「すべての哲学的認識の唯一の表現は言語に還元される」と述べ、その媒質としての歴史の根源構造の表現を言語に求めたとすれば、彼が『暴力批判論』において〈法〉の維持と変動のなかに現れる暴力の存在形態を論究するのは、たんなる法理論的研究なのではなく、〈裁く言葉〉を本来的表現形姿とするような、この転化した媒質的展開運動そのものの具体的あり方を探り出そうとしているものとみることができる。

　第一章において媒質的展開運動の基本構造を導出してきた際に、それは〈展開可能性〉とでもいうべき運動エネルギーが自己展開してゆく流動体として捉えられた。これは本来的には、〈展開不可能なもの〉としての潜勢層をも含めた「神の言葉」というエネルギー総体の顕現として展開されるものであり、媒質的展開運動もその外部にある神的存在も、根本的にはある総体的エネルギーの展開相のもとに捉えられたのであった。この媒質論的な基本的構図を、ベンヤミンは『暴力批判論』のなかにも受け入れている。すなわち彼が『暴力批判論』のなかで論じるのは、法の歴史総体を媒質とする、このエネルギー総体としての〈暴力（„Gewalt“）〉である。もちろん媒質的展開運動とその外部にある神的存在との間の断層の自覚化にともなって、この暴力は、もはや「言語流動の統一体」として語られる「神の言葉」のような総体的統一性をもつわけではなく、そこには媒質的内在領域と神的超越領域との二種のエネルギー層を看て取ることができるのであり、これをベンヤミンは「神話的暴力」と「神的暴力」という名で呼んで区別する。(8)媒質的展開運動が、言語論においては「伝達可能性」という運動エネルギーが媒質としての言語において自己展開してゆく運動として捉えられたのであれば、「暴力批判論」で示されるのは、「神話的暴力」という運動エネルギーが媒質としての法の歴史総体において自己展開してゆく運動であり、またこの展開運動と神的超越領域としての「神的暴力」との関係である。言うまでもなく、このような同種の媒質的展開運動の構図をもつ言語論と暴力論との決定的相違は、前者が極限値の神性に対する確信のもとに論じられているのに対し、後者ではこのような確信は消失し、媒質的極限値は「永続的衰滅」としての無限運動を保証する原理としてのみ機能するという点にある。

『暴力批判論』を媒質論的視座から具体的にみてみよう。媒質的展開運動のもつ積極的機能の一つは、それが〈展開可能性〉（この場合「神話的暴力」）の開示を阻むような、固定的な通俗的惰性態としての否定層を破壊するという点に求められた。『暴力批判論』においてこの否定層の役割を果たしているのは、目的と手段との関係へと集約される従来の法理論である。従来の法理論は、自然法においても実定法においても、暴力を目的達成のための手段とみなしたうえで、「自然法は、目的の正しさによって手段を「正当化」しようとし、実定法は、手段の適法性によって目的の正しさを「保証」しようとする。[9]」この両者に共通するのは、「正しい目的は適法の手段によって達成されるし、適法の手段は正しい目的へ向けて適用されうる、とするドグマ[10]」である。このようなドグマを排して、暴力を目的達成のための単なる手段としてではなく、展開可能性を秘めたそれ自体独自のあり方をもつ運動体として捉えようとするのが『暴力批判論』の主眼である。

暴力が媒質の展開を担う自体的な存在であることを、ベンヤミンは次のように導出してくる。彼はまず、現実における暴力の存在形態を考察するために、実定法にみられる「サンクショナルな暴力」と「非サンクショナルな暴力」という区別を仮設的に導入する。[11]（自然法からは、目的さえ正しければどのような暴力も許容されるため、現実における暴力の存在形態を区別して捉えることはできないがゆえに、これは必然的な操作である。）「サンクショナルな暴力」（「適法な暴力[12]」）とは、ある共同体がある歴史段階においてそこへの服従を承認した目的（「法的目的[13]」）に手段として奉仕する暴力であり、「非サンクショナルな暴力」（「不法な暴力[14]」）とは、このような承認を欠いた目的（「自然目的[15]」）に手段として奉仕する暴力である。ベンヤミンはここから論を進めて、「自然目的」に手段として奉仕する「非サンクショナルな暴力」の本来的あり方を、既成の法を廃して新たに法を措定しようとする「法措定的暴力[16]」として、また「法的目的」に手段として奉仕する「サンクショナルな暴力」の本来的あり方を、措定された法を維持し続けていこうとする「法維持的暴力[17]」として捉え直す。このような捉え直しによってベンヤミンが意図しているのは、次のような暴力の特性の明示である。まず第一に、「法措定的暴力」と「法維持的暴力」は敵対する異質な暴力ではなく、「法措定的暴力」はひとたび法が措定されるやいなや「法維持的暴力」へと連続的に移行する、というよりも「法維持的暴力」は本質的に「法措定的暴力」に仕え、これに含まれるものである。第二に、この法措定から法維持へと移行する法的暴力は、自らが抑圧する対抗暴力に対しても同等の権利を認める。この抑圧された暴力もまた、機会さえ訪れれば自らの法を措定し、法維持へと移行しうる法措定的暴力なのであり、両者の間に原理的な相違はない。したがって、通常「サンクショナルな暴力」と「非サンクショナルな暴力」との対立として捉えられているのは、法維持へと移行した法的暴力とそれによって抑圧される「法措定的暴力」との対立として捉えられる。第三に、したがって暴力を手段とみなすならば、この「法措定的暴力」によって措定される法の目的は、恣意的なものとなる。なぜなら、法的暴力もそれによって抑圧される様々な対抗暴力も、自らが手段として仕えるそれぞれの目的をもつのであり、これらの暴力がすべて「法措定的暴力」として原理的に相違がないのであれば、その目的の絶対的正しさは決定不能なものとなるからである。——これゆえにベンヤミンは、暴力を手段とみなし目的の正しさへと収斂してゆく、先に述べたような従来の法理論のドグマを批判する。「法措定的暴力」は確かに法として措定されるものを目的として追求する。しかしその目的が法として設定されるやいなや、もはやこの「法措定的暴力」は不用なものとして放擲されるというわけではなく、目的と一体化して法を措定しつづける権力となる。換言すれば、「法措定的暴力」とは、目的に対する手段なのではなく、措定され維持される法において自らの「存在表明」(18)を行うような、あるデモーニッシュな自体的存在である。

「すなわち、法措定における暴力の機能は、次の意味で二重なのだ。確かに法措定は手段としての暴力によって、法として設定されるものを目的として追求するのだが、しかしその目標が法として設定された瞬間に暴力を解雇するのではなく、いまこそ厳密な意味で、しかも直接的に、暴力を――誰一人として暴力から解放したり独立させたりしないことによって、というよりは必然的・内面的に暴力と結びついている目的を、権力の名のもとに法として設定することによって――法を措定しているものとする。法の措定は権力の措定であり、その限りで、暴力の直接的宣言の一行為にほかならない。[19]」

ベンヤミンはこのような暴力そのものの自体的なあり方をニオベ伝説にみられるアポロとアルテミスの暴力との類推から「神話的暴力」と名づけるのであるが、注意しなければならないことは、この「神話的暴力」はたんに対抗する法外部の暴力を抑圧する法的暴力を意味しているのではないということである。

「この後者の［＝神話的な法措定の：論者註］原理は国法において適用され、重大きわまる結果を生んでいる。すなわちこの領域においては、神話時代のすべての戦争の「講和」がとりおこなうような境界設定という、法措定的暴力一般の根源現象が存在しているのだ。この現象には、あらゆる法措定的暴力が保証しようとするものは財貨の莫大な取得よりも以上に権力であることが、明瞭に示されている。境界が確定されるところでは敵は決して根絶されず、それどころか、勝者の暴力がきわめて優越している場合でも、敵にも権利［＝„Recht"：法］が認められる。しかもデモーニッシュな二義的なしかたで「等しい」権利が認められる。すなわち、契約を結ぶ両当事者にとって、踏み越えてはならぬ線は同じ線なのだ。ここに怖るべき根源性をもって現れているのは、「踏み越え」てはならぬ法律のもつ神話的な二義性と、同じものである。[20]」

「神話的暴力」は「法措定的暴力」として自らを「表明」する。ただし、法の措定とは一つの境界設定であるがゆえに、この「表明」は二重の仕方でなされる。すなわちそれは、一次的には法の内部においてこれを維持する権力を措定する暴力という形でなされるが、二次的には法の外部においてこの法的暴力に抑圧される対抗暴力という形でなされる。この両者の対立によって境界としての法は措定されるのであり、両者ともが「神話的暴力」の法措定的現れである。法とは一つの〈制度〉であり、したがってやや敷衍して考えるなら、ベンヤミンがここで述べている「境界設定」という考えは、文化の共同幻想的構造の措定と重なるものである。[21]ベンヤミンの言う「神話的暴力」とは、共時的にみた場合、構造内部の力と構造外部の力に分かれて、その対立によって構造そのものを成立させているような総体的な力・エネルギーである。

したがって法の歴史総体は、このような自体的なエネルギーとしての「神話的暴力」が展開する流動体、すなわち〈媒質〉と捉えることのできるものであり、この媒質における法＝境界＝構造の通時的な変化をベンヤミンは次のように説明する。

「この変動法則の基礎となるのは、法維持的暴力は必ずその持続の過程で、敵対する対抗暴力を抑圧することをつうじて、自らのなかにあらわれている法措定的暴力をも自ずから間接的に弱めてしまう、ということである。（略）このことは、新たな暴力かあるいはすでに抑圧されてきた暴力かが、従来の法措定的暴力にうちかち、新たな法を新たな没落に向かって基礎づけるときまで継続する。神話的な法形態の呪縛圏にあるこの循環を打破するときにこそ、新しい歴史的時代が創出されるのだ。[22]」

すなわち、法内部の「法措定的暴力」は、法が維持され持続してゆくうちに、「法維持的暴力」へと移行し、外部の対立する法措定的対抗暴力を抑圧するとともに、自らの法措定的性格も意識せず忘却するようになる。しかし、敵対する対抗暴力が法を侵犯するとき、境界は変動し、「法措定的暴力」「神話的暴力」は新たに喚起される。これは一方では、法を侵犯する対抗暴力が自らの新たな法を措定しようとする暴力であるとともに、他方では侵犯を受けた法的暴力が再び新たに法を措定し直そうとする暴力である。いずれが優勢であるにせよ、侵犯を受けることによって「法措定的暴力」は喚起され、法は再び措定される。このような〈法・境界の維持＝「神話的暴力」の忘却〉と〈法・境界の侵犯による変動・再措定＝「神話的暴力」の喚起〉との間でなされる永続的な循環運動（「永劫回帰」）の場こそが、「神話的暴力」の呪縛圏なのであり、これが、ベンヤミンが「運命」と呼ぶものである。これは媒質論的な見地からは、〈展開可能性〉という運動エネルギー（この場合「神話的暴力」）の運動位相と、その各展開段階のもつ静的位相との間の循環運動とみることができる。これまでみてきたように、媒質的展開運動はこの循環運動を繰り返しながら進展してゆくのであり、それは言語論においては、「翻訳」ないし「伝達」として捉えられた「伝達可能性」の運動位相と、その展開の度合いとしての「密度」の相違にしたがって生じる様々な諸言語のもつ静的位相との間の循環運動であり（すでに第一章第一節四において、「伝達可能性」の潜在層から顕在層への段階的進展を、ソシュールの動態言語論におけるラングの静態相とその永続的な差異化・再布置化の動態相との循環運動と対比可能であることを、補足的に示しておいた。）、またロマン派批評論においては、「勢位高揚」ないし「ロマン化」として捉えられた「批評可能性」の運動位相と、その展開の度合いとしての「明瞭さ」の相違にしたがって生じる、芸術および芸術作品自体の各反省段階として存在する、様々な批評の叙述形式のもつ静的位相との間の循環運動としてみてきたものである。言語論およびロマン派批評論においては積極的意義をもっていた、この循環運動によって進展する媒質的展開運動が、この『暴力批判論』では〈神話的暴力の呪縛圏〉として捉えられているのは、言うまでもなく媒質的展開運動そのものの性質の転化によるものであり、つまりは、媒質的極限値が現実には展開運動の無限性を保証する原理としてのみ機能していることと、この極限値の神性に対する懐疑からその運動の無限性の積極的意義が失われていることによる。

法の歴史総体を媒質とするこのような媒質的展開運動のなかに、『神学的政治的断章』において明示された、この展開運動の性質の転化はより具体的にみてとることができるように、『断章』における媒質的内在領域と神的超越領域との関係もまた、この『暴力批判論』のなかにすでに現れてきている。『断章』において、神的領域の方からこの内在領域を完成し、その運動を終結させ、これを救出することができるのに対して、媒質的内在領域は「永続的衰滅」を続け、自らを神的領域に関連づけることはできない、とされていたとすれば、この『暴力批判論』においても、媒質的展開運動は永続的な循環運動を続ける神話的呪縛圏としてのみ存在し、自らこの圏域を脱することはできないとされるのであり、これに対して、この無限循環を断ち切り神話の呪縛圏を破壊するようなまったく異質な暴力が神的超越領域のなかに求められ、これが「神的暴力」（ないし「純粋な暴力[23]」「革命的暴力[24]」）として提示される。

「直接的暴力の神話的宣言は、より純粋な領域を開くどころか、もっとも深いところでは明らかにすべての法的暴力と同じものであり、法的暴力のもつ漠とした問題性を、その歴史的機能の疑う余地のない腐敗性として、明確にする。したがって、これを廃絶することが課題となる。まさにこの課題こそ、究極において、神話的暴力に停止を命じうる純粋な直接的暴力についての問いを、もういちど提起するものだ。いっさいの領域で神話が神に対立するように、神話的暴力には神的暴力が対立する。しかもあらゆる点で対立する。神話的暴力が法を措定すれば、神的暴力は法を破壊する。前者が境界を設定すれば、後者は限界を認めずそれを破壊する[25]。」

「神的暴力」はこのように、法＝境界＝構造の措定・維持とその変動・再措定との間でなされる無限循環に停止を命じ、神話的呪縛圏を破壊することによって、永続的衰滅を続ける内在領域を救出するような超越的力として存在する。

「神的暴力」と「神話的暴力」という用語の導入によって、媒質的展開運動の性質の転化後における神的超越領域と媒質的内在領域に対して、その位相論的名称が与えられたことになる。ただし、『暴力批判論』においては、「神話的暴力」はもっぱら負性を帯びた媒質的展開運動としてのみ捉えられており（もっとも、暴力を目的と手段との関係のなかで捉える法理論のドグマという否定層を破壊するという点では、積極的意義をもつものであるが）、『神学的政治的断章』でみられたような、永続的衰滅を続ける媒質的展開運動は、自らそれを意図することはできないが、神の国の到来を促進することができる、という微かな、しかし本来的な積極性は、論じられていない。その意味では「神話的暴力」は、両義性を担った転化後の媒質的展開運動の、非本来的呼称である。

ここで親和力論の考察の準備過程として、『運命と性格』に関連して二三のことをやや補足的に言及しておく。法の運命的な呪縛圏という神話的領域と、それを破壊することによって現れる法的境界のない真に自由な神的領域という位相設定によって、既成の様々な宗教的・倫理的な用語が、このベンヤミン独自の位相的意味のもとに導入される。――法の措定を「神話的暴力」の存在表明とする運命的呪縛圏においては、すでにみてきたように、目的の正しさは決定不能であった。「正義」「純粋」は神的領域にのみ帰属するのであり、神話的領域においてはこれを捉えることはできず、ただ法の維持と侵犯・再措定という無限な循環運動があるだけである。ベンヤミンはこの運命的な循環運動を、神的正義の領域から堕落した「人間の生の自然的な罪、つまり原罪」(26)を負うものとして捉える。それゆえ「運命とは生あるものの罪連関[27]」であるとされる。ここからまた、このような負性をおびた媒質的展開運動である「運命」のなかから神的領域とのつながりを開示することが、「贖罪」「救済」のモチーフのもとに捉えられるようになる。もちろんこれらのことは、初期言語論における、「認識の樹」になる林檎を食べたことによるアダムとエバの堕罪に起因するとされる「裁く言葉」の、延長線上にある。――またベンヤミンにみられる„Moral"(「道徳」「倫理」)と„Sittlichkeit"(「道義」「人倫」)との区別[28]も、このような文脈から生じる。法規範のもとでは「正義」「純粋」を捉えることができなかったのと同じように、「道義」によってもこれを捉えることはできない。なぜなら道義的規範もまた法規範と同じく一つの境界設定、共同幻想的構造の措定なのであり、その意味で「神話的暴力」の法措定的現れの一つに過ぎないからである。これに対して、この神話的領域のなかにあって神的領域の「正義」「純粋」に向かおうとする微かな志向の総体が、「道徳」として捉えられる。――デモーニッシュな神話的領域に囚われている人間の内部に秘められたこの神的志向の現れが、(デーモンに対する)「ゲーニウス[29]」である。(これは間接的ながら神の国の到来を促進するとされた被造物の能力と同質のものであり、またのちにみるように、分離しているがゆえに逆説的に神的領域から被造物の沈黙の潜在層に響いてくる感情であると同時に、神的領域を志向する被造物の感情である、あの「悲しみ」あるいは「表現をもたぬもの[30]」に通じてゆくものである。「道徳的な言語喪失、道徳的な未成熟のなかでゲーニウスが誕生する。[31]」)また「性格」とは、この「ゲーニウス」によって導かれた人間の神的領域における本来的特徴としての単一的簡明さであり、それゆえ「運命」連関に囚われている人間は「性格」をもたないとされる。

『運命と性格』『暴力批判論』『神学的政治的断章』のなかでしだいに顕著に現れてきた媒質的展開運動の性質の転化は、以上のような考察のなかで不十分ながら一応は示し得たと思う。このような性質の転化が、ロマン派批評論においてベンヤミン自身の媒質的展開運動という思考的特徴との重なりのなかで捉えられた内在的批評理論にどのような影響を及ぼし、それとともにベンヤミンの批評理論および媒質論がどのような形で整備されてゆくかを示すことが、次節における『ゲーテの親和力』の考察の中心的課題となる。

## 三　補――『フリードリヒ・ヘルダーリンの二つの詩』における批評理論およびそこにみられる「神話」と「運命」の概念

親和力論を考察する前に、補足的にではあるが、ベンヤミンが極めて早い時期に書いた論文『フリードリヒ・ヘルダーリンの二つの詩』について触れておく。この論文は『言語一般および人間の言語について』(一九一六)が起草される以前の一九一四～一九一五年に書かれており、まだ〈媒質〉という用語も彼の思考領域のなかに定着していない時期のものであるが、そこにはベンヤミン自身の批評理論がまだ十分に熟してはいないもののすでに展開されており、彼の批評理論の考察を主眼とする本章においてはやはり考察対象から省くわけにはいかないものである。しかし本稿の現段階においてこの論文を考察するのは、より本質的には、「神話」と「運命」の概念がすでにこの論文のなかに現れてきており、しかもそれが前段でみてきたような負性を帯びた「神話」と「運命」の概念とは異なる使われ方をしているため、媒質的展開運動の性質の転化を証するのには適当なものであると思われるからである。

ベンヤミンは、この批評理論（論文のなかでは「批評」ではなく「注釈」として述べられているが）の中心概念として「詩作されたもの（„das Gedichtete"）」という展開領域を提示し、これを、「詩作品」と「詩作品の直観的‐精神的な機能上の統一」[32]、および「生の機能上の統一」と「詩作品の機能上の統一」との間の、「一様の観点からする境界概念」[33]である、と定義する。まず後者の「生の機能上の統一」と「詩作品の機能上の統一」との間の境界概念という観点からみていこう。ベンヤミンはこれを次のように説明する。

「しかしながら同時に、〈詩作されたもの〉は他のもう一つの機能上の統一に対する境界概念でもある。（略）このもう一つの機能上の統一とは課題という理念であって、これは詩作品がそれであるところの解決という理念に対応している。（略）この課題という理念は創作者にとっては常に生である。この生のうちにもう一方の極の機能上の統一が存在する。〈詩作されたもの〉は、それゆえ、生の機能上の統一から詩作品の機能上の統一への移行であるということになる。〈詩作されたもの〉のうちにおいて、生が詩作品によって、つまり、課題が解決によって規定される。根底にあるのは芸術家の個的な生の気分ではなく、芸術によって規定される生の連関である。[34]」

「生の機能上の統一」とは、創作者の現象的な生の根底に秘められた生の真なる形姿とでもいうべき「生の連関」であり、創作者は直観的にこれを把握し、それを詩作品のなかに潜在的に表現する。「生の機能上の統一」は「直観的な秩序」として創作者にとっての創作上の「課題」となり、詩作品がその創作上の「解決」となる。したがって、「生の機能上の統一」は創作によって詩作品のなかに移行するのであり、詩作品のなかからその本来的形姿としての「詩作品の機能上の統一」を把握することは、同時にこの「生の機能上の統一」をも把握することになり、この意味で、詩作品の展開領域としての〈詩作されたもの〉は、「生の機能上の統一」と「詩作品の機能上の統一」との間の境界概念であるといわれている。これは、すでにゲーテの芸術理論を考察してきた際に、ロマン派の批評理論にはみられない創作理論の呈示としてみてきたものと同種のものであろう。ゲーテの芸術理論においては、創作者は現象的な自然のなかに、作品の「原像」＝「純粋内容」としての「原現象」＝「真の自然」を直観的に把握し、それに「似せて」作品をつくるとされていたのであり、したがって上記の「生の機能上の統一」は、この「原像」としての「真の自然」と同位相にあるものといえよう。次に、「詩作品」と「詩作品の直観的－精神的な機能上の統一」との間の境界概念という観点からこの〈詩作されたもの〉についてみてみよう。

「〈詩作されたもの〉が詩作品から区別されるのは境界概念として、つまり、〈詩作されたもの〉のもつ課題という概念としてであって、それ以上に、何らかの原理的な特徴によって絶対的に区別されるのではない。むしろ、単に〈詩作されたもの〉がより大きな規定可能性をもっているということによって区別される。（略）〈詩作されたもの〉とは詩作品そのものの内に支配的に存在する堅固な機能上の結合がほぐれたひとつの姿であり、このほぐれはある規定を度外視することによってこそ成立し得る。つまり、この規定を度外視することによって、その他の諸要素の内的連関、つまり、機能上の統一が明らかにされる。（略）詩作品の構造への洞察は、詩作品の、洞察するほどに厳密なものとなってくる被規定性を把握することにある。詩作品の内にあるこの最高の被規定性に到達するために、〈詩作されたもの〉はある規定を度外視しなければならないのである。[35]」

〈詩作されたもの〉は「規定可能性」という展開領域をもつ運動体であり、素材的な「規定」として存在する詩作品の原始段階から、これを破壊することによって、「規定可能性」の展開の度合いである〈厳密さ〉の相違によって生じる様々な展開段階＝「被規定性」を経て、最終的にこの展開の極限値としての「最高の被規定性」「機能上の統一」に到達しようとする展開運動を行う。この意味で、〈詩作されたもの〉は「詩作品」と「詩作品の機能上の統一」との間の境界概念であると言われている。ここにみられるのは明らかに媒質的展開運動の構造であり、したがってこの〈詩作されたもの〉とは、「媒質」という用語が導入される以前の媒質そのものを意味しているといえよう。批評〈注釈〉は、この未展開なままにとどまっている〈詩作されたもの〉を完全に展開し、その極限値としての「詩作品の機能上の統一」＝「内的形式」[36]＝「詩作品のアプリオリなもの」[37]を明らかにする機能を担うものであり、これが批評的「課題」であるとされる。（もちろんこの課題は、媒質的極限値であるがゆえに、その特性として無限目標のままにとどまり、現実には到達されることのないものである。したがって、批評的「解決」というものは現実には存在しない。「純粋な〈詩作されたもの〉、つまり絶対的課題の探究は、これまで述べてきたことからわかるように、純粋に方法論的、理念的な目標にとどまらざるを得ない。」[38]）この批評の究極目標としての「詩作品の機能上の統一」は、批評の媒質的展開運動によってもたらされるものという意味で、「精神的な秩序」とも呼ばれているが、これは創作者が現象的な生のなかから直観的に把握した「直観的な秩序」である、「生の機能上の統一」と重なるものである。それゆえに、「詩作品の機能上の統一」は「詩作品の直観的-精神的な機能上の統一」と呼ばれ、〈詩作されたもの〉が「精神的な秩序と直観的な秩序の総合的統一体」であるとされるのである。

「〈詩作されたもの〉はその普遍的な形式においては、精神的な秩序と直観的な秩序の総合的統一体である。この統一体の保持する特別な形姿が特別な創作作品の内的形式なのである。」[39]

先に「生の機能上の統一」がゲーテの芸術理論における「原像」「原現象」と対比可能であることを述べたが、ゲーテの芸術理論においては、超越的理念としての「原像」と現実の作品との間の断層ゆえにそこから作品の展開不可能性・批評不可能性が帰結したのに対して、このヘルダーリン論においては、「生の機能上の統一」は〈詩作されたもの〉の媒質的な展開運動の極限値において開示されるべきものとされているのは、「生の機能上の統一」が「原像」のような媒質的展開運動から超越した理念として想定されているのではない、という理由による。神的領域と媒質的領域との間の決定的断層は、初期言語論以前のこの段階においては、まだ明瞭に自覚されてはいないのであり、それゆえ「生の機能上の統一」は、むしろ〈詩作されたもの〉の展開運動のなかで、この運動との相関的な関係のなかへと編み込まれ、その極限値において「詩作品の機能上の統一」として開示されるべきものであるとされる。その意味で、〈詩作されたもの〉の媒質的展開運動は負性を帯びることのない極めて強い積極的性質をもつものであるといえる。そして注目すべきことは、この積極的な媒質的展開運動を行う〈詩作されたもの〉こそが、〈神話的なもの〉というカテゴリーのうちに捉えられているということである。

「この領域、すなわち、双方の機能的統一の移行領域を把握し得るカテゴリーは、いままでのところではまだ形成されて与えられているわけではないのだが、神話のもつ諸概念に相似したものをもっているといえば最も近いかもしれない。直接的な生感情に関係するのはまさに最も貧弱な芸術作品であり、これに対し、最も優れた芸術作品は、その真実に従っていえば、神話的なものに親縁性をもった領域、すなわち、〈詩作されたもの〉に関係している。(40)」

つまり〈神話的なもの〉とは、はじめから媒質的展開運動に対して与えられた名称だったのであり、これは『暴力批判論』においてもあてはまる「神話」の不変的性格であるといえる。しかしそれゆえにこそ、媒質的展開運動の性質が転化するとともに、「神話」概念もまた、「精神的な秩序と直観的な秩序の総合的統一体」という積極的性質をもった「神話的なもの」から、両義性を帯びた媒質的展開運動の非本来性としての負性をあらわす「神話的暴力」へと、意味の転化を遂げるのである。

「運命」概念についてもこれと同様のことがいえる。ベンヤミンが「運命」について述べているのは、上記のような批評の方法論を実際にヘルダーリンの二つの詩についての論評のなかで展開している部分にみられるのであるが、内在的批評の方法論は本来的には批評の具体的叙述と一体化してのみ存在するものであるがゆえに、上記のような批評構造は、そのまま批評の内実についてもあてはまる。この内実において媒質となっているのは、詩人と〈生あるものたち〉が共に生きている世界であり、その展開機能を担っているのが死にゆく詩人の運動性＝〈歌〉である。この〈歌〉によって、一方では詩人の「精神的秩序[41]」と〈生あるものたち〉の「空間的秩序[42]」との機能的統一に向かう〈形姿化[43]〉の運動がなされると同時に、他方ではこの運動の目標として設定された「神的な秩序[44]」がこの運動との相関的な関係のなかへと編み込まれ、その機能的統一との止揚がなされるという〈造形化[45]〉の運動がもたらされるとされる。それゆえに「歌、つまりすべての機能の総体の根源[46]」と語られるのであり、この〈歌〉の運動性の極限において「純粋なイデーとしての存在[47]」が開示されると言われる。このような絶対的に積極的な媒質的展開運動を担った死にゆく詩人の形姿（それゆえ彼の行為は「勇気」ある行為とされ、詩人は「英雄」に比せられる。）としての〈歌〉こそが、「運命」と呼ばれるものである。

「この運命そのものが、後に明らかになるように、歌である。」[48]「運命」概念は、「神話」概念と同様、ここでは逃れるべき桎梏という負性をもたないのであり、このヘルダーリン論と『運命と性格』『暴力批判論』および親和力論との間にみられる「運命」「神話」概念の意味の変容は、明らかに媒質的展開運動の性質の転化を証するものとみなすことができるだろう。

## 第四節　断絶した二領域の止揚—美の理論
### ——『ゲーテの親和力』考察

### 一　批評理論

『ドイツロマン派における芸術批評の概念』におけるベンヤミンの基本的な姿勢は、次のような文章に明瞭に看て取ることができる。

「芸術の理念とは、芸術の形式の理念である。それは芸術の理想が、芸術の内容の理想であるのと同じである。芸術哲学の体系的な根本問題は、したがって芸術の理念と芸術の理想との関係という問題として定式化されうる。この問題の敷居を、本研究は踏み越えることはできない。本研究は、たんに一つの問題史的な連関を、それが体系的な連関を十分にはっきりと予示するところまで詳述することができただけである。ゲーテと初期ロマン派の理論のなかにあらわれているような、一八〇〇年頃のドイツの芸術哲学のこの立場は、こんにちにおいてもなお正当なものである。ロマン派も、ゲーテと同じように、この問題を解決はしなかった、いやただ問題を提示しただけであった。両者はこの問題を問題史的な思惟のまえに据えるために協力している。ただ体系的な思惟のみが、この問題を解くことができるのである。[1]」
すなわち、ロマン派批評論が本来的に意図するのは、「純粋な形式」「理念」へと収斂するロマン派の芸術理論に対して、「純粋な内容」「理想」へと収斂するゲーテの芸術理論を対比させることによって、芸術批評の概念の歴史という「問題史」の包括的体系的な連関を予示することであったのであり、この両理論を止揚・統一してその体系的連関を示すということは、ベンヤミン自身の批評理論の形成に委ねられた課題であった。この課題がなされるのが、本節で考察する『ゲーテの親和力』およびそれに続く『ドイツ悲戯曲の根源』であり、その批評理論の形成のなかで、『運命と性格』『暴力批判論』『神学的政治的断章』でしだいに顕著に現れてきた媒質的展開運動の性質の転化が深い影響を及ぼすことになる。

まずロマン派批評論のなかでベンヤミンの論じるゲーテの芸術理論について、いま一度確認しておこう。ゲーテの芸術理論は一種の超越的な理念論を前提としている。ゲーテのいう「理想」＝「内容のアプリオリ」は、経験的領域から隔絶した超越的存在であり、この単一的統一的存在としての「理想」は、自らを同じく理念論的な超越存在としての「純粋内容」の多数性のなかに分解して表現する。「純粋内容」は「理想」の発現形態であり、この様々な「純粋内容」の調和のとれた不連続体のなかに、「理想」は自らを表明する。この「純粋内容」が「原像」＝「原現象」＝「真の自然」と呼ばれるものであり、詩人は直観によってこれを捉え、それに「似せて」作品をつくる。すでにみてきたように、このような芸術理論から導出されるのは、「原像」を対象化する機能を担うものとしての芸術作品の有意義性、「原像」に対する模倣としての作品の副次性、また作品評価の尺度となるのは詩人の直観能力によってのみ捉えられる「原像」であるがゆえに、それ以外の一切の評価を拒む、作品の不壊性・批評不可能性などであった。

ベンヤミンが親和力論において、「批評は芸術作品の真理内実を求めるものであり、注釈が求めるのは事象内実である。」[2]と述べ、この真理内実を捉えるためには批評家は注釈からはじめなければならないとして、自らの批評理論の基本構造を「事象」－「事象内実」－「真理内実」という用語のもとに論じるとき、この構造は一見して、これまでの媒質的展開運動の基本構造をそのまま受け継いでいるようにみえる。すなわちそれらは、〈展開可能性〉がまったく未展開なままに潜在層にとどまっている展開の原段階から、その展開運動が繰り広げられる展開領域が開示され、最終的に〈展開可能性〉が完全に顕在化したその極限値に到達することを目指す、媒質的展開運動をそのまま表しているように思われる。「事象内実」とは媒質を意味しており、この媒質のなかで原展開段階としての「事象」から、その極限的展開段階としての「真理内実」への移行運動が行われる。〈事象－事象内実－真理内実〉をこのように解するのであれば、この親和力論における批評理論は、これまでみてきたヘルダーリン論・ロマン派批評論における内在的批評理論とほとんど相違のないものとなる。この媒質的基本構造は、ヘルダーリン論においては〈作品の素材的な「規定」〉―〈「詩作されたもの」における「規定可能性」の展開領域〉―〈「最高の被規定性」としての「内的形式」＝「詩作品のアプリオリなもの」〉として、またロマン派批評論においては〈作品の原「叙述形式」〉―〈反省媒質としての芸術ないし芸術作品における「批評可能性」の展開領域〉―〈「芸術の理念」としての「絶対的形式」〉として、すでにそれぞれ考察してきたものである。したがってこのような意味に解する限り、それは内在的批評理論を受け継いでいるだけであって、ゲーテの芸術理論とロマン派の批評理論を止揚・統一して「問題史」の体系的連関を示すという先の課題は果たされていないことになる。しかしながら〈事象―事象内実―真理内実〉のこのような解釈を許さないのは、ベンヤミンのいう「真理内実」が、ヘルダーリン論の「内的形式」やロマン派批評論の「絶対的形式」のような、媒質的展開領域との間に位相的な断絶をもたない展開運動の極限値を意味しているのではなく、むしろこの媒質的展開運動から超越した理念論的存在として想定されている、ということによる。つまり、ベンヤミンが「真理内実」という用語を親和力論において導入するとき、それは、「形式のアプリオリ」という媒質的極限値を目指すロマン派の批評理論に対して、「内容のアプリオリ」という超越的理念論を前提とするゲーテの芸術理論を、ベンヤミンが自らの批評理論のなかに受け入れたことを示している。

親和力論におけるこのゲーテの芸術理論の超越的理念論的立場の受容について、具体的にみてみよう。ベンヤミンは自らの批評理論を展開するにあたって、まず「問題の理想」というものを前提とする。

「哲学の全体性、つまりその体系は、哲学のすべての問題の総体が要求しうるより以上に高度の強さをそなえている。その理由は、統一というものはそれらすべての問題の解決のなかにたずね当てられるものではないからである。すなわち、もし統一がすべての問題自体の解決のなかにたずね当てられるものであれば、それをたずね当てる問いとのかかわりでただちに、その答えと他のあらゆる問いについての答えとの統一はどこにあるか、という新たな問いが生ずることになろう。そこから結論として出てくるのは、哲学の統一をみずからの問いかけに抱えこむような問いは存在しないということである。哲学の統一をたずねるという、この存在しない問いの概念を、哲学においては問題の理想と呼ぶ。(3)」

この「問題の理想」が、ベンヤミンが「真理内実」というときの「真理」そのものであることは、彼が自らの媒質論を原論として体系的に述べた『ドイツ悲戯曲の根源』の「認識批判的序論」における次のような記述をみれば明らかであろう。

「認識は問いただすことができるけれども、真理はそれができない。認識は個々のものに向けられるが、その統一には直接に向けられない。認識の統一なるものがそもそも存在するとすれば、それはむしろ、ただ媒介された、すなわち個々の認識にもとづき、そしてある意味でそれらの認識の調整によってえられる連関であるに過ぎないのに対して、真理の本質においては、統一はまったく無媒介の、直接の規定である。問いただしえないということは、このような直接的な規定に固有のことである。もし真理の本質の完全なる統一が問いただしうるものであるとすれば、その問いは次のようなものとなろう。すなわち、諸々の問いに対して真理を与えてくれるいろいろな答えがどの程度まですでに真理に対する答えになっているか、という問いである。そして、この問いに対する答えには、またまた同じ問いが先行しなければならないことになって、真理の統一は、すべての問いの手から逃れることになる。概念における統一ではなく、存在における統一としての真理は、一切の問いの手の届かないところにある。[4]」

〈問い－答え〉という問題連関、ないし〈認識作用－認識対象〉という認識連関においては、哲学の統一・真理を捉えることはできない。なぜなら、この統一・真理を求めようとする問い（あるいは認識作用）に対してたとえ答え（あるいは認識対象）が与えられたとしても、この答えがはたして真に統一をなしているのか、真理であるのかという問いがつねに可能なのであり、さらにこの問いの答えに対しても同様の問いを提起することが可能であるというように、この過程は無限に続くことになる。したがって、哲学の統一・真理は、あらゆる問題連関・認識連関を（それゆえ「反省媒質の一規定」である芸術の自己認識・対象認識としてのロマン主義的内在批評をも）超越した理念論的存在として措定されている。この超越的な単一的統一的存在としての「真理」「問題の理想」の措定に続いて、ベンヤミンは次のように論を進める。

「しかし体系はいかなる意味でもたずね当てられるものではないとしても、問いであることなしに、問題の理想にもっとも深い類縁性を持つ造形物は存在する。それは芸術作品である。芸術作品というものは哲学そのものと競合するのではなく、それはただ、問題の理想との親和性によって哲学ともっとも精密な関係に入るのだ。しかも、理想というものの本質にそもそもの基礎を持つある法則によって、この関係はひたすら多様性のなかにのみ現れることができる。しかしさまざまな問題の多様性のなかに問題の理想が発現するというのではない。むしろそれは諸作品のなかに埋もれていて、その採掘が批評の仕事なのだ。(5)」

「問題の理想」は様々な発現形態をもち、この発現形態の多様性は芸術作品の多様性に対応する。その結果、「すべての真の芸術作品のなかには問題の理想の一つの発現が発見される。(6)」このようなベンヤミンの批評理論の前提は、先に述べたようなゲーテの芸術理論、すなわち、超越的な統一的存在としての「理想」＝「内容のアプリオリ」の措定、それが分解された「純粋内容」の多様性・不連続体のなかでの「理想」の自己表現、詩人の直観によって捉えられたこの「純粋内容」＝「原像」を模倣した作品の創作、という基本的構図をそのまま受け入れているといえよう。

ベンヤミンがこのようにゲーテの芸術理論を受容しているのは、一つにはこの芸術理論が、ベンヤミンの捉えた基本的に創作理論を欠くロマン派の批評理論に対して、上記のような創作理論を提示することによって補完的な機能を果たしているという理由によるものである。ロマン派の批評は芸術作品の「対象認識」、すなわち作品自体の自己認識として捉えられており、批評そのものが作品を創造し完成せしめるものとみなされているため、必ずしも創作理論を欠くわけではないが、しかしその前提であるこの認識対象としての作品を現出させるという意味での創作理論は、やはり根本的に欠いているといえるのであり、その意味でこのゲーテの創作理論の導入は、「問題史」の体系的連関を明示しようとするベンヤミンにとっては必然的なものであったといえる。しかし他面では、このベンヤミンのゲーテを重視する姿勢は、固定的な通俗的惰性態としての否定層を破壊して、そこに媒質的展開運動の可能性の領域を開示しようとするベンヤミンの媒質論にとってのある先駆的役割を、彼がゲーテの芸術理論のなかに認めたことにもよる。すなわちベンヤミンはゲーテの芸術のなかに、事象内実として語られるこの媒質としての〈展開可能性〉の領域を開示しようとする先駆的姿勢を見い出すのである。

「現存在の最も本質的な諸内容は事象世界のなかに刻印される、どころか、そのように刻印されることなくして実現できるものではない、という思想が、ゲーテの時代ほど無縁のものであった時代は、かつてなかった。(7)」

ゲーテの時代、すなわちドイツ啓蒙思潮に続く時代は、理性による事象の正確な把握を可能にしたが、それと同時にこの事象連関から現れてくる事象内実の領域をまったく排除していた。すでにプログラム論において述べられていたように、「啓蒙主義の経験」は、「低次の、おそらく最も低次の現実」としての事象のみに目を向け、その内実・意味内容を排斥する「いわば意味の極小点・零点へと還元してゆく経験」「機械的経験」であった。ベンヤミンはすでにカントのなかに、このような静的固定的な経験概念に対する批判的契機を見い出していた。すなわちカントの経験概念は、確かに啓蒙主義的な「機械的経験」の概念のもとで捉えられたものであるが、それは「意味の極小点・零点へと還元してゆく経験」であるというよりは、むしろ「その固有値が零に近づいてゆくような、そしてある（悲しみを帯びた、と言ってもよかろう）意味にただその確かさを通じてのみ達することのできるような経験(8)」であった。つまりカントは、事象のみに目を向け、その意味内容としての事象内実を排除するような経験を考えていたのではなく、このような事象内実を真なる形而上学の場として開示するために、その基盤となるべき事象連関の正確な把握を可能にする認識論的な体系を確立しようとしていた、とベンヤミンは捉える。しかしカントにおいては、この事象内実はたんなる予感として把握されていたに過ぎない。親和力論において、「啓蒙主義のもっとも傑出した人物たちにあっては内実の予感もしくは事象への洞察がいかに明晰なものであったか、にもかかわらずその彼らさえも、事象内実の観照に立ち上がることにかけてはいかに無能力であったか(9)」と語られるとき、それはカントの不十分さに対する批判であるとともに、この「事象内実の観照」に向かうゲーテの先駆的意義への評価をも意味している。ゲーテは事象内実をたんに予感として把握するのではなく、それを自らの作家的「技法」によって叙述形式の連関のなかから作品のなかに現出させる。そしてこの事象内実を通じて「理想」（「問題の理想」＝「真理」）の一つの発現形態である「純粋内容」（「真理内実」）を開示しようとする。このようなゲーテの芸術理論の構造のなかに、ベンヤミンは自らの〈事象－事象内実－真理内実〉という批評理論の基本構造の原形式をみた。

しかしながら、ゲーテにおいてはこのような構造から帰結するのは、批評理論の形成であるどころか、むしろ作品の不壊性・批評不可能性であった。それはゲーテの場合、事象内実は媒質的な潜在的可能態として存在しているものの、それは作者の技法によってのみ作品の叙述形式の連関のなかから浮き出てくるものとされ、展開可能な真の意味での媒質としては捉えられておらず、またそれゆえこの事象内実と真理内実との関係を、詩人の直観に依拠する「象徴」という概念のもとで捉えていたことによる。

「象徴的なものとは、そのなかにある真理内実がある事象内実に解き難く、かつ必然性をもって結びついて現れるところのものである。[10]」

すなわち、ゲーテの芸術理論においては、理念としての「原像」と経験的諸現象との間には断絶があるものの、詩人は直観によって現象的自然のなかから理念としての「原像」＝「原現象の自然[11]」を捉え、それを作品のなかに内在的に表現する。したがって、作者の技法によって事象連関から出現してくる事象内実としての自然は、理念としての「原像」を象徴的にあらわすもはや展開不能な「象徴の混沌[12]」となる。この場合、作品評価の尺度となるのは詩人の直観能力によってのみ捉えられる「原像」であるがゆえに、それ以外の一切の評価・批評は不必要なものとなる。――ゲーテはしかし、この理念的な「純粋な領域」としての「直観の可能な原像の圏[13]」と「経験的な領域」としての「知覚可能な現象の圏[14]」との象徴的な同一性を、その「直観の実りゆたかな中枢へ進み入る[15]」ことをせず、自然研究において「経験的に実験を通じて[16]」証明しようとする。その結果、「原像としての原現象があまりにもしばしば模範像としての自然になってしまった。[17]」この直観によって捉えられるべき理念としての「原現象」が、探究によって捉えられるべき、しかしあくまで経験的領域にとどまる「模範像としての自然」と混同されることによって、経験的感性的自然はある絶対的力を獲得する。

「純粋な領域と経験的な領域とのこの混淆のなかですでに感性的な自然が最高の場を要求するようにみえるとすれば、自然の神話的な相貌はその存在の現象総体のなかで勝利を誇っている。」[18]

このとき、事象内実としての自然は理念的領域を背後に秘めた「象徴の混沌」ではなしに、「支配者も境界線もなく、存在するものの領域における唯一の力として自分自身を据える神話の生が流れ込む」[19]「混沌」[20]となる。――ゲーテのこのような誤謬は、事象内実と真理内実との象徴的結びつきが、詩人の直観力を離れるときに陥る必然的帰結を示している。ひとたび詩人によって創られ、彼のもとから離れる芸術作品の領域においては、理念としての「原像」は作品の内部に秘められたままにとどまるのであり、それを直接に捉えるための詩人の直観力は欠けている。したがってそこでは事象内実としての自然の「象徴の混沌」は、必然的に不気味な自然力の渦巻く「混沌」とならざるをえない。ベンヤミンがゲーテの芸術理論を受容しながらも、その批判へと向かうのはまさにこの点なのであり、それは「原現象は芸術の前にあるのではなく、それは芸術の内部にある。当然のこととしてこれはけっして尺度となることはできない。」[21]という言葉によって定式化される。ここに批評の必然性が生じる。「問題の理想」の一つの発現としての「原像」は作品の内部に埋もれているのであり、その採掘の機能は批評に委ねられているのである。

「批評は芸術作品のなかに問題の理想を発現させる、つまりその様々な発現の一つを成就させるのである。[22]」

ここにロマン派批評論で論じられた内在的批評理論が再び要請される理由がある。理念としての「原像」は、批評という芸術作品の媒質的展開運動の極限値において、はじめて微かにその姿を現す。

もちろんこのことは、ゲーテの芸術理論の内在的批評理論のもとへのたんなる改編を意味してはいない。『ドイツ悲戯曲の根源』の序論において、「この不連続的な有限性に対する無知が、最近の初期ロマン派のそれを含めて、理念論を復活させようとする精力的な試みを少なからず挫いてきた。[23]」と述べられているように、本来的に理念論的な超越領域と経験的な内在領域の二元論的な立場に立つゲーテの芸術理論の受容は、当然媒質的内在領域の一元的立場に立つ内在的批評理論の方に対して逆にいくつかの点で批判的機能を果たしており、その変更を迫っている。まず第一に、内在的批評理論は、〈反省媒質〉としての芸術における作品の叙述形式からベンヤミンの言うところの「理念」としての「絶対的形式」へと向かう媒質的展開運動を意味しているのであるが、しかし「絶対的形式」はこの反省運動の極限値としてのみ考えられており、この一元的な展開運動の領域を超越した真に理念論的な領域は存在しなかった。そしてこの極限値の神的な絶対性のゆえに、これとの連続的なつながりのうちにこの極限値を追求する媒質的展開運動は積極的な意義をもたされていた。これに対して、ベンヤミンが自らの批評理論の前提として「問題の理想」＝「真理」というゲーテに依拠した超越的な理念論的領域を措定し、批評の機能をこの真理の作品内部への発現である真理内実を採掘することと規定するとき、批評という媒質的展開運動は、なお真理内実を開示するものとしての積極性を失ってはいないが、しかしもはやこの超越的な真理・真理内実との連続的なつながりは断たれ、この超越存在に対してはある副次性・負性を帯びる。すなわち、批評という媒質的展開運動は真理に対して両義的な「仮象性」を帯びる。これはすでにロマン派批評論以後、『運命と性格』『暴力批判論』『神学的政治的断章』において顕著になってきた媒質的展開運動の性質の転化の、批評理論における現れである。すでにみてきたように、これらの論文では、ベンヤミンの思考領域に当初からあった〈展開不可能なもの〉としての神的領域と〈展開可能性〉の媒質的領域との間の断層が明瞭に自覚化されるようになり、しかもこの媒質的極限値の神性ないし絶対性に対する信仰的確信も失われるようになった結果、媒質的展開運動は神的超越領域に対して永続的衰滅・ニヒリズムという負性を負わされることになった。例えば『暴力批判論』のもつ媒質論的意味は、媒質運動における各展開段階の静的位相と媒質の運動位相との間でなされる循環運動を、〈法・境界の維持＝「神話的暴力」の忘却〉と〈法・境界の侵犯による変動・再措定＝「神話的暴力」の喚起〉との間でなされる永続的な循環運動という、「呪縛圏」として負性を帯びたこの「神話的暴力」の自己運動として捉える、ということにあった。この循環運動は、ロマン派の内在的批評理論においては、「勢位高揚」ないし「ロマン化」として捉えられた「批評可能性」の運動位相と、その展開の度合いとしての「明瞭さ」の相違にしたがって生じる、芸術および芸術作品の各反省段階として存在する、様々な批評の叙述形式のもつ静的位相との間の循環運動としてみてきたものであり、したがって媒質的展開運動が「神話的暴力」の自己運動として永続的衰滅・ニヒリズムという負性を帯びることによって、これまで積極的意義のみを認められてきた批評の媒質的展開運動もまた負性を帯びることになる。もちろんこの負性・神話性は、「仮象性」という両義性の非本来的性質に過ぎないのであり、ちょうど『神学的政治的断章』において永続的衰滅を続ける媒質的展開運動が間接的ながら神の国の到来を促進することができるとされたように、親和力論においても批評は真理内実を開示する機能を担っているのであり、その意味で批評の展開運動はなお積極的契機を失ってはいない。しかしながら、このゲーテの芸術理論の受容という形をとってベンヤミンの批評理論のなかに現れている媒質的展開運動の性質の転化による両義性は、批評を直接に「絶対的形式」へ向かう一元的な展開運動とみなし、そこに積極的な意義のみを認めるロマン派の内在的批評理論に対する大きな批判を意味している。さて第二に、このゲーテの芸術理論がロマン派の批評理論に対してもつ批判的機能はまた、後者の連続的総体的無限性の立場に対して、前者が「不連続的有限性」[24]の立場を提示することにも現れている。ロマン派批評論において、「理想が把握されるのは、そのなかへ理想が分解されている、純粋内容の限定された多数性のうちにおいてだけである。したがって、もろもろの純粋内容の、ある限定され、調和のとれた不連続体のなかに、この理想が自らを表明する。[25]」と述べられたゲーテの芸術理論の理念論的前提を受容することによって、ベンヤミンの批評理論においても同様に、「問題の理想」＝「真理」は様々な発現形態をもち、諸作品のなかから採掘されたこの発現形態の多様性のなかに「問題の理想」はその姿を現す、とされている。したがって、批評が作品のなかから開示しようとするのは、この「問題の理想」の発現形態の一つであるに過ぎない。これに対して内在的批評理論においては、批評が作品のなかから開示しようとする「絶対的形式」とは、「芸術の理念」そのものに他ならないあらゆる芸術形式が相互に無限に連関し合った「諸形式の連続体」である。これは批評が芸術作品の「対象認識」として捉えられており、この「対象認識」の理論においては主体－客体、個体－総体という厳密な相関関係は廃棄されていたことからくる、必然的帰結である。この無限な連続的総体を目指す志向はしかし、ロマン派の批評理論に固有のものであるというよりは、むしろ本来ベンヤミン自身の志向であった。例えば、『言語一般および人間の言語について』においては、「事物の伝達には、確かにこの種の［素材的な：論者註］協同関係がはたらく結果、その伝達は世界一般を不可分な全体として把握することとなるのである。[26]」と言われているように、〈名〉の媒質的極限値としての「完全に認識する言語」が捉えるのは、あますところのない事物の世界全体であるし、また『翻訳者の使命』においては、その「翻訳」という媒質的展開運動の極限値としての「純粋言語」は、「個々の国語のたがいに補完的な志向の総体によってのみ達成されるもの[27]」とされている。さらにプログラム論において目指されているのは、「同一性の概念」によって捉えられるべき、「科学的であると同時に形而上学的な経験の統一と連続性の基盤」としての「認識の最上級の概念[28]」であり、ヘルダーリン論においては、〈詩作されたもの〉の媒質的極限値としての「詩作品のアプリオリなもの」について、「それに従えば、すべての外見的な感覚と理念の諸要素が、本質的で原理的に無限な諸機能の総体として現れてくるような法則は、同一性の法則と呼ばれる。この法則は、その都度特別な形姿をとるが、詩作品のアプリオリなものとして認識される。[29]」と語られている。ベンヤミンはロマン派の批評理論のなかに、自らの志向と同種の志向を見い出したのであり、それを媒質的展開運動というベンヤミン独自の思考と重ね合わせることによって、このロマン派の批評理論をまさに「対象認識」的に（とはすなわち、ベンヤミンの批評理論の自己認識・即・ロマン派の批評理論の自己認識となるように）展開したのである。そしてその過程のなかで、自らの思考領域に内在していた神的領域と媒質領域との間の断層の自覚化が進行してきたことにともなって、「形式のアプリオリ」に収斂するロマン派の批評理論に対する補完的・批判的な対応物として「内容のアプリオリ」に収斂するゲーテの芸術理論がクローズアップされてきたのであり、この両理論を止揚・統一することによって、ベンヤミンは自らの批評理論をさらに展開することができた。このとき、ゲーテの理念論的立場、不連続的有限性の立場を受容することによって、自らの志向する無限な連続的総体性の立場の放棄を迫られることになったのである。（附言すれば、これにはすでにライプニッツの影響も関与していたのかもしれない。少なくとも、一九二三年一二月のラング宛の書簡[30]でも証されるように、『ドイツ悲戯曲の根源』の序論におけるその影響は明瞭である。そこでは、この不連続的有限性の立場は、「表現された諸理念の輪のなかにその姿を浮かび上がらせる真理[31]」として語られるとともに、無限な連続的総体性の立場は、モナド論という形をとって、この不連続的有限性の枠組みのなかで再び救出される。また、ロマン派批評論では、この無限な連続的総体性の立場から、ゲーテの芸術理論における単一的「理想」に対する諸「原像」およびその模倣としての諸作品のもつ不連続的有限性のことを「トルソー」と呼んでいたのに対し、親和力論・悲戯曲論ではこの不連続的有限性の立場を受け入れているがゆえに、「トルソー」という呼称は媒質的な展開がなされる以前の作品のもつ不完全性に対して使われている。）

ゲーテの芸術理論の受容がロマン派の内在的批評理論に対して果たすこのような批判的機能、すなわち、批評の目指す真理内実は本質的に超越的理念論的存在であり、批評はこの真理に対して「仮象性」を帯びるということ、また、批評が作品のなかから開示しようとするのは「問題の理想」の発現形態の一つであるに過ぎないのであり、直接に無限な連続的総体へと向かうものではないということ、このような条件を受け入れる限りにおいては、しかし、ロマン派の内在的批評理論はベンヤミン自身の批評理論のなかに取り入れられ、〈批評不可能性〉に帰着するゲーテの芸術理論を批判することになる。先にみてきたように、ベンヤミンが「原現象は芸術の前にあるのではなく、それは芸術の内部にある。当然のこととしてこれはけっして尺度となることはできない。」としてゲーテの象徴理論を批判し、「批評は芸術作品のなかに問題の理想を発現させる、つまりその様々な発現の一つを成就させるのである。」と述べて、自らの批評理論を〈事象－事象内実－真理内実〉という基本構造において展開するとき、それは彼がロマン派の批評理論のなかに「対象認識」的に読み取った、彼自身の媒質的展開運動をそのまま継受したものである。ロマン派批評論を考察した際にすでにみてきたこの内在的批評理論の構造をこの場合に当てはめて要約するなら、それは次のようになるだろう。作品は〈真理内実〉を潜在的に秘めた未完結な展開領域であり、その展開は作品自体の自己認識という形でなされる。つまり作品とは、それ自体このような自己認識の機能をもった「自己（„Selbst"）」なのであり、叙述形式によって表される「事象」という未展開な顕在層からそこに潜在する真理内実の開示へと向かう反省媒質である。批評とはこの反省媒質における「対象認識」をさす。すなわち批評による作品の認識とは、批評の自己認識および作品の自己認識と等価である。したがって、批評は作品の自己認識をもたらし、作品を完成させるものとして必要不可欠なものである。このような批評理論においてはまた、この媒質的展開運動の目標は現実には到達し得ないものであった。ロマン派の批評理論においては、この目標は媒質的極限値としての「芸術の理念」「絶対的形式」であり、その連続的総体としての無限性ゆえに、現実の批評はこの無限目標に対してつねに不十分なものとならざるをえなかったのであるが、ベンヤミンの批評理論においては、この展開運動の目標としての真理内実は、本質的にこの運動領域からは超越した存在であるがゆえに、やはりつねに無限目標のままにとどまらざるを得ない。

「批評が最終的にその芸術作品のなかに提示するものは、その真理内実を最高の哲学的な問題として定式化する潜在的可能性なのである。しかし作品に対する畏敬からと同じく大きな、真理に対する敬意から、批評がそれを思いとどまるもの、それはまさにこの定式化そのものなのである。(32)」

それゆえまた、批評は芸術作品の否定ないし判定という契機をもたない。なぜなら、このような内在批評に判定基準となるような価値尺度があるとすれば、それはこの反省運動が目指す目標（ロマン派においては「絶対的形式」、ベンヤミンにおいては「真理内実」）に他ならないのであるが、それは現実には到達し得ない無限目標にとどまるからである。判定と言いうるものがあるとすれば、それは、批評可能かどうか、真理内実に裏付けられた展開可能な領域が存在するかどうかによって、その作品が芸術作品であるか否かということに対して下されるに過ぎない。作品は自らに内在する真理内実を唯一の判定基準とするのであり、この作品を離れたところに判定基準を求めようとする一切の批評は退けられる。――このことはまた、作品の生を作者の生のなかに還元して、作者の生から作品の生を解釈しようとする伝記的批評、心理学的批評、ゲオルゲ派の批評等に対する批判をも意味している。

「叙述されたものは、作品のなかでのみ見ることができるのであり、作品の外部にあっては、ただ直観されるだけである。[33]」

「この世界の自然においてではなく、ただ芸術においてのみ、真の、直観し得る、原現象的な自然は模写されて目に見えるものとなるだろう。ところがそのような自然は、この世界の自然のなかにはなるほど現前してはいるが（現象によっておおい隠され）隠れているだろう。[34]」

現象的な自然のなかで作者の直観によって捉えられた「原現象的な自然」＝「原像」＝「真理内実」は、作品のなかにおいてのみ潜在的に対象化されるのであり、作品化以前においては、現象的な自然のなかに隠されている、ないし作者によって単に直観されているに過ぎない。この「原像」「原現象的な自然」とは、ヘルダーリン論においては作者の現象的な生のなかから直観によって捉えられる「生の機能上の統一」ないし「生の連関」と呼ばれているものであり、それゆえ親和力論においても真理内実はまた「作者の生の本質」ないし「生の連関」として語られており、この作者の生と作品との関係を次のように述べている。

「『親和力』にしてもどんな作品にしても、作品は作家の生とその本質を解明することができる。(35)」

「判定者の立場に立つ人はむしろ、創作する者と作品の間の唯一の合法的な関連は、作品が作者について行う証言にあるのだということを、覚えているようにするだろう。(36)」

つまりベンヤミンの批評理論を作者の生と作品の生との関係から捉えるならば、それは次のように言えよう。作者は自らの生の本質を現象的な生のなかから直観的に把握し、それを開示されるべき真理内実として作品のなかに潜在的に対象化する。したがって、「作者の生の本質」は作品のなかでしか表現され得ないのであり、それ以前においては現象的な生のなかに隠されている、ないし直観されているに過ぎない。この対象化とともに、作品は作者の生から切り離され、「作者の生の本質」の唯一の証言領域としての自立性をもつことになる。それゆえ「作者の生の本質」は、〈展開可能性〉として秘められた作品の生を批評によって展開することによって初めてその真理内実として開示されるのであり、作者の生のなかから直接にこれを求めることはできない。このような作者の生と作品の生との関係についての洞察を欠いていることが、「あらゆるゲーテの作品のうちで最大のものは彼の生だ。」[37]というゲオルゲ派のドグマに依拠したグンドルフに対して、ベンヤミンが批判の目を向ける理由である。

しかし、以上のような形でゲーテの芸術理論とロマン派の批評理論の双方を批判的に受容・統一し、芸術批評の概念の包括的体系的な連関を示そうとするベンヤミンにとって、なお一つの問題がアポリアとして残っている。すなわち、批評が作品のなかから開示すべき真理内実が、内在的批評理論においてみられたような媒質的極限値としてではなく、この批評の媒質的展開領域から超越した理念論的存在として措定されているならば、批評はいかにしてこの真理内実と関わり合い、これを開示することができるのか、という問題である。言うまでもなく、このアポリアは、本章第三節でみてきた媒質的展開運動の性質の転化以降、ベンヤミン自身の思考領域のなかに生じてきた問題であり、これを『神学的政治的断章』の構図のなかにあてはめるなら、世俗的な媒質的展開運動のテロスが神的なものではないのであれば、それはいかにして神的超越存在の到来を促進することができるのか、という問題に置き換えることもできよう。この問題が、ベンヤミンの関心をゲーテの『親和力』へと向かわせ（その外面的な契機がたとえショーレムの言うように、ベンヤミンと妻ドーラおよびエルンスト・シェーン、ユーラ・コーン（親和力論は彼女に捧げられている。）との間に「親和力」的関係が生じたことによるものであったとしても。）[38]、その〈衰滅しゆく仮象の美しさ〉として死にゆくオティーリエの形姿のなかに読み取られた美の理論へと、ベンヤミンを向かわせるものである。この美の理論を考察するためには、それがオティーリエの形姿という作品の事象内実の具体的批評として語られている以上、その前提として、われわれはこの『親和力』という作品の事象内実そのものについてみておかなければならない。[39]（ちなみに、ロマン派の内在的批評理論においては、批評が作品のなかから開示すべき「絶対的形式」は、媒質的展開運動と連続的つながりをもったその極限値として想定されているため、このようなアポリアは存在せず、したがって、ベンヤミンの批評理論において展開されるような美の理論を必要とはしない。

「究極において美の概念は、ロマン派の芸術概念一般からは遠ざかってゆく。[40]」

「芸術ならびにその作品は、本質的には美の現象でもなければ、美の直接的な感激の興奮の表明でもなく、自己のうちにやすらう形式媒質なのである。[41]」

このような記述からもわかるように、ロマン派批評論においては、美は作品外部の芸術の価値規範への合一を表現するもの、ないし「〈楽しみ〉、満足、趣味の対象[42]」といった主観的情熱を表すものとして捉えられ、「絶対的形式」へ向かおうとする作品の叙述形式に秘められた作品それ自体の意図を、一切の主観的情熱を排して忠実に展開しようとする内在批評の「冷徹さ」には根本的に合致しないものとして、退けられている。）

## 二　事象内実

ベンヤミンは「批評は芸術作品の真理内実を求めるものであり、注釈が求めるのは事象内実である。[43]」と述べ、批評と注釈とを区別するのであるが、しかしこの真理内実を捉えるためにはその前提条件として事象内実の解釈を必要とするのであり、それゆえまた「批評家は注釈からはじめなければならない。[44]」とも述べられている。この事象内実を〈滅びゆく仮象〉として捉えるとき、注釈ははじめて批評の段階に入るのであり、〈神話性〉が両義的な〈仮象性〉のもつ非本来性としての負性（もちろん厳密にはこの負性自体も、固定的否定層に対しては媒質的内在領域＝事象内実を開示するという積極性をもつものであり、その意味ではそれ自体両義的なものであるのだが）を表していたとすれば、注釈もまた批評という媒質的展開運動の非本来的形姿として捉えることができる。この段で考察される『親和力』の事象内実とは、この注釈として展開される事象内実、すなわち「神話的暴力」の渦巻く媒質的領域である。

『親和力』の事象内実を分析するにあたって、ベンヤミンはまず〈結婚〉という事象へと目を向ける。しかし彼は、ゲーテ文献学の総勢にならって『親和力』を結婚に対する道義的な判定を下すものと解釈するわけではない。「ここで結婚は道義上の問題ではなく、また社会的な問題でもない。それは市民的な生活形式ではない。[45]」ベンヤミンは結婚を、その崩壊・破滅の過程のなかから

「法の神話的な暴力」を現出させる契機として捉える。

「なにしろ彼は、ミットラーのように、結婚を根拠づけようとしたわけではなく、むしろ、崩壊のなかで結婚から生じる、かの諸力を示そうとしたのだから。だがこれはもちろん法の神話的な暴力であり、結婚はそれらの暴力のなかにあって、自分が定めるわけではない一つの没落の執行に過ぎないのである。[46]」

結婚の崩壊の過程のなかからなぜ「法の神話的暴力」が現出するのかということについては、『暴力批判論』のなかで「神話的暴力」がどのように規定されていたかを想起すれば理解されよう。「神話的暴力」とは、法の措定という一つの境界設定として自らを表明するような自体的に存在するデモーニッシュなエネルギーであり、法の内部と外部の二種の暴力に分かれて対立することによって、この対立する暴力の境界という形で法を措定し、維持し、この二種の暴力のそのときどきの力の優劣に従って、法を変動させる。この〈法・境界の維持＝「神話的暴力」の忘却〉と〈法・境界の侵犯による変動・再措定＝「神話的暴力」の喚起〉との間でなされる永続的な循環運動の場こそが、「神話的暴力」の呪縛圏なのであり、ベンヤミンはこれを「運命」と呼んだ。したがって、結婚が法規範の一つの現れ、ないし道義という社会規範の一つの現れである限り、結婚が崩壊し、境界が侵犯されることによって、境界の持続のなかで忘却されていた「神話的暴力」が新たに喚起される。――この「神話的暴力」の圏域における支配的な特徴の一つは、ベンヤミンが『親和力』という表題 „Wahlverwandtschaften" の „Wahl" という選択行為のなかに読み込んだような、

「幻影的な自由」[47]である。なぜならこの圏域においては、境界としての規範は永続的に確定した拘束であるのではなく、つねに変動可能なものとして存在するがゆえに、それは「自由」なのであり、しかしまたこの規範の維持と変動の循環運動の場こそが「神話的暴力」の呪縛圏であり、真の「自由」はこの循環運動が切断され規範が廃絶された神的領域にのみ許されるものであるがゆえに、それは自由の「幻影」のままにとどまるのである。――この結婚の崩壊を契機として現出してくる「神話的暴力」はまた、「自然」という概念のもとに捉えられる。規範が維持され、「神話的暴力」が忘却されている限り、自然は人間に対して死んだように沈黙している。しかしひとたび規範が侵犯され、「神話的暴力」が喚起されるとともに、「神話的な自然のみがそうであるように、超人間的な諸力を孕んで、自然は脅威的に作用しはじめる。[48]」ベンヤミンは『親和力』の注釈的分析を通じて、そこを支配する「生気の失せた光[49]」、「大地内部の磁気力[50]」、「湖沼の古い力[51]」等のデモーニッシュに生動する自然力を明らかにする。――さらにこの「神話的暴力」の呪縛圏は「運命」として、『運命と性格』の考察をそのまま受け継いで語られる。「この小説に充満している予告的および平行的な手法[52]」は、事象内実は真理内実を象徴するという立場に立つゲーテにとっては、その事象の連関のなかから象徴的な事象内実が浮かび上がってくる「死の象徴表現[53]」なのであり、「運命的な存在のモチーフ[54]」として把握されるべきものである。

「罪と贖いとのある独自な関連のなかに生きている自然物を包括する、現存在のこの運命的なあり方を、詩人はこの作品を通じて展開してみせたのだ。[55]」

「運命とは生あるものの罪の連関[56]」であり、それは「神話的暴力」の循環運動の場に他ならないがゆえに、「〈すべて同一なるものの永遠の回帰〉こそは運命のしるしである。[57]」とされる。この罪とは「道義的な罪[58]」であるのではなく、人間が生を受けている限り負わなければならない「自然的な罪[59]」である。『運命と性格』の言葉を借りれば「人間の生の自然的な罪、つまり原罪」である。

——かくてベンヤミンは、「神話的暴力」、「運命」、「自然」、「幻影的な自由」をその厳密な注釈的分析によって明示したうえで、次のように結論する。

「作中のどこにも神話的なものが最高の事象内実になっている箇所はないが、いたるところで厳密にこれを指し示している。ゲーテは神話的なものを事象内実としてこの小説の基盤にしたのだ。神話的なものがこの書の事象内実である。つまり、ゲーテの時代の衣装をまとった神話的な影絵芝居としてその内容が出現するわけである。[60]」

この『親和力』の事象内実としての「神話的なもの」とはまた、ゲーテという現存在自体の生の事象内実に他ならない。すでにみてきたように、作品は作者の生の連関、その内実と本質の証言領域であり、作品によって初めてそれは明らかにされうるものであった。その真なる生の連関、生の本質は批評の理念論的な無限目標にとどまらざるを得ないにしても、ベンヤミンがゲーテの諸作品のなかから読み取ろうと努めるゲーテの生の連関は、「神話的世界のまといつきからの離脱を求めての格闘[61]」として捉えられる。このゲーテの生の把握の仕方が、通常文学史において、シュトルム・ウント・ドラングの時代としての青年期、古典主義の時代としての壮年期、ロマン主義の近くに立っていた老年期として解されるゲーテの生に対して、次のようなベンヤミン独自の視点をもたらす。すなわち、ゲーテは自らの生の事象内実として「デモーニッシュなもの[62]」、「神話的暴力」をつねに意識していた。「神話的暴力」は通俗的規範を破壊しこれを変動する力をもつがゆえに、この「デモーニッシュな諸力[63]」は、「それなくしては彼がその民族最大の詩人になることはなかった太古の諸力[64]」でありえた。青年期のゲーテはこの規範破壊的な暴力に最も従っていた時期であり、それと同時にこの「神話的暴力」による呪縛をも感じ始める。それゆえ彼はこの「神話的諸力との和解[65]」を目指し、規範・秩序に服従することによって「神話的暴力」を規範維持的暴力のままにとどめ、それを忘却の淵に沈めようとした。ゲーテは壮年期のあいだ、この規範維持的暴力としての「神話的暴力」に服従してきたが、しかしながら彼にとって「最後のもっとも困難な屈従の後、すなわち、彼には神話的な拘束の象徴として威嚇的に思えた結婚にたいする三十余年の戦いで降伏した後に、この［和解の：論者註］試みは挫折した[66]」。以後の彼は、規範維持的暴力と規範破壊的暴力の双方に身を委ねながらも、この循環運動の場としての「神話的暴力」の呪縛圏との格闘を続け、そこからの救済を希求する。この格闘をゲーテは作品化することによって浄化した。しかしながら、ゲーテ自身の生にとってはこの浄化は解放ではありえず、せいぜい「ゲーテは自己の生を、それを自分の文学作品の機会に仕立てるような秩序のもとに屈服させた。[67]」というに過ぎない。それゆえ彼はこの彼の生における格闘を、作品と同様、生の事象内実はその真理内実を象徴するという形で自らの内部では折り合いをつけた。この象徴的な生の見方が、ゲーテの静観主義的な態度、政治問題、社会問題、文学上の問題に対する保守的志向等を説明するものとベンヤミンは捉える。[68]

ベンヤミンが『親和力』を批評の対象に取り上げるのは、ゲーテの後期の作品群が、神話的諸力との和解の試みが挫折した後のこの諸力との格闘を証言するものであり、『親和力』はそれへの転機となった作品であるからである。[69] したがってベンヤミンは『親和力』の事象内実のなかに、この格闘を証する二つのモチーフを認める。一つはすでに述べた「神話的暴力」の存在を表すモチーフであり、それはこの作品のロマーンの部分の事象内実として表されるのに対して、もう一つはこの「神話的暴力」の呪縛圏からの救済を表すモチーフであり、それはこの作品に含まれるノヴェレ『隣り同士の奇妙な子どもたち』のなかに見て取られる。

「ロマーンの神話的な諸モチーフには、ノヴェレのそれが救済のモチーフとして照応している。したがって、ロマーンにおいて神話的なものがテーゼとして認められるなら、ノヴェレにおいてはアンチ・テーゼを見てかまわないわけである。[70]」

ロマーンの人物たちを支配するのは、共同体の規範維持的な束縛にとらわれない自由であり、この自由こそが運命的な循環運動に他ならないがゆえに、彼らは「神話的暴力」の圏内に呪縛されたまま刻一刻と酷薄の度を加えてゆき、結果的にこの運命に対する贖罪の犠牲としてのオティーリエの死を必要とする。これに対して、ノヴェレの恋人たちは共同体の束縛のなかにとどまったまま、その愛に基づく決死の「勇気ある決断[71]」によって、「神話的暴力」の呪縛圏としての運命そのものを打ち破り、それによってこの共同体のあり方をも変容してしまう。ロマーンの世界を支配するのが

「生気のない光」であれば、ノヴェレの世界を照らすのは「決断の白昼」[72]であり、この白昼のなかで、恋人たちは共同体とともに「至福の世界」のなかへと消えてゆく。

　この「神話的暴力」の呪縛圏を打ち破る「決断」が『暴力批判論』における「神的暴力」の衝撃を想起させ、ノヴェレの恋人たちが「至福の世界」[73]のなかへ消えてゆくとされているにしても、もちろんこのノヴェレの救済のモチーフがそのまま『親和力』の真理内実であるわけではない。それは「神話的世界のまといつきからの離脱を求めての格闘」がゲーテの現存在の生の本質でないのと同じである。〈作者の生の本質〉は、批評による作品の事象内実の媒質的展開の果てに作品の真理内実として開示されるべきものであり、しかもそれが超越的理念論的存在として現実には到達されることのない媒質的展開運動の無限目標のままにとどまるものである以上、このノヴェレの救済のモチーフや神話的諸力との格闘をそのまま真理内実ないし作者の生の本質とみなすわけにはいかない。「神話的世界のまといつきからの離脱を求めての格闘」とは、逆にゲーテの現存在自体はつねに「神話的暴力」の呪縛圏に囚われていたことを証するものであり、したがってまたこの呪縛圏から離脱しうるような救済の希望がこの呪縛圏に囚われているゲーテによって要請されていることを示すものであるとすれば、ノヴェレの救済のモチーフもまた、「神話的暴力」の圏域に呪縛されたロマーンの人物たちにこの呪縛圏から離脱しうるような微かな救済の希望を開示する契機として、この神話的呪縛圏の方からアンチテーゼとして要請されるものである。このことは同時に、批評が注釈という非本来的機能のままに『親和力』の事象内実をただテーゼとしての「神話的暴力」と捉える段階にとどまることを禁じ、後述する「表現をもたぬもの」の声に耳を傾けさせることによって、注釈を批評へと、それゆえ神話的負性を帯びた媒質的展開運動を〈仮象的な美〉という両義性を帯びたものへと転じさせ、それによって作品の真理内実が現れる希望を開示する契機として存在するものである。しかもそれはあくまで注釈によってノヴェレとロマーンの事象連関のなかから明らかにされる一つの事象内実であるに過ぎない。――ところでこの救済のモティーフを表すノヴェレの構造は、ヘルダーリン論や初期言語論でみてきた転化する以前の媒質的展開運動の構造と同種のものである。これらの論文では、神的領域と媒質的領域との間に明確な断層はみられず、媒質的展開運動はその極限値において自らの神性を自覚する、ないしこの神性すらも自らの運動のなかに取り込んでしまうという積極性をもっていた。ヘルダーリン論においては、媒質となるのは詩人と〈生あるものたち〉が共に生きている世界の歴史総体であり、その展開機能を担っているのが死にゆく詩人の形姿＝〈歌〉であり、この媒質的展開運動の特性が「勇気」という概念のもとで捉えられていたとすれば、『親和力』のノヴェレにおいては、媒質となるのは恋人たちの属する共同体の歴史総体であり、その展開機能を担っているのが決死の恋人たちであり、その展開運動の特性もまた「勇気」という概念のもとに捉えられている。しかもこの媒質的展開運動は、その極限値において「至福の世界」という神的領域へと移行してゆく強い積極性をもつものとされているのであれば、それが性質の転化以前の媒質的展開運動そのものであることは明らかであろう。したがって、このような積極的な媒質的展開運動を示すノヴェレの救済のモティーフが、ここでは一つの契機として、アンチテーゼとしてのみ捉えられ、事象内実という媒質の主調となるテーゼが負性を帯びた「神話的なもの」とされていることは、一面ではこの積極的な媒質的展開運動に対するベンヤミンの依然とした見果てぬ憧憬を示すものであるが、他面では明らかにベンヤミン自身の媒質的展開運動の性質の転化を証するものである。前段で述べたように、ベンヤミンはこの自らの転化した媒質的展開運動を『親和力』のなかに「対象認識」的に認める。そしてその批評を通じて、転化後の自らの媒質論において分離したままにとどまっていた神的超越領域と媒質的内在領域とのつながりを探ろうとするのであり、この問題の解決を〈衰滅しゆく仮象の美しさ〉としてのオティーリエの形姿のなかに求めるのである。

## 三　仮象としての〈事象内実〉：批評＝美の理論

親和力論はゲーテの『親和力』についての批評であると同時にベンヤミン自身の批評論でもある。内在批評においては、その方法論は批評の具体的叙述と一体化してあるのが本来的姿であるがゆえに、これは当然のことと言えよう。しかしこのことは、彼の批評理論のなかにベンヤミン自身の思考領域における神的超越領域と媒質的内在領域との関わりを探ろうとする媒質論的な立場からは、その叙述を、作品の事象内実の世界をその内部から展開している次元と、その批評理論を展開している次元との二重の視点から捉えることを要求する。この区別を念頭に置きながら、ベンヤミンが『親和力』の真理内実を開示するための唯一の媒質的あり方とする〈美〉の現象形態およびその理論についてみていきたい。

美はまず注釈の過程のなかから、作品の事象内実に現象する美しさとして認められる。これは、作者の詩的直観に基づいた叙述・技法としてのゲーテの「呪力による呼び出し[74]」によって生じる、作品の事象内実のもつ美しさである。作者（ゲーテ）は呪力によって作品のなかの混沌として生動する生に調和的な美しさを呼び起こし、作品に偽りの総体性を与える。したがって美はまずこの事象内実としての混沌として生動する「神話的暴力」のなかから浮かび上がってくるものとして捉えられる。

「ただ美しいだけの生の根源は、神話の指示するとおり、調和的で混沌たる波動の世界にある。[75]」この美は事象内実の世界においては、ロマーンの人物たち、とりわけオティーリエにみられる和解・愛・純粋さ・贖罪等のもつ美しさとして具体的に捉えられる。それゆえ、「オティーリエの美しさについての確信がこのロマーンへの共感の根本条件になっていると言っても過言ではない。[76]」とされる。

批評は事象内実のもつこのたんなる美しさを展開するだけでは、なおその非本来的機能としての注釈の段階にとどまっている。この注釈を批評へと転じさせ、同時にこのたんなる皮相的な美を本来的な美へと転じる動因として、ベンヤミンは「表現をもたぬもの」という概念を導入してくる。「〈表現をもたぬもの〉は批判的な力であって、その力は芸術における本質から仮象を切り離すことはできないが、それらが混じり合うことを防止する。それは道徳的な言葉としてこうした力をもつのだ。〈表現をもたぬもの〉のなかに、道徳的な世界の法則によって現実の世界の言語を規定するような〈真なるもの〉の高貴な力が現れるのである。つまりこの〈表現をもたぬもの〉が、すべての美しい仮象のなかに混沌の遺産としてなお生きながらえているもの、すなわち偽の、人を迷わす総体性──絶対的な総体性を打ち砕くのだ。これがはじめて作品を完成するのであり、これが作品を打ち砕いて寄木細工に、真なる世界の断片に、ある象徴のトルソーにするのだ。[77]」

〈表現をもたぬもの〉とは、ベンヤミンがヘルダーリンの『オイディプスへの注解』にみられる「中間休止[78]」の概念から学び、自らの批評理論のなかに導入したものであり、真なる超越領域から事象内実の領域のなかへと響いてくる沈黙の声である。それは作品のなかの混沌として波打つ生、事象内実の神話的な生に一瞬の間停止を命じ、凝固させ、これを真なる世界を背後に秘めた〈仮象〉として現出させる。このときゲーテの呪力によって事象内実の美しさとしてもたらされるような作品の絶対的総体性は破壊され、作品は、批評によって自らの事象内実を展開し、その極限においてこの秘められた真なる世界を真理内実として開示するような一連の批評過程、作品の媒質的展開運動総体の、たんなる断片、トルソーとなる。もちろんひとたび創作された作品の世界、批評が展開される世界においては、作者のもっていた詩的直観能力は欠けているのであり、この〈表現をもたぬもの〉という真なる超越領域から響いてくる沈黙の声は、批評家によってただちに直観的に捉えられるわけではない。それは「理性」に基づいた「文献学的に探究する考察」によって、注釈の過程のなかから、この事象内実の混沌とした生を明らかに仮象的なものとして捉えざるを得なくなるまさにその瞬間に聞き取られる声であり、そこに微かな直観的要素が認められるにしても、それは詩的直観による把握ではなく、むしろ理性的導出に基づいた直観によってもたらされるものである。この事象内実の神話的生が仮象として現出する瞬間は、そのまま〈神話性〉という負性を帯びた媒質的展開運動が両義的な〈仮象性〉へと転じる瞬間であり、したがって批評論的にはまた注釈という非本来性から批評という本来性へと転じる瞬間であると同時に、事象内実の世界においてはオティーリエの純潔さや贖罪性、その愛と和解等のもつ美しさが仮象的な美しさとして認識される瞬間でもある。この瞬間を捉えること、それは、〈表現をもたぬもの〉が「道徳的な言葉」として語られ、「真なる世界」が「道徳的な世界」として語られているがゆえに、また次のようにも述べられる。

「道徳哲学は、創作された人物というものはつねに、道義的な判断の管轄下におかれるには貧しすぎ、かつ豊かすぎるということを、確然と証明すべきものである。こうした判断をくだしうるのは人間についてのみである。人間と小説の人物とを区別するのは、作中人物が完全に自然に縛られている点である。そしてこの人物たちに道義的な判定をくだすことではなく、出来事を道徳的に把握することが肝要なのだ。[79]」

道義的判定は、つねに何らかの社会規範を道義として受容している現実の人間に対してのみくだし得るのであって、この規範そのものの維持と変動の循環運動の場としての事象内実の世界に生きる人物たちには、これをくだすことはできない。したがって肝要なのは、道義的な判定をくだすことではなく、この自然・神話的暴力の呪縛圏そのもののなかに、「真なる世界」に向かう道徳的志向を認め、混沌とした神話的な生を仮象として現出させることである。

この仮象性の現出の事象内実の世界における具体的現れについてみてみよう。先に述べたように、ノヴェレの救済のモティーフは、「神話的暴力」の呪縛圏に囚われたロマーンの人物たちに微かな救済の希望をもたせるために、この呪縛圏の方からアンチテーゼとして要請されるものであるが、それはあくまで注釈の過程のなかから明らかにされる作品の事象内実の一つに過ぎないのであり、このアンチテーゼとの対比のなかでテーゼとしての神話的事象内実のもつ美しさが仮象的な美であることが明らかにされ、作品の真理内実の存在が未だ開示されないまでも確認されることになる。その意味でこのノヴェレの救済のモティーフは、「理性」に基づく「文献学的に探究する考察」にとって、神話性という負性が仮象性という両義性へと転じる際の最大の契機となるものである。このアンチテーゼとの対比のなかでその仮象性が明らかにされるのは、先に述べたような、ロマーンの人物たち、とりわけオティーリエにみられる、神話的な混沌とした生に一見調和的な美しさをもたらす和解・愛・純潔さ・贖罪等のあり方である。ちょうど『暴力批判論』において「神話的暴力」の呪縛圏を打ち破る力が「神的暴力」と呼ばれていたように、ノヴェレの恋人たちにみられるのも「切ない有益な粗暴さ(80)」「正しい粗暴さ(81)」として捉えられるような神話的呪縛圏を打ち破る破壊・壊滅的要素であり、彼らはその極致としての決意による死を通して神との和解を手に入れ、それによって人間たちとの宥和、破壊されたものの再生をはかろうとする。これに対してロマーンの人物たちは、破壊的な争いを極度に避け、「忍従と心やさしさ、高貴な思いやり[82]」等を通じて人間同士の宥和をはかり、それによって神との和解を手に入れようとする。しかし「真の和解が存在するのは事実、神を相手とする場合に限られる[83]」のであり、そこにはつねに破壊的なものが伴うがゆえに、この争いを回避するロマーンの人物たちには宥和はいつまでももたらされることはなく、その和解は「仮象的な和解[84]」であることが示される。またノヴェレの恋人たちの愛は、その破壊的な粗暴さのなかで美しさを放棄してしまうような愛であり、その決意による死を通して神との和解を達成することによって、古い法の「神話的暴力」を無効にするような新しい生を獲得し、この生のなかで„Wahl"という神話的な自由な選択行為は断罪され、„Verwandtschaft"という決意的決定的力による真の結婚が可能となる。「愛は、それがその自然なあり方を越えて高められ神の摂理によって救われるところでのみ、完全なものとなるのである。[85]」このノヴェレの恋人たちの「真の愛[86]」に対して、ロマーンの人物たちの愛においては、美しさは放棄し得ない本質的なものであり、その„Verwandtschaft"による結婚は、„Wahl"という自由な選択行為のあらわす「神話的暴力」に囚われた非本来的な「神話的に歪曲された形[87]」でなされたものであり、その崩壊の過程のなかから「神話的暴力」を現出させる契機であるに過ぎない。それゆえ彼らの愛からは実り豊かな真なる結婚をもたらすことはできない。「ロマーンのなかでは、この生の領域に二重の挫折が示されている。一組のほうは、それぞれ孤独な形で死んでゆく一方、生き残る二人には結婚は拒まれたままである。[88]」このような彼らの愛は、ノヴェレの「真の愛」に対しては「仮象的な愛[89]」であるに過ぎない。さらにオティーリエのもつ外見上の純潔さ・自然的な罪のなさもまた、ノヴェレの恋人たちとの対比のなかで仮象であることが明らかにされる。オティーリエは、ノヴェレの恋人たちがもつような、真の純潔さ・自然的な罪のなさを表す「一義的明白さ」という意味での「性格[90]」をもたない。彼女が罪がなく純潔であるように見えるのは彼女のもつ処女性によるものであるが、処女性は純潔であると同時に欲望のエロスを引き寄せるという「両義的あいまいさ」に満ちており、彼女はその両義性のゆえにこの「エロス―タナトス[91]」の渦巻く自然的な罪の運命連関、神話的呪縛圏を去ることができない。

「まさしく彼女がこのように罪がなく見えることによって、彼女はこの儀式執行の呪縛圏を去ることがないのである。こうした罪の無さで彼女の姿を蔽ってひろがるのは、純潔ではなくてその仮象である。彼女をその恋人から遠ざけるのは、仮象の冒しがたさなのだ。[92]」

それゆえまたオティーリエの死は神聖な贖罪とはみなし得ない。彼女の死は、ノヴェレの恋人たちが示すような共同体の運命を一身に引き受け神話的呪縛圏からの脱却をもたらすような「決意」による死、勇気ある英雄の悲劇的な死ではあり得ない。「決意」による死は、真なる道徳的世界への志向をもつものであるがゆえに、つねにこの道徳的世界の現れとしての言語表現を伴うものである。「決意のなかに、道徳の世界は言語精神によって解明された姿を見せる。[93]」これに対してオティーリエがその死の際に示すのは「植物的な無口さ(94)」であり、それは「道徳的な声の沈黙(95)」として捉えられる。「ためらいの少女(96)」としてのオティーリエの死は、「決意」による英雄の死ではなく、神話的な呪縛圏のなかでの安息を求める「衝動」による死である。

「したがって死は運命の意味での贖罪ではあるけれども、しかし神聖な贖罪ではないのであって、人間にとって贖罪となりうるのは自由な死であることはなく、神の手で人間に下される死のみなのである。オティーリエの死は、彼女の無垢と同じく、転落の淵から逃れる魂の最後の抜け道に過ぎない。彼女の死の衝動のなかで語っているのは安息への憧憬である。(97)」

ノヴェレの救済のモティーフとのこのような対比のなかで、神話的領域のなかから生じてきた、オティーリエを中心形姿とする和解・愛・純潔さ・贖罪等のもつ美しさが決してこの神話的領域を超剋した美しさではないこと、しかしそれらはこの神話的領域にとどまりながらも真なる和解・愛・純潔さ・贖罪等の存在を対比的に指示し希求する〈仮象性〉という両義性をもった美しさであることが明らかにされる。（附言すれば、この真なる和解・愛・純潔さ・贖罪とはノヴェレにおいてみられたものと必ずしも一致するわけではない。ノヴェレの救済のモティーフは、この希求される「真なる世界」「道徳的な世界」の存在をテーゼの神話的モティーフとの対比のなかで証言するために、アンチテーゼとして要請されたものに過ぎない。）それゆえ、この〈仮象的な美しさ〉、「このものの柔らかな、ヴェールに包まれた美しさの世界こそこの文学の中心である(98)」といわれ、この仮象的な美のなかに、事象内実の世界においては「真なる世界」「至福の世界」に救済される希望が、批評論的には作品の真理内実が開示される希望が求められるのである。

もちろんこの事象内実の世界における仮象的な美の現出は、批評論的には、その注釈の過程のなかから「表現をもたぬもの」の沈黙の声を聴取することによって、神話的な事象内実＝媒質そのものから生じる美しさを仮象として現出させる行程であり、同時にまた神話的な負性を帯びた注釈という非本来的な媒質的展開運動が仮象的な両義性を帯びた批評という本来的な媒質的展開運動へと転じる行程でもある。批評がこのような仮象的両義性を帯びるということ、それはすでに本節第一段においてみてきたように、ベンヤミンの媒質論に当初からあった〈展開不可能なもの〉としての神的存在が超越的理念論的存在として自覚され、媒質的極限値のもつ神性すらも疑われるようになったことによる必然的帰結であった。ベンヤミンの媒質論的関心は、媒質的展開運動が永続的衰滅・ニヒリズムという神話的負性を帯びたものであるならば、それはいかにして神的領域と関わりをもちその到来を促進することができるのか、ということに向けられていたのであり、それを彼は仮象という両義性のもつ美しさのなかに求めるのである。〈仮象的な美しさ〉とは、〈見せかけの美しさ〉ないし〈偽りの美しさ〉ということを意味してはいない。

「美は仮象ではなく、なにか別のもののための被いではない。美そのものは現象ではなく、あくまでも本質なのだが、もちろん、被いに包まれた形でのみ本質的におのれ自身との同一性を保つような本質なのである。（略）被いも、被われた対象も、美なるものではないのであって、これは被いの内にある対象なのだ。[99]」

ベンヤミンは〈本質的な美しさ〉を「被い」にも「被われた対象」にも認めない。「被われた対象」としての「真なる世界」（これは批評論的には真理内実として開示されるべきものであり、また事象内実の世界においては「至福の世界」として開示されるべきものである。）それ自体は、もはや美しさを超越した理念論的存在としてある。また「被い」としての仮象のもつ現象的な輝き（これは批評論的には「表現をもたぬもの」の声を聞く以前の注釈の段階にある事象内実から生じる美しさであり、事象内実の世界においてはオティーリエを中心形姿とする和解・愛・純粋さ・贖罪等のもつ外見的な美しさである。）は「被われた対象」が欠ければたちまちにして失せてしまう。したがって本質的な美とは被いとその対象が不可分に結びついた「被いの内にある対象」にのみ認められるのであり、この「真なる世界」を孕んだ仮象的な美しさこそが本質的な美しさであるということになる。要するに、ベンヤミンは美を神的超越領域の媒質的内在領域への現れとしてのみ理解するのであり、この超越領域と内在領域のいずれか一方に美を帰属させることを拒絶するのである。それゆえこの内在領域に現れる美を正確に認識することによって、ベンヤミンの媒質論において分離したままであった両領域のつながりは具体性を帯び、批評という媒質的展開運動はその神的領域の到来の促進を具体的な形で展開しうることに、少なくともその可能性をもつことになる。

「したがってすべての美なるものに対しては被いを除くという理念が被いの除きがたさの理念になる。これが芸術批評の理念である。芸術批評は被いを除くことにあるのではなく、むしろそれを被いとしてこのうえなく正確に認識することを通じてまず美なるものの真の直観におのれを高めることが必要なのだ。[100]」

仮象的な美を正確に認識することを通じて、神話的負性を帯びた媒質的内在領域にとどまりながらも「真なる世界」を開示するという積極的機能を担った、この両義的な媒質的展開運動は、もちろんその機能を運動性のなかで展開する。仮象的な美の正確な認識とは、「表現をもたぬもの」の声を聞いた瞬間に一挙に成されるわけではなく、この運動性のなかでその認識の正確さの度合いを高めてゆく。対象認識の理論に従えば、これは仮象的な美そのものの自己認識の過程であり、したがってまた批評自身の、作品自身の自己認識の過程である。この運動性は、事象内実の世界においては、死にゆくオティーリエの形姿のなかに求められる。オティーリエの担う仮象的な美しさは、彼女が最後まで運命的領域にとどまりながらその「神話的な犠牲[101]」として死んでゆくがゆえに、消滅の過程にあるものとして捉えられる。

「オティーリエの美しさのなかに表現されるあの仮象は、破滅してゆく仮象である。なぜならこれは、外的な窮迫や暴力がオティーリエの破滅を招き寄せるなどといったふうに理解されるべきものではなく、彼女の輝き（仮象）のあり方自体のなかに、それが消滅しなければならないこと、すみやかにそうならねばならないことの根拠が孕まれているのだ。[102]」

しかしこの「消滅しゆく仮象[103]」としてのオティーリエの美しさは、彼女が「人間の生の自然的な罪、つまり原罪」という意味であらゆる人間が負っている罪連関としての運命を引き受け、その「罪ある人たちの贖いのための犠牲[104]」として死ぬがゆえに、さらにその仮象的な美しさが、この運命領域のなかに潜む「真なる世界」への救済の志向に根ざすものであるがゆえに、それを認識する者のうちにある種の「感動（„Rührung"）」を引き起こす。この感動のなかで、事象内実に生じるあらゆる仮象的な美しさは自らも「消滅しゆく仮象」であることを自覚し、その消滅を前にして自らの輝きの度を深めてゆく。

「つまりこの感動こそが、仮象が――和解の仮象としての美の仮象が――消滅を前にいま一度もっとも甘美な淡い輝きに包まれる、あの移行過程なのである。[105]」

事象内実の仮象的な美しさは、感動の涙に濡れることによって、消滅しゆく仮象のヴェールとしてより高次の媒質的移行領域となる。そしてこの領域において、媒質的展開運動は「小さな感動」からその極限値としての「大きな感動」＝「震憾（„Erschütterung"）」へとその展開の度合いを高めてゆく。

「なぜなら、和解の仮象が美しい仮象を克服し、それとともに最後にはおのれ自身をも克服するのは、自らをたのしむ小さな感動においてではなく、震憾を味わわせる大きな感動によるものだからである。涙溢れる歎き、これが感動である。[106]」

この移行過程はもちろん仮象的な美の消滅への移行過程であるが、それは同時に「被い」としての仮象が退いて、裸体としての「あらゆる美を超えた一つの存在（„Sein"）[107]」が達成され、「真なる世界」「至福の世界」が開示される可能性をもった移行過程である。

「すなわち、生が逃避すればするほど、生気あるものにのみ付着することのできるすべての仮象的な美も逃げ去ることになって、ついには一方が完全に終わりに臨むとともに、他方もまた消え去らねばならなくなるのである。したがって死すべき定めを負うもので被いを除き得ないものなどはない。(108)」

ベンヤミンはこのように感動の涙のうちに捉えられる美しい仮象の消滅の過程のなかに、事象内実の世界においては「至福の世界」が、また批評論的には作品の真理内実が開示される可能性を、つまり媒質的内在領域から神的超越領域のなかに救済される希望をみる。もちろん「芸術批評の理念」が「被いの除きがたさの理念」である以上、「被われた対象」としての「真なる世界」が現実に開示されるわけではない。感動の極限値としての震憾のなかで、したがってまた消滅の極限値としての仮象の死において、死体がたんなる終わりではなく裸形の肉体として「真なる世界」に存在するかどうかは、内在領域からは確かめようがないのであり、美しい仮象は永続的な消滅の過程のなかにとどまらざるを得ない。ここでも無限目標のままにとどまる媒質的極限値の特性はそのまま保持されていると言えよう。しかしながらこの消滅過程は「真なる世界」の開示をその媒質的無限運動の彼方に希望として、可能性として微かに閃かせるのであり、この消滅しゆく仮象の美しさがなければ、神的超越領域としての「真なる世界」は恒久的に媒質的内在領域から断絶したままにとどまり、それゆえ原罪を負った運命領域に生きる人間には救済の希望は訪れず、批評も真理内実を開示することは原理的に不能となる。それゆえこの仮象の美しさ、和解の仮象は、真なる和解ではないにもかかわらず正当化される。

「なぜなら、和解の仮象は望まれてかまわない、いや、望まれるべきものなのだから。すなわち、これのみがぎりぎり最後の希望の宿る家なのである。[109]」

希望は、神的領域との断絶をもたない人々にとってのものではなく、神的超越領域から断絶した媒質的内在領域に対して与えられているのである。

「ただ希望なき人達のためにのみ、我等に希望は与えられている。[110]」

この希望こそが、つまり消滅しゆく仮象の美しさを展開する批評の無限な媒質運動の総体こそが、批評が開示しうるぎりぎりの作品の真理内実であると言うことができるかもしれない。

ベンヤミンは以上のような美の理論によって、ゲーテの芸術理論とロマン派の批評理論との止揚・統一の際に残っていた問題を解決し、自らの批評理論を提示する。この問題は、ベンヤミン自身の媒質的展開運動の性質の転化によって生じてきた、根本的に断絶した神的超越領域と媒質的内在領域とのつながりをいかにして具体的に求めうるかという問題を、彼がゲーテとロマン派の両芸術理論の止揚という問題のなかに読み込んだものであるがゆえに、この批評理論の確立は、たんに批評論にとどまらず彼の媒質論の整備という広い意味合いをもつものである。超越と内在、彼岸と此岸との関連に対するこの媒質論の問題のあり方は、ちょうどバロック文学のそれと重なるがゆえに、ベンヤミンの関心をバロック文学へと向けさせるとともに、彼はその『ドイツ悲戯曲の根源』における「認識批判的序論」のなかで、この整備された媒質論を展開することになる。したがって次章では、これまでの媒質論の総括的意味も兼ねてこの「序論」について分析するとともに、その悲戯曲論のなかで展開されるアレゴリー論が、これまでみてきた媒質的展開運動とどのような関わりをもつかを考察してみたい。

# 第三章　アレゴリー論

## 第一節　媒質論としての「認識批判的序論」注釈

悲戯曲論の序論においてベンヤミンを「認識批判」へと向かわせるのは、彼が、前章の批評論においてみてきたような神的超越領域と媒質的内在領域というベンヤミンの思考圏を形成する二領域の関わりを、存在領域と認識領域というカントの理性批判の哲学に基づく認識論の基本的構図（これはもちろんプラトンのイデアの世界と現象の世界という区分の哲学的系列を引くものである。）の枠組みをそこに転用することによって、体系的に展開しようとしていることに求められる。その意味でこの「認識批判的序論」には、同様にカント哲学の枠組みを媒質論へと転用したプログラム論との類似性が認められる。プログラム論で求められていた超越論的認識構造が主観的な意識構造ではなく、主客相関が廃棄された媒質としての歴史の極限値的根源構造であったように、この序論で述べられる認識領域もたんなる主体の意識領域であるというよりは、むしろ主客相関の廃棄された媒質的内在領域を意味しているといえる。しかし、媒質的極限値の神性がためらいなく信じられていた当初の積極的な媒質的展開運動が、やがて負性を帯びたものへと転じ、再び美の理論のなかで真理内実の開示の可能性を担った積極性を獲得する（このことは一見すると三六〇度回転して元に戻ったような感じを与えるが、もちろんこの美を媒体とした積極性は、神話性という負性をベースにした両義的なものである。）という変転を経たことによって、プログラム論とこの序論との間にも大きな相違がみられる。プログラム論の基本的な姿勢は、神的存在を媒質的内在領域から超越したものとしてこれへの言及を避け、学的哲学の使命を、媒質が潜在的にもつ展開運動の極限値としての根源構造の究明という内在的一元的領域に限定しようとするものであった。神的存在はこの極限値において「神の経験と教え」という形で認識領域のなかに所有される。これに対して序論において目指されるのは、このような認識による所有という認識そのもののあり方に対する批判であり、消滅しゆく仮象の美しさを高次的な媒質とする超越領域と内在領域とのつながり、すなわち境界的移行領域としての極限値における理念の表現と現象の救出である。ベンヤミンはこの序論において、媒質的展開運動の性質の転化以降の、親和力論において批評理論という形で展開された媒質論を、一般的原論としてその最もまとまった形で論述する。もちろんその際の具体的な媒質として想定されているのは、ベンヤミンがこの媒質論的な超越と内在との関係を対象認識的に読み取ったバロック悲戯曲（„Trauerspiel“）であるが、その原論的性質から、序論はベンヤミンの言語論・批評論としてもその有効性をもつものである。媒質は、媒質論が本来的に展開運動という運動相のもとで論じられるものである限り、その本質的形姿として歴史を内包する。それゆえこの媒質論における基本原理は、歴史哲学であるとされる。

ベンヤミンはまずこの序論を始めるにあたって、「トラクタート（„Traktat“）」という概念を導入してくる。トラクタートとは、神学的「教学（„Lehre“）」へと人を導いてゆく入門的案内書であり、それ自体はまだ「教学」そのものではないが、その叙述を通じてそこで真理の現れが開示される「教学」へと人を導き育ててゆく表現体を意味している。

「この入門的概論をスコラ哲学的な述語であるトラクタートという名称でもって呼ぶことが許されるのは、この呼称に、たとえ潜在的であるにせよ、それなしには真理が想起され得ない神学の諸対象に対する言及がひそんでいるからである。トラクタートはなるほど調子という点では教訓的であるかもしれない。しかしその最も内面的な姿勢という点からいうと、トラクタートは、教学のもっているような、自分の権威にもとづいておのれを貫くといった教示の説得力をもってはいない。（略）トラクタートには、その標準的な形においては、その教訓的というよりはむしろほとんど教育的とでもいうべき意図をあらわすただ一つの構成要素として、権威的な引用がみられるだけである。表現ということが、トラクタートの方法の総体的本質をなしている。[1]」

「教学」という概念は、すでにプログラム論において「諸秩序の一般的教学」という形で現れてきている。「諸秩序の一般的教学」とは、媒質がその展開運動の果てに極限値として到達する根源構造の総体の表現を意味していたことを考えるならば、ここで述べられている到達目標としての「教学」に人を導いてゆくトラクタートとは、明らかにベンヤミンの媒質概念を意味する別称であるように思われる。「トラクタートの方法の総体的本質」としての「表現」とは、ちょうどロマン派批評論を考察した際に媒質的展開運動を対象的に表す「器官」として捉えられた「形式」に相当するものであり、したがってトラクタートとは、「教学」を媒質的極限値としつつ「表現」をその展開運動を対象的に担う器官として歴史的運動相のもとで展開してゆく媒質として捉えられる。そしてこの媒質を完全に展開し、超越領域と内在領域との境界的移行領域としてのその極限値において、この超越領域・真理の領域を開示しようとする学的志向性が哲学と呼ばれる。

「一段落ごとにあらためて表現の問題に直面するのは、哲学的な著作に固有のことである。その著作は完結した姿においては、確かに一つの教学をあらわしてはいるであろうが、そのような完結性をその著作に付与する力は、たんなる思考のうちにはない。哲学の教学は歴史的な編纂に基づくものである。(2)」

この媒質における展開運動が、これまでみてきたように展開の運動位相とその各展開段階のもつ静的位相との循環運動によって段階的に進展してゆくものであるとすれば、トラクタートにおいても同様の段階的進展が認められる。

「表現ということが、トラクタートの方法の総体的本質をなしている。方法とは迂回ということである。迂回としての表現――これこそトラクタートの方法上の性格である。意図の連続を断念するところにトラクタートの第一の特徴がある。思考は根気よく絶えず新たに考えを起こし、事象そのものへと入念に回りくどく立ち返っていく。このように絶えず息をつくことこそ、観想のもっとも本来的なあり方である。というのは、観想にとっては、同じ一つの対象を省察しながら異なった感覚段階を次々と踏んでいくことが、その絶えず新たなる開始の原動力となっていると同時に、その間欠的なリズムの正当性の根拠にもなっているからである。(3)」「省察の過程の各宿駅において、読者を停止せしめてはじめて、観想的表現は、確実に省察をしたといえるのである。(4)」

媒質の展開領域は、表層的固定層としての事象のもつ偽りの総体性を破壊するとき、細片と化した事象の連関のなかから事象内実として開示される。この事象内実における展開運動は、「教学」を極限値としつつ、つねに新たに事象へと、それゆえ表現へと立ち返り、そのより正確な連関を認識することによって、回りくどく一段一段と段階的に進展してゆく。そしてこの事象内実の展開の極限において真理内実が開示されるという親和力論でみてきた批評の媒質的展開運動とまったく同じことが、このトラクタートについても語られる。

「事象内実の細部にまで正確に沈潜してはじめて、真理内実が完全に捉えられる。(5)」

またその際のこの展開運動を推進する考察者の態度は、ロマン派批評論において批評という媒質的展開運動のとりうる唯一のあるべき態度とされた、考察対象そのものの意図を一切の熱情を排して忠実に展開しようとする「散文的冷徹さ」であるとされる。

「命令的な教説の言葉の枠のなかでは、観想的表現のもつ散文的冷徹さが、哲学的探究にふさわしい唯一の文体である。(6)」

このようにトラクタートには明らかに媒質的特性が認められるのであり、ベンヤミンが「秘教(„Esoterik")」と「教学」という概念によって表そうとするのも、この媒質のもつ展開領域とその極限値を意味するものに他ならない。「迂回としての表現」というトラクタートのもつ入念な回りくどさが、そこに一種の秘教めいた感じを起こさせるのであるが、それは媒質の展開領域としての事象内実そのものの特徴であり、その極限値における真理内実の開示を目指す哲学にとっては、この秘教性は不可欠のものとなる。

「そしてこのことが意味するのは、哲学的な構想には一種の秘教がつきまとっており、それを払拭することは哲学的構想にとっては不可能であり、それを否定することは許されていず、それを讃えることはその哲学的構想を整備することになる、ということである。(7)」

ベンヤミンは、真理内実を開示するためにはこのような「表現」において対象的に展開される事象内実、およびそれが完全に展開された極限値の存在が不可欠であるとして、これらを欠いた哲学的形式を批判する。これは、彼がこれまで媒質の展開領域を排除するような静的通俗的な否定層を批判してきたのとまったく同一のものである。プログラム論においてこの否定層の役割を果たしていたのは、「機械的経験」「科学的経験」としての「啓蒙主義の経験」概念およびそれと対をなす啓蒙主義的認識概念であったとすれば、ここで批判されるのは、この啓蒙主義的経験－認識概念に起因する科学的合理主義のもとで形づくられてきた「十九世紀の体系概念」である。ベンヤミンは一方で、言語的「表現」、事象内実に関わらない数学的な純粋な認識というものを認める。それは真理内実を開示することはできないが、数学には哲学とは違ってそのような機能は初めから要求されていない。しかし十九世紀の体系概念は、事象内実もその極限値も認めないままに真理の領域の開示を機能とする哲学を支配するようになり、その結果、その皮相な体系的認識構造によって外在的な真理を受容するといった、媒質的展開運動なしには本来結びつき得ない両者を強引に結びつけようとする「混合主義」へと哲学を落としめている。

「教学と秘教的な散文（エッセー）という二つの概念を通じて立てられる哲学的形式の別の選択肢こそが、十九世紀の体系概念が無視したものであった。このような体系概念が哲学を規定しはじめると、哲学は、結局は一種の混合主義に甘んじてしまう危険性があるのだが、この混合主義は、認識の間にはられた蜘蛛の巣によって真理を捉えようというのである。真理は外から飛来してくるとでもいわんばかりに。」(8)

ベンヤミンの凝縮された論述は簡明と言いうるにはほど遠いものであるが、トラクタートの概念によって彼が述べようとしているのは、以上のような、媒質の本来的構造、その展開運動のあり方、そこにおける基本的態度、否定層の存在等といった媒質論の基本的要因であるといえる。

ベンヤミンは次に、彼がかつてロマン派の批評理論とゲーテの芸術理論のなかに対象認識的に読み取った彼自身の媒質論を構成する二領域、すなわち媒質的内在領域と神的超越領域の区別を、「認識と真理」という形で展開する。彼は認識の領域と真理の領域とが本質的に異なる領域であることを次のようにして説明する。（これは親和力論の考察においてその「問題の理想」と「真理」との同一性を明示する際にすでにみてきたものであるが、重複を恐れず再び引用する。）

「認識の対象が真理と一致しないという命題が哲学の起源、すなわち、プラトンの理念論におけるもっとも深い考えの一つであることがしばしば明らかになることであろう。認識は問いただすことができるけれども、真理はそれができない。認識は個々のものに向けられるが、その統一には直接に向けられない。認識の統一なるものがそもそも存在するとすれば、それはむしろ、ただ媒介された、すなわち個々の認識にもとづき、そしてある意味でそれらの認識の調整によってえられる連関であるに過ぎないのに対して、真理の本質においては、統一はまったく無媒介の、直接の規定である。問いただしえないということは、このような直接的な規定に固有のことである。もし真理の本質の完全なる統一が問いただしうるものであるとすれば、その問いは次のようなものとなろう。すなわち、諸々の問いに対して真理を与えてくれるいろいろな答えがどの程度まですでに真理に対する答えになっているか、という問いである。そして、この問いに対する答えには、またまた同じ問いが先行しなければならないことになって、真理の統一は、すべての問いの手から逃れることになる。概念における統一ではなく、存在における統一としての真理は、一切の問いの手の届かないところにある(9)。」

すなわち、〈問い－答え〉という問題連関、ないし〈認識作用－認識対象〉という認識連関においては、統一的真理を捉えることはできない。なぜなら、この統一的真理を求めようとする問い＝認識作用に対してたとえ答え＝認識対象が与えられたとしても、この与えられた答えがはたして真に統一をなしているのか、真理であるのかという問いがつねに可能なのであり、さらにこの問いの答えに対しても同様の問いを提起することが可能であるというように、この過程は無限に続くことになる。したがって統一的真理は、あらゆる問題連関・認識連関によっても到達され得ない、そこから超越した理念論的存在として措定されていることになる。この真理が認識構造のなかへと投影されそこに所有されるということはあり得ないのである。ベンヤミンはこのようにして、真理および理念を認識領域から超越した存在領域にあるものとして規定する。

「このように認識の連関より真理を切り離すことによって、理念を存在として定義することができる。それが真理概念に対する理念論の意義である。プラトンの体系が、つとめて付与しようとした最高の形而上学的意義を、真理と理念は存在として獲得するにいたるのである。[10]」

それではこの同じ存在領域にあるとされる真理と理念とはいったいどのような関係をもつのか。それについてのベンヤミンの記述は次のようなものである。

「この探究の対象は理念である。哲学的トラクタートの固有の方法としての表現が有効であるためには、それは理念の表現でなければならない。表現された諸理念の輪のなかにその姿を浮かび上がらせる真理は、認識の領域へのいかなる種類の投影によってもとらえられない。[11]」

理念が媒質としてのトラクタートにおける哲学的探究の対象として存在し、真理はこの様々な理念の織りなす輪のなかにその姿を浮かび上がらせる、とされているのであれば、この理念と真理との関係は、親和力論において、「問題の理想」は様々な発現形態をもちその結果「すべての真の芸術作品のなかには問題の理想の一つの発現が発見される。」と述べられる際の、媒質としての批評がその探究の対象とする、この「問題の理想」の一つの発現としての作品の真理内実と、その統一的存在としての「問題の理想」との関係に対応しているように思われる。もちろんこのベンヤミンの批評理論がゲーテの芸術理論の批判的受容のもとで立てられたものである以上、この関係はロマン派批評論で述べられた次のような文にみられるゲーテの「純粋内容」と「理想」との関係にも対応している。

「理想が把握されるのは、そのなかへ理想が分解されている、純粋内容の限定された多数性のうちにおいてだけである。したがって、もろもろの純粋内容の、ある限定され、調和のとれた不連続体のなかに、この理想が自らを表明する。」

ベンヤミンはこのように、理念および真理の存在領域と認識の領域とを区別し、しかもなお媒質的展開運動に理念の開示・表現の機能を担わせ、この開示された様々な理念の不連続的な輪のなかに真理を浮かび上がらせようとする。真理を所有しようとする認識に対するベンヤミンのこの批判は、一方では確かに事象内実の領域を排除する啓蒙主義的な経験－認識概念、およびそれに基づいて真理を皮相な認識構造によって捉えようとする体系概念に対する批判を意味しているが、他方では、プログラム論にみられるような、媒質的極限値の認識構造がそのまま「神の経験と教え」といった神性を所有するといった、自らのかつての積極性のみを認める媒質的展開運動に対する批判でもある。この意味での真理領域と認識領域との分離、すなわち媒質論的には神的超越領域と媒質的内在領域との分離と、それにもかかわらずこの内在領域が超越領域と関わりこれを開示するとともに自らも救済されるという可能性こそが、媒質的展開運動の性質の転化以降、ベンヤミンの念頭から離れなかった最大の関心事であり、彼はそれを親和力論において美の理論によって解決した、ないし解決の希望を開示した。したがってこの序論において認識と真理の考察のあとにベンヤミンが述べるのも「哲学的美」という美の理論であり、それはほとんど親和力論における考察をそのまま踏襲している。ベンヤミンはここではプラトンの『饗宴』のなかにみられる、〈真理は美の本質の内実である。〉〈真理は美しい。〉という二つの基本的命題からその美の考察を展開してゆく。彼はまず後者の〈真理は美しい。〉という命題を限定的に解釈する。すなわち、「真理はそれ自体美しいというよりは、それを探し求めるものにとって美しいのである。[12]」ベンヤミンはこのように限定することによって、美が超越的存在の領域における真理の属性であることを否定し、内在領域においてそれを求めるものに現れる現象であることを示し、超越領域にある真理と内在領域に現象する美とを分離する。しかし彼はまた〈真理は美の本質の内実である。〉という命題によって、美が主観による恣意的なものに陥ることを避け、美を内在領域における真理の現象形態として、真理の存在を保証する機能を美に担わせる。真理そのものは美ではないが、しかし美がなければ真理を求めることはできない。いうまでもなくこれは親和力論において、美を「被い」にも「被われた対象」にも帰属させることなく「被いの内にある対象」にのみ認め、超越領域と内在領域との両義的な中間領域として美を捉えたのと同じ論調である。この中間領域は消滅の運動性を担うことによって、その極限値において真理内実が開示される可能性をもったより高次の媒質的展開領域となる。

「この内実は、しかし、暴露によって明るみにでるわけではない。むしろ、たとえて言えば、理念の圏内に踏み入っていくヴェールがぱっと燃え上がってしまうような過程において、その内実は、作品の燃焼に他ならないことが判明する。この燃焼において作品の形式の照度は頂点に達するのである。(13)」

もちろんこれは、親和力論において死にゆくオティーリエの形姿のなかに読み取った、消滅しゆく仮象の美しさに他ならない。

ベンヤミンは次に、媒質的展開運動のより具体的なあり方を「概念における分割と拡散」という形で、またこの展開運動が実際にいかにして理念を表現しうるかという問題を「配置としての理念」という形で説明する。ベンヤミンはまず〈概念〉を、媒質的認識領域に由来する内在的なものとして規定することによって、理念的な存在領域に直接関わるものではないことを明示する。

「概念が悟性の自発性に由来するのに対して、理念は考察に対して外から与えられているのである。[14]」

この概念のもつ媒質論における役割は、媒質的展開領域としての事象内実が開示される以前の未展開な事象・現象のもつ偽りの統一性を破壊し、その拡散した破片の連関のなかからこの事象内実を開示することによって、真理内実・理念の表現、および現象の救出の可能性を、この破細された現象のなかにもたらすことにある。

「現象はしかしながら、仮象の混和したなまの経験的な存続状態においてそのまま丸ごと理念の世界に入るのではなく、構成要素に分解されてはじめて、救い上げられて理念の世界に入るのである。分割された形で真理の真の統一にあずかることができるように、現象は偽りの統一を放棄するのである。この分割の際に、現象は概念に従属する。事物を構成要素へと分解する役割を果たしているのがこの概念である。[15]」

もちろんこの概念による現象の分割とは、この内在領域にあらかじめ与えられた何らかの確定的な概念構造による一方的な現象の分節、ベンヤミンの言うところの「破壊的な詭弁[16]」を意味しているわけではない。このような分節は、すでにプログラム論において啓蒙主義的な機械的経験－認識概念に対する批判という形で否定されていた。つまり媒質論においてはこのような静的固定的な概念構造はむしろ否定層の役割を果たしていた。ベンヤミンのいう概念構造は、確かに一方では現象を分割し、これを概念へと従属せしめるものであるが、それは確定的構造・「客観的解釈[17]」であるわけではなく、「現象はその存在、共通点、差異によって、それを包括する概念の外延と内包を規定する」(18)と述べられているように、現象に応じて変動するものとして捉えられている。おそらくこの概念と現象との関係は、ベンヤミンの初期言語論における名と事物との関係に最も近似したものであるように思われる。初期言語論にみられる名と事物との関係は、「素材的な共同」を通じて互いに不可分に連なり合った事物の「伝達可能性」の未展開な潜在的流動体に対して、人間が命名を行うことによって、〈叫び－呼びかけ〉という分節された発話とともにこれを顕在化＝分節するというものであった。楽園的言語状況においては、事物はただ一度の命名によって正確に認識され、媒質的展開運動は人間によってまだ命名されていない事物という潜在層を命名してゆく運動を意味するに過ぎなかったが、しかしバベル的言語状況のもとでは、ただ一回の命名によっては事物は完全には認識されず、事物の「伝達可能性」の一部が展開されるに過ぎない不十分な認識がなされるだけであり、それゆえ媒質的展開運動は、命名を何度も繰り返すことによって、まだ本来の命名がなされていない事物の「伝達可能性」の潜在層を完全な認識へと向けて展開し、〈名〉の純度、展開の「密度」を高めていく運動を意味していた。命名による認識構造は、「完全に認識する言語」という媒質的極限値を目指して段階的に「密度」を高めながら変動してゆく。これと同じことがこの序論における概念と現象についてもあてはまる。概念による認識構造もまた媒質的内在領域に確定的に与えられているわけではなく、その媒質的展開運動のなかで極限値に向けて段階的に精度を高めながら造り上げられてゆくものである。言うまでもなく、この段階的進展はトラクタートの概念を考察した際にみてきた媒質的展開運動のあり方であり、トラクタートとはいまだ確定的な「教学」ではあり得ないものである。もっとも初期言語論においてみられた名における媒質的展開運動とこの概念における媒質的展開運動との間には、これまでみてきたようなこの展開運動の性質の転化がなされている以上、両者はまったく同一のものではあり得ない。名における展開運動が、その極限値の神性に対する信仰的確信から、「裁く言葉」からは画然と区別され、この「裁く言葉」の非本来的形姿としての「善悪を認識する言葉」によってもたらされた「饒舌」および「命名過剰」という言語の堕落状況を、ひたすら楽園の言語状況に向けて回復する積極的機能のみを担っていたのに対し、概念における展開運動は、いわばこの「裁く言葉」をも自らの内に包摂している。つまり概念によって現象の偽りの統一性が破壊され、現象が無数の破片へと拡散するとき、現象は「饒舌」的言語状況に相当する永続的衰滅という負性を帯びた自然的相貌をとる。にもかかわらずこの概念が積極的運動性を担うのは、概念がこの分割の過程のなかで現象に生じる美を析出し、自らの精度を高めることによってこの美の照度を高めてゆき、ついにはその極限値において概念の崩壊と美の燃焼による消滅によって理念の表現と現象の救出がなされるとする、先の美の理論によるものである。概念が自らの精度を高めてゆく行程は、同時に概念が自らの崩壊に向かう行程である。

「偉大な哲学が世界を理念の秩序のうちに表現するとき、その概念的輪郭はすでに崩壊に瀕している。(19)」

この概念の極限値において構成要素に分割された諸現象が、ベンヤミンの言う「極限なるもの(„die Extremen")」である。「極限なるもの」は、美という超越領域と内在領域との両義的な中間領域の媒質的極限値であるが、なお美としての現象性を保持しているものであり、またその現象性ゆえに理念を内在領域に表現する機能を担うものである。この内在領域のぎりぎりの極限において、現象はいかにして具体的に理念を表現しうるのか、この理念の内在領域における表現のあり方をベンヤミンは「配置（„Konfiguration"）」という言葉によって説明する。星座は星によって構成される。しかしこの星そのものが星座であるのではなく、星座はこれらの星の位置関係によって織り成される非物質的形姿である。これと同じことが理念と「極限なるもの」についてもあてはまる。理念は「極限なるもの」のような現象性をもたない。しかし消滅を前にした「一回限りの極限なるもの」によって構成される「配置」として、自らをこの内在領域に表現する。

「理念の事物に対する関係は星座の星に対する関係に等しい。[20]」

「理念は永遠の星座なのであり、構成要素がこのような星座のなかの点として捉えられることによって、現象は分割されると同時に救われるのである。これらの構成要素を現象から解放することが概念の任務なのであるが、これらの要素は極限なるものにおいて最もはっきり姿を現す。一回限りの極限なるもの同士の間にみられる関係の示す形姿が理念であるということができる。[21]」

哲学はこのように概念による分析を通じて「極限なるもの」の配置として理念を表現し、それと同時に現象を救出する。「経験的世界が自ずから理念の世界に入り込んでいってそこで解消していく、そのような理念の世界を記述しながら構想する修練が、哲学者の課題である[22]」。「極限なるもの」と理念との関係が星と星座の関係に例えられたのであれば、真理とその不連続的な発現形姿としての諸理念との関係は、すべての星座の総体によって織り成される夜空に描かれる単一の配置的形姿と個々の星座との関係に例えることが許されるだろう。したがって哲学の体系というものがあるとすれば、それは概念による理念の数に対応した複数の媒質的展開運動を通じて、不連続な諸理念の秩序をそれぞれ「極限なるもの」の配置として表現するような、不連続的体系である。

「体系は、ほかならぬ理念の世界の様相に示唆されてその輪郭ができあがる場合にのみ妥当性を有する。[23]」

したがってベンヤミンの批判は、このような「理念の世界の不連続な構造」を無視して、本来この不連続な諸理念の構造のなかに浮かび上がってくる単一的統一的真理を、機械的認識概念によって構成される「学問の、間隙のない演繹の体系」として表すような体系概念に対して向けられている。このような偽りの哲学的体系ではなく、理念の世界の秩序を表現しようとしている哲学的体系として、ベンヤミンはプラトンの理念論、ライプニッツのモナド論、ヘーゲルの弁証法などを具体的に挙げている。もちろんこのことは、これらの哲学体系に対して理念の世界＝真理を表現する客観的解釈であるという絶対性を負わせるものではない。理念の世界の表現を目指すあらゆる哲学体系は、その媒質的極限値に向かう概念形成の途上にあるのであり、またたとえその極限値において理念の世界が表現されたとしても、現象が救出されるその時点を過ぎ去るとともに、概念の極限的厳密さは崩壊してゆく。それゆえこれらの哲学体系の概念構造を絶対視することは許されず、それらは理念世界の表現の構想としてのみその妥当性が認められるのである。哲学者はこのように概念による分割を通じて理念の世界を表現しようとする。それゆえ哲学者は、詩的直観によって捉えた理念を作品のなかに潜在的に表現する芸術家と、理念を表現するという点で通じるのであり、また理念を表現する機能は担いはしないが、現象の偽りの統一性を概念によって分解することで事象内実という媒質的展開領域を開示する学者とも、共通点をもつものである。

「芸術家は理念の世界の小さな像を描くのであるが、それを一つの比喩として描くからこそ、あらゆる時点における究極の像を描くことになるのである。学者は、世界を内側から概念において分割することによって、理念の領域における拡散へと世界を向かわしめる。たんなる経験論の払拭を志す点で哲学者と学者は共通点を有し、表現という課題が芸術家と哲学者を結びつける。(24)」

ここで述べられている芸術家と学者と哲学者との関係は、親和力論における芸術家と注釈家と批評家との関係に対応している。

前段落の考察において、理念の表現に向かう概念における展開運動と初期言語論の名における展開運動とが同じ媒質的展開運動であることを示唆したが、実際ベンヤミンはこの序論を「初期言語論の第二の発展段階(25)」と捉えており、「理念としての言葉」という形で、この序論にみられる媒質論の言語論としての妥当性を明示しようとする。序論がこのように初期言語論の「第二の発展段階」とされるのは、ベンヤミンが、初期言語論においては媒質的極限値の位相に想定されていた楽園的言語状況を、序論ではこの媒質領域から超越した理念の存在領域の位相へと巧みにずらして展開しようとしていることに由来する。初期言語論においては、名は理念という神的超越領域にある存在に対して与えられるものではなかった。名は、「伝達不可能なもの」として潜勢層にある「神の言葉」であるわけではなく、人間と事物の双方の「伝達可能性」を担った媒質として捉えられていた。つまり名は、神的潜勢領域にある存在に対して与えられるのではなく、あくまでも媒質領域にある事物に対して、すなわち現象的な事物に対して与えられるものであった。しかしながら初期言語論においては、この「伝達不可能なもの」としての神的潜勢領域と、「伝達可能性」の展開する媒質領域との間の絶対的断層はなお明確には自覚されておらず、それゆえ名における展開運動の媒質的極限値は「完全に認識する言語」として自らが神的エネルギー総体の顕現であることを了解するとされていた。この神的認識機能を担った極限値の神性ゆえに、そこに向かう媒質的展開運動は、伝達不可能な「神の言葉」の潜勢領域に踏み入ることなく、完全な積極性をもったものとして捉えられたのである。この極限値のもつ神性を、ベンヤミンは序論において神的超越領域にある理念のもつ神性とやや強引に同一視することによって、初期言語論において「命名」がもっていた高い価値を、この転化後の媒質論においても保持しようとする。序論においても初期言語論と同様に、命名の純粋形姿はアダムによる事物の命名のイメージのもとで捉えられる。しかしそこにおいて命名される事物は、もはや現象的な事物ではなく、事物の「本質」として存在領域にあるような理念である。理念とはこの本質に他ならないのであり、それゆえ理念はこの命名によって自らを「名」「言葉」として現すとされる。理念が不連続的なものとされていた以上、このことは素材的な共同を通じて連なる現象的な事物がそれぞれ個別的な本質をもち、したがってその完全な命名はこれらの本質が途切れることなく連続的につながって広がる本質総体を把握するという立場をとるものではない。初期言語論のように、「事物の伝達には、たしかにこの種の協同関係がはたらく結果、その伝達は世界一般を不可分の全体として把握することになる。(26)」とは言い得ない。幾つかの複数の事物は同一の本質を共有しているのであり、命名された本質の数は有限であり、不連続的なものであるとされる。真理は、すでにみてきたように、この有限で不連続な本質＝言葉＝理念の関係的秩序のなかに現れる。

「それゆえ、理念は次のような内容の法則を認めていることになる。すなわちすべての本質は、現象に対してだけでなく、とりわけ相互に、完全に自立し、まったく孤絶して存在している。天球の調和が、互いに相触れることのない星辰の運行に基づいているように、可解な世界の存立は、純粋な本質相互間に横たわる埋めがたい距離に基づいている。どの理念もそれぞれ一つの太陽であって、相互に、まさしく太陽同士が相互にふるまうようにふるまうのである。このような本質相互間の関係が真理である。命名された本質の数は有限である。というのは、不連続性ということがいえるのは、本質についてであるのだから。(27)」

初期言語論においてアダムによる事物の命名が同時に認識行為として捉えられていたとすれば、この本質・理念への命名もまた人間が「根源的知覚（„Urvernehmen"）」によって把握する一つの認識として捉えられるのであり、それゆえ言葉は「認識的意味」をもつとされる。むろんこのことは一見して、認識によっては理念・真理を捉えることはできないとするこれまでの論旨と矛盾するのであり、この矛盾は現象的内在領域にとどまる媒質的極限値における命名を、理念的存在領域に転用していることからくる当然の帰結である。しかしこの矛盾は、ここで述べられている命名による認識を、現象的内在領域における認識とは異なった一つの比喩と考えることによって解消する。つまり命名による本質の認識とは、もはや認識の主体も客体もない、本質が理念的存在としてあるということについての、本質そのものの完全な自覚を意味するものであり、したがって命名とは、事物の本質である理念が自らの「根源的知覚」によって存在領域のなかで自らを「名」「言葉」として現すということを意味している。それゆえ理念は言葉なのであり、言葉は理念を象徴するとされる。もちろんこの言葉と理念との関係を表す「象徴」とは、「感覚的および超感覚的な対象が一体であるという神学的な象徴の逆説[28]」、つまり言葉がそのまま理念であり理念がそのまま言葉であるというような両者の即自的一体性を表す概念であり、ベンヤミンが批判するような、「いわば有無をいわせぬ態度で形式と内容の不可分の結びつきに自らを関係づける概念[29]」としての、理念と現象との間の記号的一体性を表す象徴概念とは異なるものである。

「経験によって規定される思向としてではなく、この経験の本質をそもそも決定する力として真理は存在するのである。このような力をもちうる唯一の、あらゆる現象性から遠く離れた存在は、名である。それは理念の所与性を規定する。理念は、しかし、根源的言語といったものにおいて与えられているというよりは、むしろ、言葉が認識的意味を失うことなく命名の品位を保持している根源的知覚に与えられているのである。（略）理念は言語的なものである。しかも、理念はつねに、言葉の本質において、そのつど言葉をして象徴たらしめるあの契機なのである(30)。」

この存在領域において理念を象徴する言葉のもつ「根源的知覚」「認識的意味」に対して、現象的内在領域においては言葉は風化分解し、その理念を象徴する機能は「経験的知覚」に基づく「世俗的意味」によって覆われ埋没している。したがって、「根源的知覚へ遡ってゆく想起」という運動性のなかで、この埋没した言葉の象徴的性質を取り戻すことが哲学者の課題であるとされる。

「経験的知覚――そこでは言葉は風化分解してしまっているのであるが――においては、言葉の多かれ少なかれ隠れて見えない象徴的側面とともに、露骨な、世俗的意味が並存している。言葉のもっている象徴的性格のおかげで、理念は、一切の外部に向けられた伝達と対極をなす自己了解に達することができるのであるが、この言葉の象徴的性格を、表現によって再びその最初の高みに引き戻すことが哲学者のつとめである。哲学は啓示的なことを語ろうとうぬぼれてはならないがゆえに、この仕事は、何よりもまず根源的知覚に遡る想起によってのみ可能になる(31)。」

ここにみられる言葉の堕落とその始源的形姿への回復の課題という構図は、もちろん初期言語論の構図を基本的に踏襲している。初期言語論においても「完全に認識する言語」としての始源的楽園の言語が堕落することによって、言葉は「善悪を認識する言葉」「外的伝達をこととする言葉」「饒舌」に蔽われるとともに、人間の命名能力も衰微し、事物は「命名過剰」な名のもとに沈黙するとされたのであり、このバベル的言語状況から反復される命名・翻訳を通じて、つまり名における媒質的展開運動を通じての楽園的言語状況への回復が目指されたのであった。しかし言葉の始源的形姿が媒質的極限値の位相から理念的超越存在の位相へとずらされた結果、序論におけるこの言葉の純粋形姿を回復しようとする運動は、初期言語論にみられるような、神的認識機能を担った極限値に向かう自らの運動の積極的意義を疑うことのない、名における媒質的展開運動と同一のものではあり得ない。なぜなら、序論における言葉の純粋形姿としての理念は超越的存在領域にあり、これと媒質的内在領域との間には絶対的な断層が横たわるのであり、それゆえ媒質的展開運動が直接にこの超越的理念としての言葉に到達するということはありえないからである。この両者の間の絶対的断層は、媒質的展開運動に真理の存在領域からは隔絶したものとして原罪に例えられるような絶対的負性を担わせるのであり、したがって媒質運動は、神的極限値に向かう名ではなく、むしろ「饒舌」的言語状況を現出させる「裁く言葉」を基体とすることになる。これはすでに媒質的展開運動の性質の転化として何度もみてきたことであり、この言語状況が思考的には概念による現象の破壊・拡散に相当するものであることは前段落においても示唆しておいた。もちろんこの概念が現象の偽りの総体性を破壊するという積極的機能を担っていたように、「裁く言葉」もまた媒質として、自らの惰性態として固定化する「善悪を認識する言葉」を「饒舌」的運動相（これは惰性化した「饒舌」とは異なるものである。）に繰り返し引き戻すという積極性をもつものである。しかしこれらは真理・理念の存在領域に対しては、あくまでも媒質的内在領域にとどまるものとしての原罪的負性を担うのである。したがってこの内在領域から存在領域にある真理・理念を直接に捉え、所有しようとする一切の「志向（„Intention")」は、挫折することになる。このような志向を表す、「知的直観（„Intellektuelle Anschauung")」によっても、また媒質としての名においてみられたような単純な媒質的展開運動によっても、理念・真理を捉えることはできない。それにもかかわらずこの負性を帯びた媒質的展開運動は、自らの仮象的な美の消滅において、すなわち志向の死において、純粋な言葉としての理念を表現する積極性を担うのである。

「真理は理念より成る無志向の存在である。したがって、認識における思向（„Meinen"）ではなく、真理への参入と、そのなかでの消滅こそ真理に対するふさわしい態度である。真理は、志向の死である。[32]」

ベンヤミンは以上のような形で序論における媒質論の言語論としての妥当性を示したうえで、再び一般的原論としての媒質論の立場から、それを構成する基本概念である「根源（„Ursprung"）」について説明しようとする。あらかじめ先取りするなら、ベンヤミンのいう「根源」とは、そこにおいて理念の表現と現象の救出が同時になされるような、これまでみてきた媒質的極限値を意味するものに他ならない。それは媒質のもつ運動性ゆえに歴史的なものとして捉えられ、したがってこの理念の表現と現象の救出を目指す哲学は歴史哲学として捉えられる。ベンヤミンの媒質論の基本的構造についていま一度確認しておこう。媒質論はまずその媒質的展開領域を排除するような否定層の破壊から始まる。序論ではこれは、現象の偽りの統一性という通俗的惰性態の、概念による破壊・拡散という形で表される。ベンヤミンが「根源」の段落冒頭で「生産的懐疑[33]」と呼んでいるのは、このような概念による現象の偽りの統一性の破壊を意味するものである。哲学者はこの破細された現象としての「ごくささやかな事象（„das Geringste“）[34]」に注目することによって、それらの連関のなかから媒質的展開領域としての事象内実を開示する。しかしこの事象内実は、それがあくまでも現象領域にとどまる媒質的内在領域として理念的存在領域とは断絶したものであるがゆえに、原罪的負性を担うのであり、概念によって破細され拡散する現象は、「饒舌」的言語状況に相当する永続的衰滅という自然的相貌をとる。この負性を帯びた運動性が、哲学の本来的使命としての理念の表現と現象の救出という積極性を担うのは、哲学がこの運動過程のなかから生じてくる美を仮象的な美として現出させることによる。すなわち哲学は、自らの概念形成の精度をその崩壊に向けて高めてゆくことによって、同時にこの事象内実の運動性を理念領域と現象領域との両義的な中間領域としての仮象的な美の消滅過程と認識し、この運動の媒質的極限値において、概念によって分割された現象としての「一回限りの極限なるもの」の配置として理念を表現するとともに、現象性の消滅のなかで事物を理念世界のなかに本質として救出する。媒質的極限値は理念領域と現象領域との境界値であり、この理念の表現と現象の救出がなされる極限値への到達可能性をもつがゆえに、媒質的展開運動は絶対的負性をもつと同時にある種の積極性をもった両義的なものとなるのである。ちなみに、この媒質的極限値に向かう両義的な展開運動は、その媒質運動の特質として、〈展開可能性〉とでも言うべき事象内実の未展開な潜在層からそれが展開された顕在層へと、この展開の運動位相とその各展開段階のもつ静的位相との循環運動を繰り返すことによって、段階的に進展してゆくものとされていた。以上のことを確認したうえで、「根源」についてのベンヤミン自身の記述を考察してみよう。

「根源は、確かにまったく歴史的（„historisch"）なカテゴリーであるが、しかし発生とは何の共有点ももたない。根源においては、生起したものの生成ではなく、生成と消滅から生起してゆくものが問題とされる。根源は生成の流れのなかに渦としてあるのであり、発生の素材を自己のリズム体系のなかに巻き込むのである。根源的なものは、事実的なもののむき出しのあらわな現在までの総量から認識されることは決してないのであり、そのリズム体系は、ただ二重の洞察によってのみ明らかなものとなる。それは、一方では復古・回復として、他方では復古・回復における未完成・未完結として認識されなければならない。どの根源的現象においても、理念がそのもとで歴史的（„geschichtlich"）世界と幾度となく対決し、究極的には理念がその歴史の総体のなかに完成された姿で現れる、そのような形姿が規定される。それゆえ根源は事実的な所見から浮き立つことなく、この事実的な世界の前史および後史に関わるのである。(35)」

根源が「歴史的なカテゴリー」であるとされているのは、すでに述べたように媒質の極限値に向かう運動そのものが歴史とみなされることによる。（「歴史」が „Historie“ と „Geschichte“ という二様の言い方をされていることについては、このあとの考察に回してここでは置いておく。）この根源が、「発生（„Entstehung“）」と共有点をもたず、「生起したものの生成（„Werden des Entsprungenen“）」を問題とするのでもなく、「事実的なもののむき出しのあらわな現在までの総量（„der nackte offenkundige Bestand des Faktischen“）」からは捉えられ得ないものとされているのは、これらがいずれも媒質的展開領域としての事象内実の開示を阻む否定層を形成するものであり、現象に偽りの統一性をもたらすものとみなされるからである。生起した歴史的事象は一つの確定した事実であり、生成とはこの生起した事象が連続的に進展してゆく流れであり、したがって過去は展開可能性をもたないこの確定した事実が堆積してゆく完結したものとして捉えられる。このような歴史の見方が、のちにベンヤミンが現実世界の歴史総体を媒質とみなし、それゆえ媒質の運動性を表す歴史が一般的な意味での歴史と重なるとき、彼によって歴史主義として批判される歴史観と同質のものであることは明らかであろう。この歴史観においてもし根源というものが考えられるとすれば、それはこの連続的な歴史の流れが〈発生〉する起源を意味するものに過ぎない。ベンヤミンはこのような「発生」や「生起したものの生成」という歴史観を批判する。生成と消滅、すなわち歴史の進展と過去化という連続した歴史の流れを、一本の川の皮相的な水面部とするならば、根源とは、この流れの水源を意味するのではなく、いわばこの川底の地質と水質の境界面を指すものである。それは、この川が流れる以前の始源においては、純粋な地表としてその姿を現していたものであるが、川の流水とともに水中に没し、水面からは見えなくなってしまう。したがって根源は、この水面からの探究・発見の対象となるものであり、それが可能となるのは、均質に連続して流れる水面を分割し、かき乱す渦によってである。この渦によって初めて水面に覆われていた水中の水質が明るみに出るのであり、このとき根源は、この渦の収斂する川底の境界点およびこの川底に到る渦そのものの紋様として現れる。根源としてのこのあらゆる収斂点は、この渦の極限的紋様を潜在的に秘めているのであり、ベンヤミンがここで述べる「リズム体系（„Rhythmik"）」とは、この極限的紋様を意味するものに他ならない。言うまでもなく、ここで例えられた川の構造を先程みてきた媒質論の構造に置き換えるなら、水面は現象の偽りの総体性を、この水面をかき乱す渦は媒質的展開運動を、この渦によって明るみに出される水面に覆われていた水質は事象内実を、この渦の紋様は概念ないし概念によって分割される現象によって織り成される構造を、そしてこの根源は媒質的極限値を、それぞれ表すものである。したがって媒質的展開運動が、現実にはいまだ極限値には到達しない、根源の展開可能性の潜在層から顕在層へと段階的に進展してゆく移行過程にあるものであったとすれば、この破細された現象的事実に忠実であることによって織り成される「リズム体系」は、いまだ完全な紋様としては現れず、この歴史として展開される媒質運動の顕在層を前史として、またその潜在層を後史としてもつことになる。この到達すべき無限目標としての根源は、始源に要求として設定されているものであるがゆえに、この展開運動は、一方では「復古・回復」として捉えられるとともに、他方では、潜在層を含んだいまだ根源には達していない「復古・回復における未完成・未完結」として捉えられる。もちろんこの顕在層としての前史は、完結した過去を意味するのではなく、潜在層が展開されてゆくに連れて刻々とその密度＝明瞭さ＝照度＝精度を高めながら変容してゆく。そしてその潜在層が完全に展開された根源において、理念はこの歴史総体として、つまり極限的な精度をもった概念ないし極限的な照度をもった「極限なるもの」の配置として、自らを表現するのである。このように、ベンヤミンの捉える媒質的展開運動としての歴史は、「生起したものの生成」という水平方向の連続した歴史の流れを意味するものではなく、この連続した流れを破細し、根源に向かって垂直方向に展開してゆく渦として、「生成と消滅のなかから生起してゆくもの」として捉えられている。――ベンヤミンの歴史についての記述を、この根源の段落の次に続くモナド論のなかから再び考察してみよう。

「根源の学としての哲学的歴史は、遠く相隔たった極限なるもの、一見発展の過剰と思われるものの中から理念――このような対立物が有意義に共存できる可能性によって特徴的にあらわされる総体性としての理念――の配置を浮かび上がらせる形式である。一つの理念において可能な諸々の極限なるものの圏域が、潜在的に歩測されていない限り、その理念の表現はけっして成功したとはみなされ得ない。歩測はあくまで潜在的なものである。なぜなら、根源の理念の中にとらえられているものは、それにかかわってくるような一つの出来事としての歴史ではなく、一つの内実としての歴史をもつからである。内部においてはじめてそれは歴史を知るのであって、しかも、それはもはや果てしないものではなく、本質的な存在とかかわる歴史である。このような意味での歴史がはじめて、本質的存在の前史および後史であるといえるのである。このような諸々の本質の前史および後史は、本質が理念世界の領域に救出され収集されたしるしとなるのであるが、それは純粋な歴史ではなく、自然的歴史である。このような保護のもとにおいてのみ、人間の生によって曇らされることなく明瞭に展開してゆく作品や形式の生は、自然的生である。このような救出された存在が理念において確定されるのに対して、非本来的、すなわち自然史的な前史および後史の現存は潜在的なものである。この現存はもはや実際的現実的に読み取られるべきではなく、自然史として、完成した静止した状態、すなわち本質から読み取られるべきである。これによってすべての哲学的な概念形成のもつ傾向が、次の古くからの意味において新たに規定される、すなわち、現象の生成をその存在において確定すること。なぜなら哲学的学問の存在概念は、現象によってではなく、その現象の歴史を消尽し摂取することによってはじめて満たされるのである。(36)」

まず始めに、「出来事（„ein Geschehen"）としての歴史」と「内実としての歴史」の区分がみられる。すなわち、理念の表現を担う歴史の根源と関わるには、「出来事としての歴史」ではなく「内実としての歴史」が把握されねばならず、その把握の過程は「潜在的な」ものである、とされる。皮相な「出来事としての歴史」からその下に潜在する「内実としての歴史」への移行とは、すでにみてきたように、現象の偽りの総体性、歴史の連続的な流れが破壊され、歴史的な事象内実が開示されることを示している。この事象内実は、それがあくまでも現象領域にとどまる媒質的内在領域として理念的存在領域とは断絶したものであるがゆえに、原罪的負性を担うのであり、この負性は親和力論において「自然」という概念のもとに捉えられていた。したがってこの「内実としての歴史」は、自然的歴史、自然史という相貌をとる。しかしこの事象内実は、一義的には破細された事象が永続的無限運動を繰り広げる自然的負性を担うものであるが、二義的には仮象的な美の消滅という高次的な媒質運動の極限値、すなわち根源において、理念の表現と現象の救出という積極性を担う、両義性をもつものとして捉えられていた。それゆえ、そのすぐあとの論述で、「本質的な存在とかかわる歴史」、「諸々の本質の前史および後史」そして端的に「自然的歴史」として語られるこの「内実としての歴史」は、自然的歴史内実のもつ両義性のうち、後者の積極性を帯びたものを表していると考えられる。それは「本質が理念世界の領域に救出され収集されたしるし」となる歴史の根源へと向かうものであるが、ただしこの根源においてもなお、それはあくまで現象的内在領域からの媒質的極限値にとどまるものであり、もはや自然性という負性をもたない理念世界に存在として確定された真なる歴史の形姿、「純粋な歴史」とは異なるものである。このように「自然的歴史」＝ „natürliche Geschichte“ が理念の表現と現象の救出の機能を担った自然的歴史内実の本来的あり方を表すのに対して、「自然史」＝ „natürliche Historie“ は、いまだ本質・理念の開示の機能をもたない負性を帯びたままの非本来的な自然的歴史内実である。「このような救出された存在が理念において確定されるのに対して、非本来的な、すなわち自然史的な前史および後史は潜在的なものである。」したがって「自然史」は、たんにその「実際的現実的」な層、すなわち非本来的な永続的無限運動として読み取られるべきではなく、「完成した静止した状態、すなわち本質」に到達し、これを開示しうる機能をもった「自然史」として読み取られるべきである。これによって〈現象の生成をその存在において確定すること〉という古くからの「哲学的な概念形成のもつ傾向」は、新たな意味で規定し直されることになる。「生起したものの生成」という現象の偽りの総体性、歴史の連続的な流れのもとにある「現象の生成」は、そのままの形では存在・理念において確定されることはできない。このような意味での上記の命題は、例えば、現象と理念を記号的に直接結びつけようとする、ベンヤミンの批判する擬古典主義的な象徴概念に利用されうるものである。「現象の生成」は、その下に潜在する内実の層のもとで展開されねばならず、その展開の極限値としての根源において、救出された本質として、存在・理念において確定されるのである。

ベンヤミンは以上のような形でその独特な〈根源〉および〈歴史〉の概念を展開する。これまでの考察で示してきたように、根源とは媒質的極限値を意味するものであり、歴史とはこの媒質的展開運動そのものを表す用語である。序論で展開される歴史論は一般的原論としての媒質論なのであり、通常の意味での歴史理論とは異なるものである。もちろんこの媒質論は、その原論的性格のゆえに、言語論および批評論としても妥当性をもつものであるとすれば、現実の歴史論をもその射程に含むのであり、すでにプログラム論・『神学的政治的断章』でみてきたこの媒質論の現実の歴史論への適用を、ベンヤミンはこののち『歴史哲学テーゼ』に結集するような形で展開してゆくことになる。しかしこの序論においては、歴史はあくまでも媒質論として展開されている、ということはここで確認しておいてもいいだろう。ところでこの媒質的展開運動は、親和力論以前においては本来、その運動によって同一性という概念のもとに捉えられるような無限な単一的総体を開示しうるものとして論じられていた。（本稿一四二～一四五頁）ベンヤミンの対象認識の理論においては、主体‐客体相関の廃棄とともに、個体‐総体の厳密な意味での相関関係も廃棄されているため、ある一つの媒質的展開運動はその極限値においてこの無限な単一的総体を開示しうるものとされていた。これが親和力論においてゲーテの芸術理論を批判的に導入した結果、一つの媒質的展開運動は単一的統一体としての「問題の理想」の様々な発現形態の一つを「真理内実」として開示しうるに過ぎないとされ、この統一的「問題の理想」に対する発現形態の不連続的有限性の立場がとられた。これはもちろんゲーテの芸術理論における統一的「理想」に対する「純粋内容」の不連続的有限性に対応するものである。この立場は序論においても統一的「真理」に対する「理念」の不連続的有限性として継受され、一つの媒質的展開運動はこの一つの理念の表現という機能を担うに過ぎないものとされているのであるが、ベンヤミンは初期の単一の媒質的展開運動がもっていた同一的統一体を開示するという高い価値を、序論においてモナド論という形で回復しようとする。

「このような探究における歴史的展望の深化は、過去に向かうものであれ未来に向かうものであれ、原理的に限界というものを知らない。この深化が、理念に総体をもたらす。この総体性が理念の必然的な孤立性と対照的に形づくるような理念の構造は、モナド論的である。理念はモナドである。その前史および後史とともに理念のなかに入っていく存在は、みずからの秘められた姿のなかに、他の理念世界の縮約されたおぼろげな姿を示している。(37)」

「理念はモナドである。——ということはつまり、すべての理念は世界の像を自らの内に含んでいるということである。理念の表現において課題とされているのは、この世界像をその縮約された形で示すということに他ならない。(38)」

すでにみてきたように、根源における理念の表現は、無限な媒質的展開運動の歴史総体というという形でなされる。この媒質運動によって表現される理念は、不連続的有限性をもって互いに孤立している諸理念の一つに過ぎないのであり、したがって先の理念の総体性はこの孤立性と対照をなすのであるが、ベンヤミンはこの理念の総体性を他の諸理念の世界の構造が反映されているものとみなし、理念をモナドとして捉える。極限値に向かって無限な運動を続けるベンヤミンの媒質的展開運動のスタイルには、はじめから微積分学の創始者としてのライプニッツの思考に近いものがあったのであり、この類似性がベンヤミンをライプニッツに接近させるとともに、この影響のもとで、ゲーテの芸術理論の批判的受容によって放棄を迫られた当初の立場を回復するために、彼のモナド論を序論に導入することとなったと言えるだろう。このモナド論的立場は、例えば後年のフックス論あるいは『歴史哲学テーゼ』における、それぞれ次のような言葉にもみられるように、ベンヤミンの媒質論のなかに後々までも保持されることになる。

「しかしこの構築作業の成果は、作品のなかに一生の仕事が、一生の仕事のなかに時代が、そして時代のなかに歴史の経過が保持され、止揚されてあるということになったとき、成果といえるのである。(39)」
「考えるということは、思考の運動のみならず、思考の停止をも含む。緊張によって飽和した局面においてふいに思考がたちどまるとき、思考はその局面にショックを与え、それによって思考はモナドとして結晶する。歴史的唯物論者が歴史の対象に近づくときは、必ずそのようなモナドとしての対象に向かい合う。(40)」

悲戯曲論の序論についての以上のような考察は、この序論が、媒質的展開運動の性質の転化以降問題を孕みながらも、親和力論において批評論としてその統一された姿を見せたベンヤミン独自の媒質論を、一般的原論としてはじめてまとまった体系的な形で展開したものであることを示すとともに、一つの総括として、これまでみてきたベンヤミンの諸論文の媒質論としての妥当性を確認するものである。次節は、この媒質論的立場からのアレゴリー論の考察に向けられている。

## 第二節　アレゴリー論における媒質論的構造

### 一　悲戯曲の事象内実

アレゴリーがバロック悲戯曲において働く根本原理として捉えられている以上、アレゴリー論の構造を媒質論として明示する前に、ベンヤミンの展開する悲戯曲の基本的構造について触れておきたい。

悲戯曲の事象内実を展開するベンヤミンの論旨の運び方は、親和力論においてみられたものと類似した三部構造を示している。すなわち親和力論においては、ロマーンの表すテーゼとしての神話的モチーフ、ノヴェレの表すアンチテーゼとしての救済のモチーフ、そしてオティーリエの形姿のなかに読み取ったジンテーゼとしての衰滅しゆく仮象的美のモチーフ、という弁証法的構図が認められたとすれば、この悲戯曲論においてもまた、悲戯曲の内実としての自然的歴史がテーゼとして語られ、これと悲劇との対比のなかで救済のモチーフがアンチテーゼとして語られ、そして憂鬱者の悲しみを帯びたまなざしのなかに微かに浮かび上がる救済の契機がぎりぎりのジンテーゼとして語られるという、同様の弁証法的構図が認められる。

まずテーゼとしての悲戯曲の内実についてみてみよう。親和力論において作品は作者の生の内実と本質の証言領域であるとされていたとすれば、ここではバロック悲戯曲の総合的連関のなかで証言されるのは、このバロックという時代の生の内実と本質である。

「この時代があらわしていたような歴史的な生が、悲戯曲の内実でありその対象であった。(1)」

そして、「歴史の首席代表としての君主は、ほとんど歴史の具現者とみなされうる(2)」がゆえに、バロック悲戯曲の内実を表す中心形姿として王・君主に焦点が合わせられる。ベンヤミンが悲戯曲において君主に注目するのは、ちょうど彼が親和力論において結婚という事象に注目することによって、その崩壊のなかから神話的暴力という作品の事象内実を開示したのと似ている。彼は君主に注目することによって、神話的暴力と等質の運命的自然力の渦巻く悲戯曲の事象内実を開示しようとする。もちろんその際、君主は結婚のような神話的暴力を現出させるたんなる契機として存在するのではなく、この運動エネルギーとしての暴力そのものを体現するもの、したがって一つの機能ないし運動原理として存在する。

「近代の主権概念が、至高の、君主の執行権に帰着するとすれば、バロックのそれは、非常事態をめぐる議論から発展したものであって、君主のもっとも重要な機能は、このような非常事態を排除することにあるとしている。支配をする者は、戦争、反乱、その他の災害によって引き起こされた非常事態における独裁的権力の所有者であることを前もって定められているのである。(3)」

ベンヤミンがここで述べようとしている君主の機能は、『暴力批判論』において神話的暴力がどのように規定されていたかを考えるとき、最も良く理解できよう。すなわち神話的暴力とは、〈法・境界の維持＝神話的暴力の忘却〉と〈法・境界の侵犯による変動・再措定＝神話的暴力の喚起〉との間でなされる永続的な循環運動として自らを現すような、自体的に存在する運動エネルギーであり、この永劫回帰＝運命としての循環運動の場こそが神話的暴力の呪縛圏であるとされていた。したがって親和力論では、結婚が法規範の一つの現れ、ないし道義という社会規範の一つの現れであるがゆえに、この結婚が崩壊し、境界が侵犯されることによって、境界の持続のなかで忘却されていた神話的暴力が新たに喚起されたのであった。この境界の侵犯は、悲戯曲論においても「非常事態」という形でみることができる。バロックの動乱期においては法規範・境界は内外の勢力によって絶えず脅かされ、侵犯を受けていたとすれば、君主はこの変動する法・境界をそのつど再措定し、自らの秩序を維持していこうとする。君主はこの秩序維持の「固定化の機能」[4]を担うがゆえに、逆説的に法・境界の維持と変動との間の永続的循環運動を体現する運動原理となる。つまり君主は一個の人間としての存在を離れて機能化する。もちろんこの循環運動は単一の君主においてもみられるものであるが、総体的には、互いに法措定的暴力として対立し合う君主同士、ないし君主と敵対勢力との間の争いによる興隆・没落という形でみることができる法・境界の維持と変動との間の永続的循環運動である。すでにみてきたようにこの循環運動は、媒質論的には媒質的展開運動の運動位相とその各展開段階のもつ静的位相との間でなされる循環運動であり、したがってこの運動原理としての君主は、媒質的歴史を自らの存在に担うことになる。この歴史が、バロックの時代の歴史の生を証言するのである。しかしこの君主を中心形姿とするバロック悲戯曲の内実としての歴史は、救済を目指して進む直線的な時間の流れなのではない。「バロックの終末論などというものはない。(5)」悲戯曲は、時間的直線的な歴史の流れを、空間的円環的な自然の無時間性へと転換し、その内実は円環的時間という永劫回帰の無限運動を続ける自然的歴史、「自然史」となる。したがってこのような永続的無限運動の領域においては、救済・彼岸といった超越的契機は存在せず、それはあくまでも世俗的内在領域にとどまることになる。

「これらの［悲戯曲の：論者註］試みは、しかしながら、最初から厳格な内在性にしばりつけられて、聖史劇がもっていた彼岸への展望が欠けていた。(6)」

「バロックの他の生の領域におけるのと同様に、ここでも根本的に時間的な資料を、空間的な非本来性と同時性に転換するというのが決定的な特徴である。この転換は、バロック演劇形式の構造の奥深くにまで及んでいるのである。中世が世界の出来事や被造物のはかなさを救済の道程の宿駅として示すのに対して、ドイツの悲戯曲は、現世の荒涼とした状態のなかに完全に身を沈める。(7)」

この内在領域にとどまる永劫回帰の無限運動性が、悲戯曲を運命劇に極めて近いものにしているとともに、親和力論において運命的自然の領域、すなわち神話的領域にみられた諸特性をも、この悲戯曲の内実に付与している。『親和力』のロマーンの人物たちを支配していたのが決断という超出の契機を欠いた「幻影的な自由」であったとすれば、悲戯曲の君主もまた決断することのできない

「優柔不断」[8]にとらわれている。神話的呪縛圏にあるロマーンの人物たちが一切の道義性から免れており、道徳的な声もそこでは沈黙していたとすれば、自然的歴史の運動する場としての悲戯曲の内実においても、一切の道義性・道徳性は排除されている。[9]君主は、超越的契機を欠いたあくまでも内在領域にとどまる「被造物」[10]なのであり、その「名誉」[11]は超越者たる神によって授けられるものではなく、世俗的な秩序維持機能を担うものの肉体的不可侵性として存在する。ベンヤミンはこの悲戯曲の内実のもつ運動性、したがって媒質のもつ運動性を、ここでは「戯れ（„Spiel"）」[12]という用語のもとに捉え、それを「バロック悲戯曲の完成された芸術形式」[13]としてのカルデロンの演劇のなかに見て取ろうとする。

「このスペイン演劇は、被造物の恩寵のない状態における葛藤を、世俗化された救済力としての王権を取り巻く宮廷世界のなかに戯れとして縮小された形で解決する。[14]」

「戯れ」とは、その本来的姿においては、超越との境界領域としての媒質的極限値に向かう無限な運動性を保証するものであるが、実際には、この超越の志向すらも相対化し、運命的内在領域における負性を帯びた無限運動として機能する。この「戯れ」という媒質運動は、かつてロマン派批評論においては「反省」としてみてきたものと同値であるがゆえに（ただし、そこでは媒質運動はまだ運命的負性を帯びてはいなかった。）、ここでもそれは反省概念と結びつけられて捉えられている。

「反省は、カルデロンの演劇にとってはまさしく、その時代の建築にとっての渦巻装飾のようなものであった。それは無限に反復されると同時に、その囲む円をはてしなく縮小していく。

反省のこの二つの面、すなわち、現実の戯れ的な縮小ともう一つ、世俗的な運命空間の閉じられた有限性のなかへの思惟の反省的無限の導入は、同じように本質的である。(15)」

カルデロンにおいて「戯れ」ないし「反省」としてその完成された姿を示すような、バロック悲戯曲の内実のもつ運動性は、その運動エネルギーを「自然力」としてもつのであり、ベンヤミンはこの自然力の展開する場を、悲戯曲における人間の激情と宮廷の政治活動という両面に認める。君主がこの自然力の展開する運動原理として存在する以上、この両者はゲーリンクスの機会原因論のように君主の支配のもとで結びつけられており、君主は宮廷政治を動かすとともに激情を支配する力そのものとして捉えられる。しかし実際に宮廷政治を運営し人間の激情を操る機能を担うのは、君主を補佐する廷臣であり、君主が秩序維持の絶対的力をもつがゆえに「専制君主(16)」と呼ばれるとすれば、廷臣はこの機能を担うがゆえに宮廷政治と人間精神の双方に通じた「陰謀家(17)」として現れる。

「その非道な計算が、政治劇の考察者のいっそうの興味をひくのは、彼［＝陰謀家：論者註］が劇において政治的営為に熟達しているからというばかりでなく、彼が自己をつき動かす人間学的、いや生理学的知識を認知しているからである。(18)」

陰謀家は、この自然力の展開運動のなかで秒針のようにタクトをとっている存在であり、やがて「戯れ」として洗練されるようになるこの軽妙さが、陰謀家の相貌に「滑稽さ」を付与する。「陰謀家とともに、滑稽さが悲戯曲のなかに入ってくる(19)」のであり、陰謀家は悲戯曲において「滑稽な人物」として描かれる。——以上のようなバロック悲戯曲の内実の構造が、ベンヤミン自身の媒質的展開運動の性質が転化した以降の、負性を帯びた媒質運動を示すものであり、それゆえ親和力論でテーゼとして展開された神話的な事象内実と重なるものであることは、明らかであろう。

さて次に、このような超越・救済の契機を欠いた運命的自然の内在領域にとどまる悲戯曲との対比のなかで語られる、悲劇の構造についてみてみよう。ベンヤミンは悲劇について次のように述べている。

「悲劇文学は犠牲の理念の上に成り立っている。しかしながら、悲劇的犠牲は、犠牲の対象――すなわち英雄――という点で、他のいかなる種類の犠牲とも区別されるのであって、それは最初にして最後の犠牲である。最後のというのは、古き法を守る神々に捧げられる贖罪の犠牲という意味である。最初のというのは、そこにおいて民族の生の新しい内容が告知される代表的行為という意味である。これらの新しい内容は、古い、死をもたらす拘留とは異なって、上からの命令によるのではなく、英雄の生そのものによって生じたことを指し示すのであり、個人の意志に対してではなく、未だ生まれざる民族共同体の生にのみ祝福を与えるものであるがゆえに、英雄を滅亡させる。悲劇的死は、オリンピアの神々の古き法を失効させるという意味と、もう一つ、新しい人類の収穫の初穂として、英雄を未知の神に捧げるという二つの意味がある。[20]」

英雄は、自らの「悲劇的決断」に基づく死によって、神話的呪縛圏としてのオリンピアの神々の古き法を失効させ、民族・共同体の生に祝福された新しい内容をもたらす。このような悲劇のあり方は、明らかに親和力論においてノヴェレ『隣り同士の奇妙な子供たち』のなかに読み取られた救済のモチーフに対応している。もっともこの「悲劇的決断」による英雄の死は、ここでは一面では「贖罪の犠牲」として捉えられており、犠牲死ではなくあくまで決意による死として捉えられていたノヴェレの恋人たちよりも、あるいは救済の希望を担ったオティーリエの形姿により近い親縁性をもつものとも考えられるが、いずれにせよこのような悲劇のあり方が、運命的自然の内在領域に呪縛された悲戯曲に対して、超越・救済の契機を対比的に提示するものであることは明らかであろう。ベンヤミンはこの悲劇の特性を、„Agon（競争、闘争）[21]"という言葉のもとに捉える。悲劇が„agonal"な性格をもつのは、一義的にはアッティカ演劇が競演という形をとって行われたことに由来するものと説明されるが、ベンヤミンはそこに悲劇のもつ本質的な意味を読み込み、„Agon"を、悲劇における沈黙と発話との絶え間ない闘争を表すものとして捉える。すなわち、共同体の救済の機能を担った英雄の孤独な自我の内部には、超越領域からの声（親和力論における「道徳的な声」）が微かに響いてくるのであるが、共同体を支配する古き神々の法のもとでは、それは言葉となって発せられることは拒まれ、英雄の内部で沈黙のままにとどまらざることを強いられる。

「英雄的な作品の内実は、言語同様、共同体に帰属する。民族共同体がこの内実を否定するのであれば、それは英雄のなかで言葉を失ったままとどまる。[22]」

したがって悲劇は、演劇の発話の背後にこの沈黙を表現する形式であり、沈黙と発話との闘争がなされる場である。この闘争の循環的運動は、最終的に英雄の死とともに、超越領域からの判決機能をもった「ディオニュソス的衝撃」[23]（＝「神的暴力」）によって終止符を打たれ、共同体の生にこの沈黙を言語化するような新しい内容が与えられる。――このような悲劇の特性は、悲戯曲との対比のなかで際立たせられる。悲劇が、„Agon"的循環をディオニュソス的な熱狂的要素によって打ち破るがゆえに、原告と被告との間でなされる„Agon"的循環を、民衆の「合唱（„Chor"）」[24]という判決機能をもった熱狂的要素によって打ち破る、アテナイの裁判との親縁性が認められるのに対して、悲戯曲の原形とされるのは、このような超越領域からの熱狂的要素を欠いた、内在領域における冷覚的な対話を無限に繰り広げるソクラテスの対話である。[25]悲劇の対話が、それが超越領域と内在領域との葛藤の場であるがゆえに、„Agon"として捉えられるとすれば、悲戯曲の対話は、内在領域における無限運動としての„Spiel"である。また悲劇の観客（„Zuschauer"）が、最終的にこの超越領域からの衝撃とともに判定者の役割を果たすのに対して、悲戯曲の観客（„Beschauer"）はこの内在領域の無限運動の観察者であるにとどまる。[26]さらに悲戯曲において死をもたらす罪が、人間が運命的自然に囚われていること、そのなかで行為することそのもののもつ「自然的罪」であり、死はこの運命的領域のなかに囚われていることに対する「嘆き（„Klage"）」を伴った、この運命領域における消滅を意味するに過ぎないのに対して、悲劇において英雄に死をもたらす罪は、英雄が自らの意志によってこの運命的領域のなかに入り、そこに囚われている者たちの自然的罪を自らの身に引き受ける「悲劇的罪」[27]であり、その死は英雄的決断によるものであるとともに、贖罪の犠牲と救済の契機という意味を孕むものである。このように悲劇の救済のモチーフは、明らかに運命的自然ないし自然的歴史の領域にとどまる悲戯曲に対するアンチテーゼとして考察されている。

ベンヤミンはしかし、悲戯曲のなかに一般に悲劇として認められる契機を看て取る。

「悲戯曲は、殉教者劇によって聖者悲劇として認められる。[28]」

悲戯曲がこのように悲劇として認められる契機をもつのは、悲戯曲の内実である自然的歴史の運動原理としての君主および廷臣のもつ両義的性格によるものである。すなわちベンヤミンは君主のなかに、秩序維持機能・自然史の運動原理として無限な絶対的権威を与えられた専制君主と、そのような機能的原理的存在と哀れな人間存在という立場との不調和による犠牲としての殉教者、という双面を見る。

「皇帝は、神より授けられた無制限な階級的な威厳と、哀れな人間存在という立場との不調和の犠牲となったのである。[29]」

君主が専制君主と殉教者という両義性をもつとすれば、廷臣も同様に陰謀家と聖者という両義性をもつ。廷臣は、たとえ個人としての君主に対しては裏切りを働く不忠なものであったとしても、自然的歴史の運動原理としての君主に対してはつねに忠実にこれを補佐し、実際に宮廷政治と人間精神を操るのであり、それゆえに陰謀家と呼ばれたのであるが、彼もまた、このような自らの機能的存在とその人間存在との不調和の犠牲として、聖者と見なされうるのである。「聖者および陰謀家としての廷臣」[30]についてベンヤミンは次のように述べる。

「廷臣のなかに彼ら〔＝ドイツの劇作家：論者註〕は二面性を見ていたのである。すなわち、専制君主の悪しき精神の体現者としての陰謀家の面と、王の潔白な苦悩を共にする人間としての忠実な召使いの面である。[31]」

人間存在は本来的に超越領域にある自らの本質を志向する。この志向が、超出の契機を欠いた自然的歴史の運動原理としての機能的存在によって阻まれるがゆえに、君主・廷臣の心のなかに「悲しみ（„Trauer"）」が生じる。この「悲しみ」のなかでの死が、彼らを殉教者ないし聖者とするのであり、また悲戯曲を悲劇へと近づけるのである。つまり、悲劇が、英雄の孤独な自我の内部に響いてくる超越領域からの声としての沈黙と、古き神々の法である共同体の言語体系に帰属する発話との闘争（„Agon"）のなかで、英雄の決意の死によって救済の契機が開示されるものであったとすれば、悲戯曲の君主・廷臣の超越を志向する無言の「悲しみ」と自然的歴史の運命的運動の間にそのような闘争を認め、殉教者ないし聖者としての彼らの死のなかに贖罪の犠牲としての英雄の死を見ることは、必ずしも不可能ではないのである。しかし悲戯曲を悲劇として理解しようとするこのような試みが見逃しているのは、「悲しみ」それ自体がもつ両義的なあり方である。悲劇においても、超越領域から英雄の自我の内部に響いてくる沈黙の声は、英雄が運命的内在領域にいるものである以上、一種の両義性をもつものであるといえる。しかしこの沈黙の声は、運命的内在領域に同化されたりその運動を助成したりすることなくあくまで純粋さを保つのであり、それが内在領域にあるのは、英雄が自らの意志によって共同体の自然的罪を自身に引き受ける「悲劇的罪」によるものであり、むしろ最終的に英雄の決断による死とともにこの運命的内在性そのものを否定するという意味で、両義性というよりは一種の逆説とでもいうべきものとして捉えられる。

「悲劇的なるものとデモーニッシュなものとの関係は、逆説と両義性との関係に等しい。ギリシア悲劇のあらゆる逆説においてーーすなわち古い法に従いながら新しい法を造り出す犠牲において、また贖いでありながら自我を救済する死において、そして、人間に、さらに神にも勝利を命ずる結末において、ーーデーモンの烙印である両義性は死滅に瀕している(32)。」

これに対して「悲しみ」は徹底して両義的なものである。「悲しみ」ないし「憂鬱」とは、分離しているがゆえにこそ超越領域から内在領域にある被造物の心のなかに響いてくる感情であると同時に、超越領域を志向する被造物の感情であり、その点では悲劇の英雄の沈黙と同様である。しかし英雄がこの沈黙を自らの自我の内部に純粋なままに堅持し、それによって周囲のデモーニッシュな運命的自然力と対決し、ついには英雄の死とともにこの自然力を灼払してしまうのに対して、「悲しみ」「憂鬱」は自らを忘却しようとして君主・廷臣を国政・陰謀・気晴らし等に向かわせ、かえって運命的自然力を誘い込む。ベンヤミンはパスカルの『パンセ』の言葉を借りて次のように言う。

「魂は、自分のなかに自分を満足させるものを何一つ見出し得ない。魂のことを考えれば、そこには魂を悲しませるものしかない。これによって、魂は外に広がってゆくことを余儀なくされ、外の事柄に専念せざるを得なくなり、その結果、自分の真の状態を忘れてしまうことになる。魂の喜びはこの忘却のうちにある。そして、魂を惨めにするには、おのが姿を眺めさせ、自分自身と共にあらしめることで事足りる。[33]」

すなわち「悲しみ」「憂鬱」は、一方では確かに超越を志向する被造物の感情を表しているのであるが、他方では超越領域からの絶対的断絶を表し、むしろ「戯れ」の場としての自然的歴史が自らを展開してゆく内在的な原動力となっている。「悲しみ」は自らを忘却するために自然史の「戯れ」を活性化するのであり、しかしこの「戯れ」を本来的特徴とする自然史の運動性は、超越領域から絶対的に断絶しているがゆえに、いっそう「悲しみ」を強めることになり、この「悲しみ」が再び「戯れ」をよりいっそう活性化させる。この「悲しみ」と「戯れ」の循環による相乗的な勢位高揚は、憂鬱者としての君主が絶望と精神錯乱的狂暴さのうちに廷臣もろとも死んでゆくまで続けられる。このような君主・廷臣の死は、「悲劇的罪」を担った英雄の決断による死ではありえず、「自然的罪」のなかでの「嘆き」を伴った消滅であるに過ぎないのであり、悲戯曲が殉教者劇としてどんなに悲劇と類縁性をもつにしても、悲戯曲を悲劇とみなそうとするかぎり、それは「悲劇のパロディー[34]」にとどまるのである。しかし悲戯曲は、悲劇とは異なる独自の形で救済の希望が開示される契機を微かにもっている。すなわち悲戯曲はその極限的な形姿においては、憂鬱者としての君主の死のなかに運命的自然史の極限的展開を示すのであり、そこにおいて生じる「悲しみ」は、もはや「戯れ」へと転化することなく純粋な超越への志向を表し、消滅のなかで発せられる「嘆き（„Klage"）」は、救済の可能性を担った「訴え（„Klage"）」となる。[35] ベンヤミンはこのような救済の契機を担った悲戯曲の極限形姿をシェークスピアの「ハムレット」のなかに見ているのであるが、ドイツバロック悲戯曲に関しては、まだこのような極限値には至っておらず、その「嘆き」も棚上げされたまま救済の可能性を未展開なままに秘めた完成の途上にあるものとして捉えている。――このような救済の可能性を秘めた「悲しみ（„Trauer"）」と「戯れ（„Spiel"）」との弁証法的展開形式が、「悲－戯－曲（„Trauerspiel"）」の本来的な形姿を成している。（「悲劇（„Tragödie"）と「悲戯曲（„Trauerspiel"）」が根本的に異なる原理をもつものであることを認識することが肝要である。ちなみに、「悲戯曲は、実際、その形式からいっても、根本的にレーゼドラマである。[36]」（これは、その上演の可能性・価値などをけっして否定しはしない。）と言われているように、„Trauerspiel"は、次段で述べる〈文字〉とのアレゴリー構造の類似性からいっても、根本的に、「悲－劇」というより「悲－戯曲」である。）それゆえこの悲戯曲が展開する主な舞台としての宮廷は、「歴史の流れの永遠の、自然的な書割り[37]」であると同時に「永遠の悲しみの場[38]」と呼ばれるのであり、また超出の志向とデモーニッシュな内在運動の活性機能としての「憂欝[39]」のもつ両義性は、地球の日常性から最も遠く離れた惑星として人間の超出の志向を表すと同時に、デモーニッシュな力の源泉を表す土星（＝サターン＝サートゥルヌス＝クロノス）に占星術的に関連づけられ、その救済の契機は、「憂欝」の両義性をとりはらって超出の志向を明らかにする「憂欝の高貴化[40]」の機能を担う木星（＝ジュピター＝ゼウス）に

関連づけられることになる。(41)

以上がベンヤミンの展開する悲戯曲の基本的構造である。ベンヤミンはアレゴリーを悲戯曲において働く根本原理として捉える。それゆえ次段の考察は、彼の展開するアレゴリー論の構造が、この悲戯曲の基本構造とどのように重なり、しかもその構造が、これまでみてきたベンヤミン自身の媒質論の構造とどのように対応しているかに向けられている。

## 二　アレゴリー論における媒質論的構造

ベンヤミンはそのアレゴリー論を展開するにあたって、まず象徴批判から論を始める。もっともアレゴリーと対比されるこの象徴に対するベンヤミンの視線は複層的なものである。

「感覚的および超感覚的な対象が一体であるという神学的象徴の逆説は、現象と本質との間の関係に引き歪められて適用される。(42)」

この歪められた象徴概念は、「いわば有無をいわせぬ態度で形式と内容の不可分の結びつきに自らを関係づける概念(43)」である。感覚的な対象と超感覚的な対象、物質的本性と神性との即時的一体化という神学的ないし理念論的な象徴の概念を、ベンヤミンは否定しはしない。というよりもそれは始源に措定された彼の媒質論的前提なのであり、序論においても理念と事物の本質と名ないし言葉との間には象徴的な一体性があるとされていた。彼が批判するのは、このような神学的象徴概念を現象と理念・本質、形式と内容との記号的一体化へと引き歪めて適応しようとする擬古典主義的な象徴概念であり、またその補完的な対概念として形成されてきたアレゴリー概念、すなわち、アレゴリーにおける本質・理念の表現の契機を否定し、アレゴリーは現象を表現するのみであって本質を表現するものではないとする、象徴に対するアレゴリーの貶価を意図として含むアレゴリー解釈である。それゆえこのような擬古典主義的な象徴概念を破壊し、アレゴリーの復権を目指すことが意図される。ベンヤミンがこのような象徴概念を批判するのは、もちろんこれがアレゴリーによる事象内実の展開可能性を排除し、現象に偽りの統一性・総体性を与える、媒質論的な意味での否定層の役割を果たしているからである。このような批判すべき否定層の存在が、彼の媒質論における第一の要因であった。

アレゴリー的まなざしのなかで、この象徴的な偽りの統一性・総体性は破壊され、断片化される。「対象がトルソーであるのは、偶然ではない。アレゴリー的直観の場に現れる像は断片であり、ルーネ文字である。その象徴的な美しさは神の教学の光が当たると雲散霧消する。総体性の偽りの仮象も消え去る。というのも、形象は消滅し、比喩は死に、なかの宇宙はひからびる。あとに残ったひからびた判じ絵のなかに洞察がひそんでいるのであって、それは混乱せる思案者の目にもはっきり見えるのである。」(44)

アレゴリー的まなざしによる現象の偽りの統一性の破壊・断片化とは、媒質論的には序論における概念による現象の偽りの統一性の分割・拡散に、またこの媒質論を批評論に適用した場合には注釈的分析による「作品の壊死」に、それぞれ対応するものであり、それによって事象内実という媒質的展開領域が開示されることを示すものである。媒質が運動体であるとすれば、この偽りの統一性が破細されることによって広がるアレゴリー領域もまた運動性を示すのであり、それはアレゴーリカーが破細された断片のなかに「意味」を読み込むことによって繰り広げられる無限な意味形成作用という形をとって現れる。

「対象が憂鬱なまなざしのもとでアレゴリー的なものと化し、内部の生が排出されて、死物と化しながらも、しかも永続性を保証されたものとしてあとに残るときには、対象はアレゴーリカーにもう完全に生殺与奪の権をにぎられている。ということは、つまり、対象は一つの意味、一つの意義を自分から発散することは、もはや全くできないのである。それが何か意味をもつとすれば、それは、アレゴーリカーの与えた意味である。アレゴーリカーはそのなかに意味を投げ入れ、その深部にまで到達する。それは、一つの存在論的な事態であって、心理学的な事態ではない。アレゴーリカーの手にかかると、物は何か別の物に変じ、それによって、アレゴーリカーは何か別の物について語ることになる。それは彼にとって隠れた知の領域への鍵となる。(45)」

しかしアレゴーリカーは本来「憂鬱者」であり、アレゴーリカー自身がこのような無限な意味形成作用を意図するわけではない。悲しみに沈む憂鬱者に対して知の領域が開かれる状況は、悲戯曲の事象内実を展開する際に次のような言葉で述べられていた。

「バロックのストア主義にとっては、合理的なペシミズムの継承ということよりは、むしろストア主義的実践の結果人間が陥る荒廃の方に重点が置かれていた。激情を殺せば、激情が肉体のなかで高まっていくもととなる生命の波も退潮することとなってしまうのであるが、この激情抑圧において、周囲の世界に対する距離感は、自己の身体に対する疎遠感にまで達することが可能となる。この離人症の兆候を重度の悲哀状態として捉えることによって、この病理学的な状態、すなわち、どんな取るに足らないことでも、それに対する自然な、創造的な関係が欠落してゆくため、何かあるなぞめいた知の暗号と化するという病理学的状態を表す概念は、比類のない豊かな連関のなかに現れる。(46)」

ここで述べられている「激情（„Afekt"）」とは、「悲しみ」等の帰属する、超越領域を志向する「感情（„Gefühl"）(47)」とは異なるものであり、悲戯曲の内実としての運命的自然力の人間精神内部における現れを意味している。したがって知の領域が開示されるのは、超出を志向する悲しみを帯びた憂鬱者のまなざしが、このような超出の契機を欠いた「激情」を抑制し、超越領域にある事物に本質に迫ろうとすることによってなされる。つまりアレゴーリカーの憂鬱なまなざしが破細された事物の断片のなかに意味を読み込むのは、それによって事物の深部、その本質にまで達しようとする意図に基づくものである。

しかし、悲戯曲において超越を志向する君主の「悲しみ」が、かえって「戯れ」を本来的特徴とする自然史の運動性を活性化したように、アレゴーリカーの憂鬱なまなざしによって開示されたこの知の領域、意味の領域もまた、神的超越性を欠いたデモーニッシュな悪の領域であることが明らかにされる。

「しかし、一切のアレゴリー的扮装を嘲笑うかのように、大地の胎内から悪魔のむき出しの渋面がアレゴーリカーの眼の前に、意気揚々とその露骨な姿を現す。――悪魔のなかでは物質は、自己のアレゴリー的な「意味」を嘲笑う。そして、何の祟りも受けずに物質の奥底を極めることができると思っている人間どもを嘲笑する。(48)」

意味の領域を悪の領域とみなすこの特異な視線は、バロックを古典古代の復興をはかったルネサンスに対するキリスト教の回復とみなし、それを古典古代の神々に対するキリスト教の戦いという始源状況の再現と捉えることから招来される、ベンヤミンの次のような神学的歴史理解に基づいている。すなわち、キリスト教以前の古典古代のオリンポスの神々においては、物質性・具象性と神性はそのまま一体化していた。これがキリスト教の出現とともに、とりわけその「被造物転落説(49)」によって、物質性・具象性は罪（堕罪）を担うこととなり、神性から切り離され、無常なる衰滅の過程をたどる被造物へと転落する。このとき古典古代の神々、異教の神々は完全に一掃されることなく、被造物の世界を呪縛するデモーニッシュな悪しき力として形を変えて残される。それと同時に被造物の内部には、神性と分離しているがゆえに「悲しみ」が生じる。それは分離しているからこそ逆説的に神性から被造物の内部に響いてくる感情であると同時に、神性を志向する被造物の感情である。――悲しみに沈む憂鬱者のまなざしのなかで、現象の偽りの統一性は破壊され、断片と化した衰滅しゆく事物のなかに彼は意味を読み込み、神性に通じる事物の本質に迫ろうとする。だが事物の本質は意味でも知でもない純粋な存在であり、むしろこの意味・知こそがアダムを堕罪に導いたものであるがゆえに、このようなアレゴーリカーの意図を嘲笑するかのように悪魔の恐ろしい渋面が姿を現す。

「行為ではなく、知こそが悪の本来の存在形式である。(50)」

アレゴリーのなかで物質・被造物は、意味・知といったデモーニッシュな精神性を引き受ける。この物質的なものとデモーニッシュなものを結びつけるものが悪魔という形象であり、「この全くの物質性と、この絶対的な精神性が、悪魔の領分における両極をなす。(51)」悪魔は事物における精神的な知・意味の形成作用の際の自由・無限性を保証するとともに、その哄笑を伴う意味形成作用の無限の「戯れ」のなかで、神性を志向する「悲しみ」は隠蔽されてしまう。

この隠蔽された「悲しみ」は、もちろん「戯れ」という無限な意味形成運動のなかで一層その悲しみの度を深めてゆくのであり、この「悲しみ」と「戯れ」の循環による相乗的な勢位高揚のなかでアレゴリーは展開してゆく。この「悲しみ」と「戯れ」の弁証法的展開運動こそが悲戯曲の本来性を成していたのであり、それゆえアレゴリーが悲戯曲の根本原理として捉えられるのである。アレゴリーのこのデモーニッシュな無限な意味形成運動は、悲戯曲において君主が体現する、不気味な運命的自然力が展開する自然史の無限運動と対応している。しかしより重要な対応性は、このアレゴリーの無限運動のもつ、われわれがこれまで考察してきた負性を帯びた媒質的展開運動との対応性である。「運命」「自然」「デモーニッシュ」等の用語は、本来この負性を帯びた媒質的展開運動に対して用いられてきたものであり、媒質論的否定層としての象徴的な偽りの統一性を破壊することによって開示されるこのアレゴリー領域は、ニヒリズム的な永続的衰滅を続ける負性を帯びた媒質的展開領域を意味するものに他ならない。それゆえこのアレゴリー的な自由な「戯れ」は、親和力論においてロマーンの人物たちを支配する「幻影的な自由」とも対比可能なものである。第二章でベンヤミンの批評論を考察した際にみてきたように、ロマン派批評論から親和力論に至る彼の媒質論上の軌跡は、媒質的展開運動そのものを負性を帯びたものとして捉えるようになり、その結果この負性を帯びた媒質運動と神的超越領域とがいかにして関わりうるかということに関心が置かれ、それが親和力論において、死にゆくオティーリエを中心形姿とする消滅しゆく仮象の美しさという美の理論のもとで解消される、少なくともその可能性が開かれる、という行程を辿るものであった。このようなベンヤミンの美の理論の立場は、この悲戯曲論の序論においてもそのまま継承されており、負性を帯びた媒質的展開運動は仮象的な美の消滅の過程のなかで、現象の救出と理念の表現という積極的機能を担うものとされていた。したがってアレゴリーが一次的にはこの負性を帯びた媒質的展開運動を意味するものであるとすれば、ベンヤミンの関心はアレゴリーがいかにして救済の契機を担いうるのかということに向けられているのであり、そこには当然自らの消滅のなかで超越的理念を開示する美の理論に相当するような媒質論上の展開過程が要求されることになる。ベンヤミン自身はこのアレゴリーの展開運動を親和力論のように明瞭に美の概念のもとに包摂してはいないのであるが、おそらくはこの〈美〉に相当する機能を、われわれは彼の〈悲しみ〉という概念のなかに見ることができる。もちろん〈美〉が現象様態であるのに対して、〈悲しみ〉は志向的感情を表すものであり、両者は根本的に異なるものであるが、媒質論上の機能という点では両者は類似した構造をもっている。すなわち、両者はともに超越的理念を志向し、その存在の証となるものであるが、それと同時にこの超越領域からの絶対的断絶を表すものであり、あくまでも媒質的内在領域を脱するものではない。したがって〈美〉がその消滅の過程のなかで、永続的衰滅という負性を帯びた媒質的展開運動を、神的超越領域と媒質的内在領域との両義性をもった中間領域としてのより高次の媒質的展開運動へと転じるものであったとすれば、「悲しみ」もまた同様の機能をもつものである。つまり、アレゴリーをデモーニッシュな無限な意味形成運動の「戯れ」として認識するだけでは、それは永続的衰滅という負性を帯びた媒質的展開運動の段階にとどまるのであるが、その背後に、超越領域を志向すると同時にこの「戯れ」という無限運動の原動力となるような「悲しみ」を感知することによって、負性を帯びた媒質的展開運動は、この「悲しみ」を秘めた「戯れ」の極限、衰滅しゆく「悲しみ」の極限において超越的理念を開示し現象を救出するという積極性を担った高次的な媒質的展開運動となる。この極限値に向かう、負性とともに積極性を帯びた両義的な媒質的展開運動は、悲戯曲の事象内実においては、「悲しみ」と「戯れ」の循環による相乗的な勢位高揚のなかで、憂鬱者としての君主が絶望と精神錯乱的狂暴さのうちに廷臣もろとも死んでゆく破局へと向かって進展する自然的歴史の運動のなかにみられたものである。この憂鬱者としての君主の死は、その極限値においては、運命的自然史の「戯れ」のもっとも強い展開を示すものであり、その死と同時に「悲しみ」も消滅してゆくのであるが、「悲しみ」はこの消滅のなかでもはや「戯れ」へと転化することのない純粋な超越への志向を表し、そこに救済の契機が開示される。これはもちろん消滅しゆく仮象の美しさと同等の構造を示すものであるが、この「悲しみ」と「戯れ」の両義的な展開運動そのものがアレゴリーの構造をなしているがゆえに、アレゴリーにおいても同様の形で救済の契機が開示されるのを見ることができる。

「知的衝動は、悪の空虚な深淵へと下降し、そこで無限を確保しようとする。それは、しかしまた、底なしの沈思の深淵でもある。[52]」

「沈思（„Tiefsinn"）」とは、悲しみに沈む憂鬱者が事物の本質に迫ろうとする心の動きであり、ベンヤミンがここで確認しようとしているのは、アレゴリーの本来的形姿がデモーニッシュな無限な意味形成運動という「戯れ」にあるのではなく、「戯れ」と「悲しみ」の両義的な展開運動にあるということである。「沈思」のなかで憂鬱者は事物に意味を求めるのであるが、この意味そのものが悪魔のデモーニッシュな無限運動として事物の本質を覆い隠すのであり、そのことが一層「沈思」を強めることになる。しかしこの「沈思の限界」において、それはすなわち一方ではデモーニッシュな意味形成作用としての「戯れ」の極限、「純粋悪」の極限値であると同時に、他方では「悲しみ」が消滅を前にして最も強く感じられる極点であるが、この媒質的展開運動の極限値において、事物は無常をあらわすアレゴリーであるとともに、このような事物の表す無常自体が救済・復活を表すアレゴリーとなる。この「一回限りの急転（„*ein* Umschwung“）」[53]、「美しいラストシーン（神格化）（„Apotheose“）」[54]のなかで事物に付きまとっていたデモーニッシュな無限な精神性・知・意味は消滅し、事物には神的超越領域の開示・救済の契機が訪れる。ベンヤミンのアレゴリー概念の本質を表すのは、次の文章である。

「アレゴリー的志向は、墜落していく者がもんどりうつように、比喩像から比喩像へと転換してゆくときに、おのが底なしの深みの眩暈にとらわれるところであったろう。もしもアレゴリー的志向が、そのすべての暗黒、傲慢、神からの距離などが自己欺瞞としか思えなくなるほど、それらの比喩像の最高のものにおいて急転するのでなければ。そこにおいて救済の幸福への急転がなされる比喩の宝庫を、死や地獄を意味するあの暗い比喩と切り離して考えるのは、アレゴリー的なものの誤解につながることである。なぜなら、現世の一切が廃墟と化してしまう滅亡の陶酔の幻想のなかにおいてまさにあらわとなるものは、アレゴリー的沈潜の理想よりも、むしろその限界であるのだから。髑髏がごろごろ転がっているような場所の荒涼とした紛糾混乱さは、アレゴリー的形象の図式として当時の数多くの銅版画や描写から読み取られるのであるが、それはすべての人間存在の荒涼さの比喩像であるにとどまるのではない。無常は、この紛糾混乱さにおいて、意味され、アレゴリー的に表現されているというよりは、むしろ一つのアレゴリーとして自ら意味しながら提示されているのである。つまりそれは復活のアレゴリーとして提示されているのである。ついにバロックの死斑のなかで、――今初めて、後ろ向きの極大の弧を描き、救済の機能を担いながら――アレゴリー的観察は豹変する。アレゴリー的観想の沈潜の七年間もわずか一日と化する。なぜなら、この地獄の時間もまた空間において世俗化され、悪魔の深遠な精神に身を委ね自らを裏切った世界は、神の世界であるからだ。神の世界において、アレゴーリカーは目覚める。[55]」

デモーニッシュなものの極限において神的なものが開示されるということ、このアレゴリーの最終的機能こそがベンヤミンが「神秘的均衡[56]」と呼ぶものであり、ベンヤミンのアレゴリー論の本質を成すものである。アレゴリーに「神秘的均衡」を見るこのベンヤミンのまなざしは、運命領域のなかでその犠牲として死んでゆくオティーリエの形姿のなかに救済の希望を見た親和力論のまなざしと重なるものであり、また廷臣・人民とともに死にゆく君主の形姿のなかに救済の契機を見る悲戯曲論のまなざしそのものを意味するものである。それゆえアレゴリーは屍体において最もその機能を活発に働かせる。屍体はアレゴリーによって様々な意味を読み込まれ、アレゴリーの無限な意味形成作用の巣窟となるのであるが、それと同時にあのアレゴリーの「一回限りの急転」がなされるのもこの屍体においてである。

「十七世紀の悲戯曲にとって屍体は、寓意画的な小道具のなかの文字通り最高に位するものであった。美しいラストシーン（神格化）は、これなくしては考えられない。このような神格化は、「青白き屍体を誇示する」のであり、専制君主の役目は、そのような屍体を悲戯曲に提供することである。[57]」

　以上がベンヤミンの展開するアレゴリーの基本的構造である。彼の論じるアレゴリーとは、たんなる表現形式を意味するだけではなく、悲戯曲の根本原理として捉えられているのであるが、それが親和力論で一つの統一された形態をとる媒質的展開運動そのものと重なるものであることは、以上の考察から明らかであろう。アレゴリー論とは、ベンヤミンがドイツバロック悲戯曲のなかに対象認識的に読み取った媒質論である。そしてこの媒質論は、「認識批判的序論」を媒質論として注釈した際に示したように、根本的には歴史論なのであり、またそれは言語論とも、批評論ともみなしうるものであるがゆえに、ベンヤミンはアレゴリー論を文字論として、また歴史論として展開しようとする。（彼はアレゴリー論を批評論としても展開できたはずであり、そのことは実際彼がアレゴリーについて論じている最中に、短いながらも突然批評について語り出している箇所（GSI S.357f.）に具体的に現れている。）以下では、この彼の展開する文字論、歴史論のもつアレゴリー的構造、したがって媒質論的構造について、ごく簡略に考察を加えておきたい。

　ベンヤミンが文字をアレゴリー構造をもつものとして捉えていることは、次の一文のなかに明瞭に見て取ることができる。

「アレゴリーは、戯れな比喩の技術ではなく、言語のように、いや文字のように表現であるが、このことを証明するのが、以下のこの論文の目的である。(58)」

アレゴリーが最終的には、事物と神的理念とが即自的に一体化した始源的象徴の回復を可能性としてもたらす運動を意味するものであるとすれば、言語においてこの始源的象徴に相当するのは、名と事物とが即自的に一体化している楽園の言語、「名称言語」[59]である。名と事物（の本質）とのこの象徴的一体性については、すでに序論においてみてきた。アダムとエバの堕罪とともに、この言語と事物の即自的一体性は解消し、両者は分離する。それにともなって、事物との始源的一体性を志向する「悲しみ」が、言語の内部へと潜在化するとともに、事物と分離した言語には意味が付着し、「抽象言語」「（善悪を）裁く言葉」[60]が生じてくる。それらはデモーニッシュな無限な意味形成作用の基盤となるものであり、「キルケゴールのいう深い意味での「饒舌」である。[61]」アレゴリー論の終末部において展開されるベンヤミンのこのような言語観は、言うまでもなく彼の初期言語論における論旨をほとんどそのまま踏襲したものである。ただし序論の注釈において指摘しておいたように、この名と事物との始源的一体性は、初期言語論における媒質的極限値の位相から理念的超越領域の位相へと巧みにずらされている。

楽園からの堕落というこの始源的言語状況を、ベンヤミンは人間個々の言語活動の一瞬一瞬において再現されるものとみなし、それを「音声言語」と「文字像」との対決として捉える。「音声言語」とは、その発声の瞬間においては、言語と感覚的事物との始源的結びつきをまだ失ってはいない言語であり、これに対して「文字」は、事物から切り離され、意味にとりつかれている堕罪を担う言語として捉えられる。語は発音されるやいなや、文字に宿る意味にとりつかれ、事物との一体性は否定される。しかしこの音声言語の文字化は、同時に文字の潜在層に宿る「悲しみ」をつねに新たに喚起する。

「バロックにおいては、音声的なものは、終始、純粋に感覚的である。意味は文字のなかに宿っている。そして発音された語は、いわば、避け難い病魔に冒されるようにして、意味にとりつかれる。語は響き終わるとともに途絶え、吐露されんばかりになっていた感情の欝積は、悲しみを喚起する。意味が現れるのはここにおいてであり、そしてそれは悲しみの基盤として、さらに現れ続けるのである。[62]」

この文字が始源的言語状況の回復をもたらすアレゴリー的運動は、次のようにして展開される。アレゴリーのもつ第一の機能が、媒質的展開領域としての事象内実を排除し、現象に偽りの統一性をもたらすような否定層の破壊にあったとすれば、このバロック的文字もまた、従来の慣習的言語体系を破壊し、言葉を断片化させる。

「アナグラム、擬声語的語法や他の多くの言葉のアクロバットのなかでは、語や音節や音は伝来の意味関係から解放されて、事物として、つまりアレゴリー的に存分に利用できるものとして闊歩した。バロックの言語は、いつでも、その構成要素の反乱にゆさぶられているのである。[63]」

文字は、この断片化した言葉のなかに意味を付与する。

「言葉は、一つ一つばらばらに切り離されてもなお、不吉な意味をもっている。一つ一つ切り離されても、なおかつなんらかの意味をもっているという事実がとりもなおさず、失われずに残っているその意味を、何か気味の悪いものにしているとさえ言いたくなる。言葉は破壊されても、断片として、変貌した、より高められた表現に利用できるように破壊されるのである。[64]」

言葉がこのように文字に宿る意味にとりつかれるのは、文字の内部にひそむ、始源的統一から切り離された「悲しみ」が、そこに事物の本質との本源的結びつきを求めようとするためであるが、この意味そのものが事物の本質を覆い隠してしまう。

「音声言語は、被造物の自由な、本源的な発言の領域であり、それに対して、アレゴリー的な文字像は、事物を意味の奇矯な交錯のなかで隷属化する。[65]」

この「意味の奇矯な交錯」が、デモーニッシュな無限な意味形成運動としての「戯れ」なのであり、それは「抽象の伝達可能性」を無限に展開してゆく「裁く言葉」の媒質的展開運動と等価なものである。「悲しみ」はこの「戯れ」のなかで覆い隠されるのであるが、この覆われてあることが「悲しみ」を一層強めるのであり、その「悲しみ」が「戯れ」をより活性化させる。文字においてもこのようなアレゴリーの弁証法的な展開運動が見られるのであり、この両義性を帯びた媒質的展開運動の極限値において、あの「一回限りの急転」「美しいラストシーン（神格化）」がなされ、始源的な「名称言語」の回復の可能性が開示される。それはおそらく、初期言語論において「裁く言葉」について言われた次のような文章に対応するものである。

「認識の樹は、それが与えることができたかもしれぬ善悪についての解明のために神の国に立っていたのではなく、問う者のうえに下される審判の象徴としてそこに立っていたのだ。この恐ろしいイロニーこそ、法の神話的源泉の標識なのである。」善悪を「裁く言葉」は、その展開の極限値において、自らの善悪の認識行為そのものを「純粋悪」と判決するのであり、そこに救済の可能性がほのかに浮かび上がるのである。

このように文字にも明らかにアレゴリー構造が認められるのであり、このアレゴリー的文字論とは媒質的言語論を意味するものに他ならない。しかもこの文字論と初期言語論との対比は、一方では、初期言語論の大要をそのままアレゴリー的言語論に導入し得たということによって、アレゴリー論が初期言語論と同様の媒質論的枠組みのなかで展開されていることを証するものであると同時に、他方では、「名称言語」はこのアレゴリー論では理念的超越領域における完全な言語としてのみ措定されており、この始源的言語の回復は、もはや名における媒質的展開運動ではなく、「裁く言葉」における媒質的展開運動によってのみもたらされるということによって、われわれがこれまでみてきた媒質的展開運動の性質の転化を明瞭に示すものである。

ベンヤミンは文字と同様、歴史もまたアレゴリー構造をもつものとして捉える。「悲戯曲とともに歴史が舞台に登場するときには、それは文字として登場するのである。自然の顔には、衰滅の記号文字で「歴史」と書かれている。悲戯曲によって舞台にのせられる自然＝歴史のアレゴリー的相貌は、廃墟として実際に目の前に現れるのである。それにより歴史は、具体的な姿を借りて舞台に現れるようになった。このような形をした歴史は、しかし、永遠の生命の過程ではなく、とめどもない没落の過程を表すのである。これにより、アレゴリーは、自分が美の彼岸にいるということを告白している。物の世界における廃墟に相当するものが、思考の世界ではアレゴリーである。バロックで廃墟があがめられるのはそのためである。」(66)ベンヤミンにおける歴史とは、本稿がこれまで考察してきたように、媒質的展開運動の運動性そのものを指す概念であり、アレゴリーが媒質的展開運動を表すものである以上、アレゴリーが歴史として捉えられるのは当然である。自然史とはその際、一次的にはこの負性を帯びた媒質的展開運動を表す用語として用いられていた。しかしここでは、なお悲戯曲の事象内実という形で述べられているものの、歴史は永続的没落の過程にある「廃墟」という具体的な姿をとって語られるのであり、人間の生の展開する一般的な意味での歴史を媒質とする後期の歴史論の萌芽をここにみることは可能であろう。このベンヤミンの展開するアレゴリー的歴史の構造は、次のような文章によく見ることができる。

「象徴においては、没落の聖化とともに、変容した自然の顔貌が、救済の光のもとで、一瞬その姿を現すのに対して、アレゴリーにおいては、歴史の死相が凝固した原風景として、見る者の眼の前にひろがっている。歴史に最初からつきまとっている、すべての時宜を得ないこと、痛ましいこと、失敗したことは、一つの顔貌――いや一つの髑髏の形をとってはっきりあらわれてくる。このような髑髏には、たとえ表現の「象徴的」な自由が一切欠けていようとも、また、形姿の古典的な調和や人間的なものがことごとく欠けていようとも、――人間存在そのものの本来の姿ばかりでなく、個々の伝記的な歴史性が、自然のこのもっとも荒廃せる姿の内に、意味深長な一つの謎として現れてくるのである。歴史は凋落の宿駅としてのみ意味をもつ。世界がかくも意味をもち、かくも死の手にとらわれているのは、自然と意味との間の鋸歯状の境界線が死の手によってもっとも深く刻み込まれるからである。そして自然が昔から死の掌中にあったとすれば、自然はまた昔からアレゴリー的であったといわねばならない。死と意味とは、萌芽として、恩寵のない罪の状態において密接にかみ合っているのであり、そのように歴史の展開のなかで熟成するのである。(67)」

すなわち、アレゴリー的運動が回復すべき歴史の始源的統一性、ベンヤミンが序論において「純粋な歴史」と呼んだような真なる歴史は、「恩寵のない罪（堕罪）の状態」において、「時宜を得ないこと、痛ましいこと、失敗したこと」として現象的歴史によって覆い隠され、それと同時に「悲しみ」を喚起する。この現象的歴史に偽りの統一性を与える媒質論的否定層の役割を果たしているのは、ここではまだ明瞭に述べられてはいないが、序論において彼が「生起したものの生成」と呼んだような歴史観、すなわち、生起した歴史的事象は一つの確定した事実であり、生成とはこの生起した事象が連続的に進展してゆく流れであり、したがって過去は展開可能性をもたないこの確定した事実が堆積してゆく完結したものであるとする、のちにベンヤミンが歴史主義として批判するような歴史観であろう。「悲しみ」を帯びたアレゴリー的まなざしのなかで、この歴史の偽りの総体性は破壊され、歴史は髑髏の転がる廃墟としてその死相を現す。言うまでもなくこの髑髏の転がる廃墟とは、歴史的事象内実という媒質的展開領域が開示されたことを示すものである。この歴史の死相において「意味」が生じる。「死と意味とは、萌芽として、恩寵のない罪の状態において密接にかみ合っている」。廃墟化した歴史の断片にこのように意味が生じるのは、この断片の内部にひそむ、始源的統一から切り離された「悲しみ」が、自らの本源的形姿を探ろうとし、それが同様に悲しみに沈むアレゴーリカーのまなざしを対象認識的に呼び寄せるからであるが、この意味そのものが歴史の本源的形姿を覆い隠してしまう。歴史はこのとき、無限な意味形成作用をもった「戯れ」の場として、デモーニッシュな自然史となり、負性を帯びた媒質的展開運動を繰り広げる。この自然史が、「悲しみ」と「戯れ」の破局に向かう弁証法的展開運動として捉えられるとき、媒質運動は救済の契機を担った両義的なものとなる。すなわち、このデモーニッシュな意味形成作用の極限、「純粋悪」の極限値において、「一回限りの急転」「美しいラストシーン（神格化）」がなされ、意味の渦巻く廃墟は、無常を表すアレゴリーであるとともに、このような廃墟の表す無常自体が、本源的歴史の復活を表すアレゴリーとなる。歴史もまた、次のアレゴリー的本質を共有するのである。

「髑髏がごろごろ転がっているような場所の荒涼とした紛糾混乱さは、（略）すべての人間存在の荒涼さの比喩像であるにとどまるのではない。無常は、この紛糾混乱さにおいて、意味され、アレゴリー的に表現されているというよりは、むしろ一つのアレゴリーとして自ら意味しながら提示されているのである。つまりそれは復活のアレゴリーとして提示されているのである。」

さて、以上のような考察によって、ベンヤミンの展開するアレゴリーが、基本的に媒質的展開運動を表す概念であることを示し得たと思う。本稿ではここまで、ベンヤミンの言語論、批評論、アレゴリー論の分析を通じてその基本的構造を明らかにするとともに、それらに一貫して媒質的展開運動が認められることについてみてきた。それによって、アレゴリー論に至る初期ベンヤミンの思考の流れを媒質論の整備にむかう運動過程として捉え、これらの諸論文の間の統一的連関を示してきた。ベンヤミンの思考の活動領域は多岐にわたっており、それはとりわけ、彼がこの『ドイツ悲戯曲の根源』によってアカデミズムの世界を追われ、著述の場をジャーナリズムの世界に移してから、その感を深めてゆく。しかし彼のこのようなジャンルを越えた多岐性を可能にしているのは、彼が自らの思考のスタイルをこれまでみてきた媒質論という形で確立し、それを様々な分野に適用していることによるものである。ベンヤミンの思想を考察する際に問われるべきなのは、この媒質論が特定の諸分野にどのような形で適用されているか、またそのなかで媒質論そのものがどのような変容を受けているか、ということであろう。ベンヤミンの初期の著作に神学的要因が強く見られ、後期の著作にマルクス主義的要因が強く現れているということだけでは、この媒質論そのものの変容を意味してはいない。それは広い意味での媒質論の応用分野に変化がみられたということに過ぎない。おそらく両者の間には、本稿が媒質的展開運動の性質の転化として示したような、根本的な媒質論の変化は生じていないように思われるが、それは本稿の考察範囲を越える問題である。本稿ではまた、初期ベンヤミンの思考型を媒質論として導出してきた帰結として、通常後期ベンヤミンの思考媒質と考えられる〈歴史〉の概念を、媒質的展開運動の運動性そのものを表す概念として捉え直してきた。このことはもちろん、歴史が後期ベンヤミンの思考媒質であるということを否定するものではない。実際、歴史が媒質の運動性を表すだけでなく、媒質そのものとして具体的イメージのもとで展開されてゆくのは、『歴史哲学テーゼ』に結実されるような悲戯曲論以降の後期のベンヤミンにおいてである。しかしその場合でも、歴史を媒質的展開運動の運動性そのものとして捉える見方の妥当性が失われているわけではなく、むしろこのような意味にベンヤミンの歴史概念を拡張し本質的に捉えることによって初めて、彼が後に歴史を思考媒質に選んだ必然性、および後期の歴史論と本稿で考察したような初期の言語論、批評論、アレゴリー論との関連性を理解することができるだろう。――本稿の序においてすでに触れたことであるが、様々な相貌をとり、またそれ自体難解なベンヤミンの諸論文のなかから、その統一的連関を探るということは、実際極めて怪しげな作業である。その語り口が真面目であればあるほど、そこには山師のような陰謀家の顔が見え隠れする。それは、事象に、ベンヤミンのテクストに、どれほど厳密に忠実であろうとしても起こりうる事態である。ベンヤミンを読む楽しさは、読者の既成の意識構造をふいに破壊してしまうような、その静寂を秘めた表現の魅力を感受することにある。それゆえ読者の在るべき姿とは、ベンヤミンの思想像、著述の統一的連関などを探ることなく、その表現の魅力をそのまま浮き立たせてやることにあるのかもしれない。しかしベンヤミンのテクストに対するそのような態度は、おそらく、彼の批判する芸術作品に対する物神崇拝的態度と根本的に異なるものではないだろう。それはベンヤミン研究における否定層の役割を果たしかねない。しかし一方ではまた、統一的連関を探るなどという行為は、通例、諸事象のもつ無限な展開可能性を排除し、その魅力を抹殺する不毛な作業であることが多いのであり、これもまた十分に否定層の役割を果たすものである。本稿もまたそのような不毛性を踏襲していることを否定しはしない。それにもかかわらずこの統一的連関を探るという行為が許されうるとすれば、それは、その作業が自らのトルソー性を自覚しているときであろう。連関の統一性が現実において意味をもつのは、一切の他者を排除するその絶対性にあるのではなく、無限な連関可能性を開示するそれ自体の断片性にある。ベンヤミンの言葉を借りるなら、統一的連関とは「凋落の宿駅としてのみ意味をもつ」のであり、不毛性とはこの宿駅の必然的な定めである。この宿駅からの旅立ちが可能であるとすれば、それはこの統一的連関を求める作業のうちにひそむ憂鬱を感知するときであろう。その意味で、本稿は一つの憂鬱なる作業であるといえる。

## 【註】

ベンヤミンの著作からの引用は、
Walter Benjamin: Gesammelte Schriften. Unter Mitwirkung von Theodor W. Adorno und Gershom Scholem hrsg. von Rolf Tiedemann und Hermann Schweppenhäuser. Ffm. 1972ff.
に拠る。（以下、GSと略記）
また書簡からの引用は、
Walter Benjamin: Briefe. Hrsg. und mit Anmerkungen versehen von Gershom Scholem und Theodor W. Adorno. 2 Bde. Ffm. 1978.
に拠る。（以下、Br. と略記）
引用に際しては、既訳のあるものは参照させていただいた。

### ［第Ⅰ章］

Über Sprache überhaupt und über die Sprache des Menschen. GSⅡ, S.140ff.
からの引用は、頁数のみを記す。

#### 第Ⅰ節

（1）S.140
（2）S.140
（3）S.140
（4）S.140
（5）S.140
（6）S.142
（7）一九一六年七月のマルティン・ブーバー宛の書簡のなかに、すでに具体的にロマン派の『アテネーウム』に対する関心が見られる。（Br. S.127）言語論におけるベンヤミンとロマン派およびハーマンとの思考的類縁性は次の書に詳しい。
Winfried Menninghaus: Walter Benjamins Theorie der Sprachmagie. Ffm. 1980 S.22ff.
（8）S.142
（9）S.144
（10）S.144
（11）S.141
（12）S.141
（13）S.142
（14）S.142
（15）S.142
（16）S.142
（17）S.142
（18）S.142
（19）S.142
（20）S.142
（21）S.143
（22）S.142
（23）S.143

（24）S.147
（25）S.147
（26）S.143
（27）S.143
（28）S.147
（29）S.145
（30）S.153
（31）S.154
（32）S.150
（33）S.150
（34）S.144
（35）S.144
（36）S.144
（37）S.145f.
（38）S.146
（39）S.151
（40）S.151
（41）S.157
（42）S.157
（43）S.149
（44）S.149
（45）S.146
（46）S.146
（47）S.146
（48）S.146
（49）S.156
（50）ベンヤミンの言語論とソシュールの言語論との原理的類似性は、メニングハウスが指摘しているが（W. Menninghaus, a.a.0. S.21）、ベンヤミンの「命名」とソシュールの「分節」との類似性、および〈言語名称目録観〉的言語観に対する両者に共通する否定的態度を、具体的に考察対象としているのは次の論文である。
三ツ木道夫『若きベンヤミンの言語論』、「STUFE」第四号、上智大学大学院「STUFE」刊行委員会　一九八四
（51）論者のソシュール理解は、次の書に依拠している。
ソシュール『一般言語学講義』小林英夫訳　岩波書店　一九七二
丸山圭三郎『ソシュールの思想』　岩波書店　一九八一
丸山圭三郎『ソシュールを読む』　岩波書店　一九八三
（52）丸山圭三郎『ソシュールを読む』　四五頁
（53）丸山圭三郎『ソシュールを読む』　二九二頁
（54）ジャック・デリダ『バベルの塔』高橋允昭訳　「理想」六〇八～六一〇号　一九八四
（55）ジャック・デリダ『ポジシオン』高橋允昭訳　青土社　一九八八　四三頁
（56）ジャック・デリダ『ポジシオン』　一八頁
（57）丸山圭三郎『ソシュールを読む』　二七四頁

(58) ジャック・デリダ『バベルの塔』「理想」六〇八号一九頁
(59) GSⅡ, S.166
(60) GSⅣ, S.13
(61) GSⅣ, S.14

第二節

(1) S.149
(2) S.150
(3) S.152
(4) S.152
(5) S.152
(6) S.152
(7) S.153f.
(8) S.152
(9) S.153
(10) S.153
(11) S.153
(12) S.153
(13) S.153
(14) S.154
(15) S.153
(16) S.153
(17) S.154
(18) これは悲戯曲論から引用した。GS Ⅰ, S.406
(19) S.154
(20) S.154
(21) S.154
(22) S.155
(23) S.155

[第二章]

第一節

Über das Programm der kommenden Philosophie. GSⅡ, S.157ff.
からの引用は、頁数のみを記す。

(1) S.168
(2) Br. S.151
(3) Br. S.188
(4) ベンヤミンのカント哲学の受容とロマン派批評論の執筆との関係を証左するものとしては、次の文献を参照。
Werner Fuld: Walter Benjamin. Zwischen den Stühlen. Eine Biographie. München u.Wien. 1979 S.89
(5) S.157
(6) S.157
(7) GSⅡ, S.203
(8) GS Ⅰ, S.358
(9) S.163
(10) S.159
(11) GS Ⅰ, S.126

（12）S.158
（13）S.159
（14）S.158
（15）S.164
（16）S.164
（17）S.159
（18）S.163
（19）S.162f.
（20）S.163
（21）S.163
（22）S.166
（23）S.168
（24）S.166
（25）S.164
（26）S.163
（27）S.168
（28）S.167
（29）S.164
（30）S.163
（31）S.168
（32）S.164

**第二節**

Der Begriff der Kunstkritik in der deutschen Romantik. GS I, S.7ff. からの引用は、頁数のみを記す。

（1）S.11
（2）S.11
（3）GS I, S.707
（4）Br. S.15
（5）S.29
（6）S.53
（7）S.26
（8）S.22
（9）S.26
（10）S.29
（11）S.26
（12）S.30ff.
（13）S.26
（14）S.31
（15）S.27
（16）S.37
（17）S.35
（18）S.36

　ベンヤミンもことわっているように（S.37）、「媒質（„Medium“）」という用語はFr.シュレーゲルのものではなく、ベンヤミンが独自にロマン派の批評概念の認識論的前提を捉えるものとして導入してきたものである。ただし、ノヴァーリスの著作のなかには「媒質」という用語がみられる。

Novalis. Schriften. Die Werke Friedrich von Hardenbergs. hrsg. von Paul Kluckhohn und Richard Samuel, Stuttgart 1960-1975, 4 Bde. Bd.Ⅲ, S.573

　ベンヤミンが初期言語論を書いたときには、すでに彼のロマン派に対する関心は現れているが、ベンヤミンの「媒質」という用語自体がロマン派の影響を受けたものであるかどうかは不明である。なお私見によれば、Fr.シュレーゲルの著作においてベンヤミンの「媒質」概念に相当するのは、„Universum"という用語であるように思われる。

（19）S.57
（20）S.58
（21）S.57f.
（22）S.53
（23）S.62
（24）S.62
（25）S.65
（26）S.66
（27）S.70
（28）S.71
（29）S.73
（30）S.86
（31）S.68
（32）S.73
（33）S.68
（34）S.87
（35）S.91
（36）S.91
（37）S.100f.
（38）S.109
（39）S.103
（40）S.80
（41）S.67
（42）S.80
（43）S.52
（44）S.78
（45）S.79
（46）ロラン・バルト「作者の死」花輪光訳　『物語の構造分析』　みすず書房　一九七九　七九頁
（47）ロラン・バルト「作品からテクストへ」花輪光訳　『物語の構造分析』　九一頁
（48）ロラン・バルト『テクストの快楽』沢崎浩平訳　みすず書房　一九七七　一二〇頁
　ジュリア・クリステヴァ『記号の解体学［セメイオチケ］1』原田邦夫訳　せりか書房　一九八三　六一頁
（49）ミハイル・バフチン『ドストエフスキイ論、創作方法の諸問題』新谷敬三郎訳　冬樹社　一九六八　二六五頁
（50）ジュリア・クリステヴァ『記号の解体学［セメイオチケ］1』六一頁、一六六頁
（51）ロラン・バルト『テクストの快楽』

(52) ジャック・デリダ『根源の彼方に　グラマトロジーについて』足立和浩訳　現代思潮社　一九七二　上巻　一〇四頁

(53)〈ジェノ・テクスト〉と〈フェノ・テクスト〉はここでは、のちにそれが〈ル・セミオティック／ル・サンボリック〉という形で一般化され、構造とその外部との間の弁証法として定式化される以前の、原‐欲動・生成の場とそれが一時的に限局された派生体として解釈した。

(54) 本稿第三章第二節参照。

(55) S.110f.

(56) S.117

(57) S.111

(58) S.111

(59) S.112

(60) S.112

(61) S.111

(62) S.113

(63) S.113

(64) S.111

(65) S.114

(66)「トルソー」という用語は、ロマン派批評論と親和力論とではその使われ方が異なっている。ロマン派批評論では、ゲーテの芸術理論における「純粋内容」＝「原像」およびその模倣としての芸術作品のもつ不連続的有限性に対して、ロマン派の批評理論の連続的総体的無限性の立場から、「トルソー」という語が使われているのであるが、親和力論では、この不連続的有限性の立場を受け入れているため、むしろ批評という媒質的展開運動を必要とする作品の不完全性に対して、この語が用いられている。

(67) S.110

### 第三節

GSⅡに含まれている下記の論文からの引用は頁数のみを記す。

Zwei Gedichte von Friedrich Hölderlin. S.105ff.
Schicksal und Charakter. S.171ff.
Zur Kritik der Gewalt. S.179ff.
Theologisch-politisches Fragment. S.203f.

(1) 媒質的展開運動が神的超越領域から断絶した永続的衰滅という負性を負うこと、にもかかわらず、この負性を帯びた運動の極限において、それは神性の開示と救済の契機を微かに担った積極性を帯びるということ――アレゴリー的急転や「ただ希望なき人達のためにのみ、我等に希望は与えられている。」という親和力論の根本命題に表されるような、ベンヤミンの思想の基本的枠組みが、この『神学的政治的断章』によって明確に構築されることになる。この意味で『断章』は、積極性のみを担った媒質的展開運動の性質の転化の決定的マニフェストとなるものである。アドルノが、この『断章』の成立した推定年度が未定の段階で、これを「いっさいが投入されている、ある晩年の断章」と呼んで、ベンヤミンの晩年の時期に組み入れているのも、このような理由による。またティーデマンも、「世俗的なものは［…］確かにこの「メシア的」世界のカテゴリーではない。しかしそれは一つのカテゴリーなのであり、しかもこの「メシア的」世界の最も微かな接近の、最も適切なカテゴリーなのである。」というこの『断章』の洞察を、ベンヤミンの晩年にまで至るパッサージュ論の本質であるとしている。

ただしヴェルナー・フルトによれば、ベンヤミンがこの比較的早い時期に『断章』を書いたのは、第一次世界大戦後の国際情勢におけるワイマール共和国の危機的状況のなかで、メシア的救済信仰を社会主義的解放思想と安易に結び付けようとする、当時の政治的・進歩的傾向に対して、その出現によって初めて救済の歴史的瞬間の完成を可能にするという、メシア本来の機能を復権させようとする、批判的意図によるものであったとされる。

Vgl. Theodor W. Adorno: Charakteristik Walter Benjamins, in: Über Walter Benjamin Herausgegeben und mit Anmerkungen versehen von Rolf Tiedemann. Ffm. 1970 S.29

Rolf Tiedemann: Dialektik im Stillstand, Versuche zum Spätwerk Walter Benjamins. Ffm. 1983 S.37

Werner Fuld: a.a.O. S.113f.

（2）S.203
（3）S.203
（4）S.204
（5）S.204
（6）S.204
（7）S.203f.
（8）S.199
（9）S.180
（10）S.180
（11）S.181
（12）S.182
（13）S.182
（14）S.182
（15）S.182
（16）S.186
（17）S.187
（18）S.197
（19）S.197f.
（20）S.198
（21）ハーバーマスもまたこの「法措定的暴力」を、あらゆる制度に潜在する「構造的暴力」として捉えている。

Vgl. Jürgen Habermas: Bewußtmachende oder rettende Kritik-die Aktualität Walter Benjamins, in: Zur Aktualität Walter Benjamins. Aus Anlaß des 80. Geburtstags von Walter Benjamin hrsg. von Siegfried

Unseld. Ffm. 1972, S.212
(22) S.202
(23) S.200
(24) S.202
(25) S.199
(26) S.178
(27) S.175
(28) Vgl. GS I, S.133
(29) S.174
(30) GS I, S.181
(31) S.175
(32) S.106
(33) S.106
(34) S.107
(35) S.106
(36) S.105
(37) S.108
(38) S.108
(39) S.106
(40) S.107
(41) S.114
(42) S.114
(43) S.110
(44) S.118
(45) S.119
(46) S.119
(47) S.119
(48) S.116

**第四節**

Goethes Wahlverwandtschaften. GS I, S.123ff. からの引用は、頁数のみを記す。

(1) GS I, S.117f.
(2) S.125
(3) S.172
(4) GS I, S.209f.
(5) S.172f.
(6) S.173
(7) S.126
(8) GSⅡ, S.159
(9) S.127
(10) S.152
(11) S.147
(12) S.148
(13) S.147
(14) S.147
(15) S.147
(16) S.147
(17) S.148

(18) S.148
(19) S.149
(20) S.149
(21) S.148
(22) S.173
(23) GS I, S.218
(24) GS I, S.218
(25) GS I, S.111
(26) GS II, S.156
(27) GS IV, S.13
(28) GS II, S.167
(29) GS II, S.108
(30) Br, S.320ff.
(31) GS I, S.209
(32) S.173
(33) GS I, S.113
(34) GS I, S.113
(35) S.155
(36) S.155
(37) S.160
(38) Gershom Scholem: Walter Benjamin–Die Geschichte einer Freundschaft. Ffm. 6. bis 8. Tausend 1976, S.120f.
またヴェルナー・フルトは、このようなドーラとエルンスト・シェーン、ベンヤミンとユーラ・コーンとの親和力的関係に加えて、さらにこの時期、ベンヤミンの以前の婚約者グレーテ・ラートとユーラ・コーンの兄アルフレート・コーンが結婚したこと、またユーラ・コーンはグレーテ・ラートの兄フリッツ・ラートに惹かれ、のち結婚したことも、ベンヤミンをゲーテの『親和力』へ向かわせる一因となったことを示唆している。
Werner Fuld: a.a.O. S.134
(39) 参考までに、ベンヤミン自身による親和力論の構成を付しておく。(GS I, S.835ff.)

第一部：テーゼとしての神話
I 批評と注釈
A 真理内実と事象内実
B 啓蒙主義における事象内実
II 親和力における神話的世界の意味
A 神話的法秩序としての婚姻
1 啓蒙主義における婚姻
2 親和力における婚姻
B 神話的自然秩序
1 大地の力
2 水
3 人間
C 運命
1 名
2 死の象徴
3 罪を負った生

4 美しい仮象
Ⅲ 和解の仮象
A 宥和と感動
1 調和と平和
2 情熱と慕情
a オティーリエ、ルツィアーネ、ノヴェレの少女
b 愛し合う恋人たち
c ローマンにおける婚姻
d 情熱の三部曲
B 救済
1 震感
a 消滅しゆく仮象
b 美の被い
c 被いをとること
2 希望

またベンヤミンの親和力論に関しては、本稿以前に浅井健二郎氏による次の優れた論考がある。

浅井健二郎『初期ヴァルター・ベンヤミンにおける批評空間』新ふんど会編「形成」第四一号　一九七七

(40) GS I, S.106
(41) GS I, S.107
(42) GS I, S.106
(43) S.125
(44) S.125
(45) S.131
(46) S.130
(47) S.170
(48) S.132
(49) S.132
(50) S.132
(51) S.133
(52) S.135
(53) S.135
(54) S.138
(55) S.138
(56) S.138
(57) S.137
(58) S.138
(59) S.139
(60) S.140f.
(61) S.164
(62) S.149
(63) S.151
(64) S.151
(65) S.164f.
(66) S.165
(67) S.165
(68) S.154

（69）S.165
（70）S.171
（71）S.170
（72）S.169
（73）S.200　vgl. S.171
（74）S.179
（75）S.183
（76）S.178f.
（77）S.181
（78）S.181
（79）S.133
（80）S.185f.
（81）S.186
（82）S.184
（83）S.184
（84）S.184
（85）S.187
（86）S.187
（87）S.188
（88）S.188
（89）S.187
（90）S.174
（91）S.187
（92）S.175
（93）S.176
（94）S.175
（95）S.177
（96）S.177
（97）S.176
（98）S.181
（99）S.195
（100）S.195
（101）S.140
（102）S.193
（103）S.194
（104）S.140
（105）S.192
（106）S.192
（107）S.196
（108）S.197
（109）S.200
（110）S.201

**［第三章］**

Ursprung des deutschen Trauerspiels. GS I, S.203ff. からの引用は、頁数のみを記す。

**第一節**

（1）S.208
（2）S.207

（3）S.208
（4）S.209
（5）S.208
（6）S.209
（7）S.207
（8）S.207
（9）S.209f.
（10）S.210
（11）GS I, S.109
（12）S.211
（13）S.211
（14）S.210
（15）S.213
（16）S.214
（17）S.215
（18）S.214
（19）S.212
（20）S.214
（21）S.215
（22）S.212
（23）S.213
（24）S.212
（25）Br. S.372
（26）GS II, S.156
（27）S.217f.
（28）S.336
（29）S.336
（30）S.216
（31）S.216f.
（32）S.216
（33）S.225
（34）S.225
（35）S.226
（36）S.227f.
（37）S.228
（38）S.228
（39）GS II, S.468
（40）GS I, S.702f.

**第二節**

（1）S.242f.
（2）S.243
（3）S.245f.
（4）S.253
（5）GS I, S.146
（6）S.258
（7）S.260
（8）S.250
（9）S.267ff.
（10）S.263

(11) S.265
(12) S.259ff.
(13) S.260
(14) S.260
(15) S.262
(16) S.251
(17) S.274
(18) S.274
(19) S.304
(20) S.285f.
(21) S.286
(22) S.287
(23) S.295
(24) S.295
(25) S.296f.
(26) S.298f.
(27) S.310f.
(28) S.292
(29) S.250
(30) S.273
(31) S.277
(32) S.288
(33) S.321
(34) S.292
(35) S.316
(36) S.361
(37) S.271
(38) S.322
(39) S.319
(40) S.329
(41) S.326ff.
(42) S.336
(43) S.336
(44) S.352
(45) S.359
(46) S.319
(47) S.318
(48) S.401
(49) S.398
(50) S.403
(51) S.404
(52) S.404
(53) S.406
(54) S.405
(55) S.405f.
(56) S.408
(57) S.392f.
(58) S.339
(59) S.407
(60) S.407

（61）S.407
（62）S.383
（63）S.381
（64）S.382

（65）S.377f.
（66）S.353f.
（67）S.343

# 補論　境域のなかで——パッサージュ論素描

ベンヤミンが一九二七年からその晩年の死に到るまで書き継ぎ、そして遂に未完に終わったパッサージュ論の入り口に、ペナーテースのように立っている一つのエッセイがある。それはフランツ・ヘッセルとの共同作業のなかで、一九二七年の中頃に執筆された『パッサージュ』と題するテクストであり、そこにはパッサージュ論執筆当初のベンヤミンの興味の在り方が、まだ熟していない様々なテーマとともに窺うことができる。ベンヤミンがパリのパッサージュに興味をもったとき、パッサージュはすでに零落しつつあった。彼はシャンゼリゼ通りに開設されたばかりの最新のパッサージュの描写から書き始めているが、それはもはやパッサージュというよりは、デパートへと通じる屋根付きの街路に過ぎない。オスマンのパリ改造計画に基づくブールヴァールが整備されてゆくにつれて、オペラ座のパッサージュを始め、古くからあるパッサージュは次々にそこに飲み込まれ、姿を消していった。街路の目映い電灯の光のなかで、わずかに残ったパッサージュは、薄ぼんやりとした不気味なガス灯の光をその内部に投げ掛けている。「そこは、特許権のある内部照明付きトランクや、伸ばせば一メートルにもなるポケットナイフ、法律の保護下にある時計と拳銃の仕込まれた傘の握りなど、万国博覧会に出品された素晴らしい品々が、最後に行き着く宿であった」（1045）。それらの品々は今ではもはや時代から取り残され、忘れ去られようとしており、一人の老婆がその番をするかのようにパッサージュの片隅に座っている。ベンヤミンはこの歩廊のなかを歩いてゆく。彼はどこに行くのだろうか。

＊

パッサージュは単なる街路ではない。それは天井を覆われ周囲を壁で囲まれた一つの室内を成している。だがこの部屋の内壁は、同時に周囲の家々のファサードであり外壁をも成している。「街路が部屋となり、部屋が街路となる」（512）。街路と室内が一つに融け合った空間としてのパッサージュ。「パッサージュは、外側をもたない家々ないし歩廊である。――ちょうど夢のような」（513）。パッサージュのなかを歩くということは、この夢の領域を遊歩することを意味しており、それは一つの過去の記憶とオーバーラップする。すなわち、ベンヤミンはこのパッサージュに並べられた時代から取り残された品々のなかに、それらが生産された頃に秘めていた市民社会の幼年期の〈痕跡〉を認め、この痕跡を探ることによって、忘れ去られた過去の幼年期そのものを〈夢の領域〉として、これらの事物の上に幻視しようとする。痕跡を追いながら失われた夢の領域を開示しようとするこのベンヤミンのまなざしは〈探偵者〉のまなざしであり、それはこの幻視のなかで、その前身としての〈遊民〉のまなざしと重なり合う。このまなざしのなかで、パッサージュのあらゆる事物は互いに交錯し合い、輪郭が融け合い、混じり合う。

実際この空間［＝パッサージュ］のなかの存在者は、夢のなかの出来事と同じように、その輪郭が曖昧に混じり合うのである。遊歩とはこのまどろみのリズムである。（162）

パッサージュの両側には様々な「小売店（boutique）」が混然として並び、そこを往来する人々は一つに融け合い〈群衆〉という集団を成す。処々に貼られたポスターや広告は、自然や「宇宙的なもの」への憧憬を示しながら、その万華鏡のような色彩言語によって多様な商品イメージを生産する。そして何よりも商品そのものが、そこでは「消費の原風景」として、この夢の交錯を繰り広げる。

有機的世界と無機的世界、最低の必需品と贅沢な奢侈品がこのうえなく矛盾した結合を行い、錯綜した夢の諸像のように、商品が止めどなく互いに入り混じり合う。消費の原風景。（993）

パッサージュに残された品々の上に重なり合うようにして現れる、これら幼年期の夢の諸像、それらはシュールレアリズムやハシッシュによる陶酔にも通じるパッサージュの〈幻像（ファンタスマゴリー）〉であり、それはかつて慣れ親しんだ幼年期の輝きをもつがゆえに、「慣れのアウラ」

(576)を帯びるものとして捉えられる。

ベンヤミンがこのようにパッサージュへと興味を向けるのは、そこに現代の我々の時代を今なお支配している〈近代〉という時代の存在様式が、一つのモナドとして集約的に現れているからである。

一転にしてパッサージュは、そこから〈近代〉のイメージが鋳造される空白形式となった。ここにおいて、この世紀はうぬぼれるかのように自らの最新の過去を反映した。(1045)

ベンヤミンがここで〈近代〉という言葉で捉えようとしているのは、さしあたり一九世紀近代市民社会のことであるが、そこには二つの側面が含まれている。その一つは、フランス革命によるアンシャン・レジームの瓦解によって象徴されるような、中心的な権力によって支えられていた秩序体系が崩壊したという事実認識である。これは、大量生産を可能にする産業資本主義的な生産力および生産技術の飛躍的発展、またその担い手となるべき大衆層の形成という経済的事実に支えられており、それによってやがてもたらされる大規模な文化的変容を、ベンヤミンは「アウラの崩壊」という言葉で捉える。すなわち「アウラの崩壊」とは、事物の背後に潜む存在に絶対的権威を認め、その現れとしての事物を侵し難い不動の個物と見なして、そこにオリジナリティ、固有性、永続性、礼拝的価値などの輝きを与えるような物の見方、あるいはそのような事物を産み出す個人の創造性、天才性を崇拝するような人間の見方が、上記の大量生産システムや大衆層の形成、およびそれに伴う自己同一的な社会秩序の解体によって、次第に崩壊してゆくという事態を意味している。そしてこのような事態の原形とも言うべき現れを、ベンヤミンは、モノがその固有の価値、有用性という機能連関に基づく使用価値から切り離されて、交換価値という浮遊性を手に入れるという、商品経済の始源の風景のなかに認める。商品が錯綜した夢の諸像のように互いに入り混じり合う「消費の原風景」。そのなかで商品は使用価値から解放され、しかもいまだ貨幣によって価値体系化されることなく、貨幣もまた一つの商品として浮遊するような始源の交錯を繰り広げる。――ベンヤミンがパッサージュにおいてその夢の諸像として幻視した世界は、このように事物が伝来の価値体系や機能的連関から切り離されて、互いに交錯し混じり合う、市民社会の幼年期が現実に、あるいは可能性として取り得た姿である。それは、ベンヤミンがかつて『ドイツ悲戯曲の根源』のなかで展開した〈アレゴリー〉によって開示される世界、すなわち、事物をそれが帰属する有機的連関から切り離し、無機的死物・断片と化した事物に意味を付与することによって生じる、奇矯な交錯世界と同一の状況と見ることができるだろう。

この市民社会の幼年期の夢の世界に、ベンヤミンは太古のユートピアを重ね合わせる。

あらゆる幼年時代は、技術的現象に対するその興味のなかで、あらゆる種類の発明や機械、技術的な成果に対するその好奇心を、太古の象徴世界に結び付ける。(576)

彼が「太古の象徴世界」として思い浮かべているのは、「労働は、自然を搾取することからははるかに遠いものであり、自然の胎内に可能性としてまどろんでいる創造性を自然自体が発現するのを、助けるものである」（I, 699）という言葉に現れているように、おそらく集団としての労働者が、自然そのものが潜在的に秘める無限な創造性を、その労働を通じて発現させ享受する階級なき社会というイメージである。ベンヤミンはこの太古の象徴世界のもつ無限な創造性を、伝来の価値規範からの解放や礼拝的アウラの崩壊を迫る市民社会のアレゴリー的状況のもつ潜勢力と重ね合わせ、それが生産技術の躍進や大衆（群衆）という集団形成という動向を通じて、新たな形で現在に蘇る可能性を見る。遊歩者の幻視のなかで、パッサージュの時代遅れになった事物は市民社会の幼年期の夢の世界と重なり合い、この夢の世界は太古の象徴世界と重なり合う。ベンヤミンが「オーバーラップ」＝「モード」＝「永劫回帰」といった一連の言葉で表そうとしているのは、本来的には、この〈古いもの〉と〈新しいもの〉、〈新しいもの〉と〈古いもの〉との重なり合いのなかに、太古のユートピアが現在に蘇る、このような可能性である。技術革新と大衆形成を通じたこの新たな再生が、具体的にどのような形態をとるかは、ベンヤミンは言及していない。だが彼は明らかにそこに積極的な価値を見い出しているのであり、だからこそ当時の技術革新による建設物、例えばパッサージュや「水晶宮」などの鉄とガラスによる建築、あるいはガス灯などが、この幼年期の夢の世界において、希望の輝きをもつことになる。一八五一年のロンドン万国博覧会場である「水晶宮」は〈娯楽産業の枠ができる以前の、労働者の娯楽と解放の祝祭〉（50）という初期の産業博覧会のもっていた積極性をとどめているし、ベンヤミンの時代には不気味な光を投げ掛けていたガス灯も「当時それは贅沢と壮麗さの頂点を表すものであった」（1060）。それは礼拝的アウラが解体したあとに生じる、幼年期の「慣れのアウラ」がもつ輝きである。

ベンヤミンは〈近代〉、特にその幼年期のなかに、このように太古のユートピアの再生を可能性として現出させるアレゴリー的状況を認める。その意味で〈近代〉概念は彼にとって積極的意義をもつものである。だがベンヤミンが〈近代〉という言葉で捉えようとしているのは、より本来的には、むしろこの市民社会の幼年期がもっていた積極性を、資本の利潤追及と大衆の搾取という資本主義的経済機構のなかで徹底的に隠蔽しようとする、物象化のプロセスである。「慣れのアウラ」を帯びたパッサージュ、群衆、遊民、商品、広告、万国博覧会、モードといった一連の幼年期の夢の諸像は、その輝きを失い、この物象化のメカニズムのなかに組み込まれてゆく。それはまた、アウラ、ファンタスマゴリー、アレゴリーといった現象・機能そのものの物象化をも意味している。――「消費の原風景」として捉えられた商品のアレゴリー的戯れは、貨幣によって支えられた価値体系（統一的パースペクティヴ）のもとに置かれる。しかもこの価値体系はつねに「新しさ」を求める〈モード〉によって絶えず刷新され続けてゆかなければならない。〈古いもの〉と〈新しいもの〉との重なり合いのなかに太古のユートピアのアクチュアリティを現出させるべきモードが、ここでは、商品を時代遅れのものとし新製品の製造を求めることによって、技術革新と剰余価値の産出を迫る産業資本主義的装置となっている。そのなかで商品のアレゴリー的運動は、この価値体系そのものの変動と再措定という永続的循環運動、すなわち〈つねに「新しさ」を求める同一なるものの永劫回帰〉のなかに組み込まれてしまう。そしてこの貨幣による価値体系化とその変動・再措定の循環運動そのものを商品が体現するがゆえに、商品は物神的（フェティッシュな）性格を帯びる。——商品アレゴリーのこのような物象化に伴って、幼年期の夢の諸像もまた変容する。自然の創造性を発現させる可能性を秘めていた群衆は、このような不毛な永劫回帰のなかでシジフォス的夫役を担う被支配労働者ないし消費者大衆へと組織化される。労働者階級の解放の祝祭となるべき万国博覧会は、「商品の交換価値を神聖視する」（50）ことによって「商品という物神の霊場」（50）となる。広告は、その幼年期に秘めていた自然・「宇宙的なもの」へのユートピア的志向を、この物神としての商品の宣伝のために利用する呪術となる。パッサージュの両側に混然と並んでいた「小売店」は「流行品店」「デパート」へと統合され、物象化された商品アレゴリーを現出させる（この意味で「デパートの起源としてのパッサージュ」（87）は「商品資本の神殿」（86）となる）。デパートは各フロアーを「一目で見渡し把握する」（90）パースペクティヴのもとにおき、遊歩そのものを規格化する。「デパートが遊民のとどめの一撃」（54）であり、「サンドイッチマンが遊民の最後の具現である」（565）——オスマンによるパリ改造計画（オスマン化）は、このような一連の物象化の過程の象徴となる。オスマン化は、ルイ・フィリップの七月王政やナポレオン三世の第二帝政のもと、金融資本に支えられながら進行する。それはパリの街並みに幅の広い長く連続する街路を走らせることによって、それを統一的なパースペクティヴのもとに秩序づけること、またバリケード闘争による労働者階級の革命を防ぐことを目的としていた。この見通しのきくパースペクティヴは市民社会の幼年期のもっていた可能性を隠蔽してしまう機構であるがゆえに、「息づまるパースペクティヴ」（158）であり、フランス革命の上に積もる「ほこり」（158）と呼ばれる。街路にはやがて電灯がつき、ガス灯の輝きは失われる。この失われた輝きは、幼年期のファンタスマゴリー、「慣れのアウラ」のもっていた輝きであり、それらは今や物神と化した商品の礼拝を迫る、目映いばかりの電灯の光、物象化されたアウラ、ファンタスマゴリーへと変容している。――商品アレゴリーを中心としたこれら一連の物象化の過程がオスマンによる街路化として捉えられるとすれば、この物象化のメカニズムはより大きくは、室内と街路が融合していたパッサージュを両者へと分離させる機構として捉えられるだろう。これは様々な形をとって現れる。例えば金利生活者の室内。幼年期のパッサージュにおいて働いていたアレゴリーは、一方では商品アレゴリーとして街路化されるのに対して、他方では金利生活者の室内において、様々な美術様式がそれぞれの時代から切り離されて混交する夢と陶酔の空間を成す。すなわち金利生活者は、一方では事務所において資本主義的営利活動を行いながら、そこから得た剰余利益を自らの私的室内のフェティッシュな装飾物収集に注ぎ込み、室内をこの営利活動に対する憩いの場とする。このような形での街路と室内の分離は、室内を、街路の支配機構から逸脱ないし逃避する様々なものをそこへと閉じ込めることによって、逆にこの支配機構を補完・強化してしまう装置にしてしまう。街路と室内を二項対立的に捉えること、それはあの幼年期がもっていた可能性を、労働と自然、技術と芸術、文明と神話、理性と心、社会と私等々の対立へと分離し隠蔽してしまう物象化のメカニズムに他ならない。ベンヤミンの「純粋芸術」やユング、ナチスに対する批判は、このメカニズムに対する批判である。〈近代〉に向けるベンヤミンのまなざしは、市民社会の幼年期が秘めていた太古のユートピアの再生へと通じるアレゴリー的状況に対する積極的評価と、そのことごとくが産業資本主義的物象化のメカニズムに組み込まれてしまうことに対する批判という、両義性をもつものであった。そしてこの両義性は、市民社会の幼年期そのものがもつ両義性である。幼年時代は、太古の象徴世界に通じる要素をもつだけでなく、この物象化のメカニズムそのものを自らのなかに萌芽として秘めている。ベンヤミンはアレゴリーのもつこの両義性を〈神話〉という概念で捉える。

資本主義は、それとともにヨーロッパ中に新たな夢の眠りが訪れ、この眠りのなかで神話的な諸力が再び活動する、そのような自然現象であった。（494）

神話は太古のオリンポスの神々に通じるユートピア性と同時に、それがキリスト教の出現とともに悪しきデーモンへと歪められた負性をも意味している。物象化を強める近代の神話とは、明らかにこの後者の意味であり、それゆえに〈近代〉は「地獄の時代」（1010）と呼ばれる。一九世紀という「時代（Zeitraum）＝夢時間（Zeit-traum）」（491）はこの神話性を含んでいる。だからこそベンヤミンは現代のパリに、時間的にはパリの成層をなすセーヌの河床に沈む冥府を、空間的には地下洞窟網をなすメトロやカタコンベをオーバーラップさせる。この両義性のなかで、ガス灯は薄ぼんやりとした不気味な光を投げ掛け、遊民は「第二帝政下における中産階級の政治的態度を短縮したもの」(529) として、資本家と労働者との間を優柔不断なままさ迷っている。

この「ためらいの時代の産物」(59)、両義性を孕んだ夢の諸像から神話的負性を払拭し、自然と技術と労働が一体となった太古のユートピアの再生へと夢の諸像を覚醒させること——それはまた、アレゴリーを真に機能させることによって、なお覚醒からの「遠さ」を表す「慣れのアウラ」を崩壊させることでもあるが——これがベンヤミンの革命のイメージとなる。パッサージュは夢の領域であるが、それは同時にこの夢からの覚醒を目指す一つの「境域 (Schwelle)」である。「境域とは一つの領域 (Zone) である。しかもそれは一つの移行領域である」(1025)。パッサージュを通り抜けるということは、この覚醒への「通過儀礼 (Retes de passage = パッサージュの儀礼)」(617) に他ならない。だがベンヤミンは、はたしてこの境域を通り抜けるのか。

＊

資本主義社会の物象化構造を批判し、労働者の解放、太古のユートピアの再生の可能性を、現象的な歴史事象の分析のなかに求めるこのような姿勢は、ベンヤミンの独特な歴史認識に支えられており、それは彼自身によって「史的唯物論」と呼ばれる。だがこの「史的唯物論」がいわゆる一般的な史的唯物論と異なるのは、それがユートピアを未来に求めるのではなく、「かつて在ったもの」の救済という形で現在に求めるという視点、すなわち、連続的な歴史の流れといういわば水平な時間軸に対して、その時間概念の変容を迫る垂直な時間軸を問題にしているという点に求められる。このような「史的唯物論」（または「批判的歴史理論」）のもつ独自な構造を、ベンヤミンは「静止状態における弁証法」として捉える。前節でみたパッサージュ論の具体的分析を、ここでごく概略的に、この〈静止の弁証法〉という構造のもとで捉え直し、そこに含まれる問題点を示唆してみたい。

貨幣による価値体系化と〈モード〉によるその変動・再措定の永続的循環運動を通じて社会革新を加速度的に押し進めてゆく、そのような産業資本主義的物象化機構の歴史理論における現れを、ベンヤミンは歴史の進歩・連続性・均質性を特色とする進歩史観ないし実証主義的歴史記述のなかに見る。それは、生起した歴史的事象をこの物象化のメカニズムに組み込んだ上でそれを確定した事実と見なし、歴史をこの確定した事象が連続的に進展してゆく流れとして捉え、したがって過去をこの事実がただ堆積してゆく完結したものとして捉える。それはたんに資本主義的歴史理論であるというだけではなく、ドイツ社会民主党などのいわゆる史的唯物論そのものも、社会の進歩を信じ、過去を完結したものと見なし、解放をこの連続した時間軸の未来に求めるがゆえに、同様の歴史論的構図に取り込まれてしまっていると言える。ベンヤミンはこの歴史論的構図を批判・破壊する。

唯物論的歴史記述における破壊的ないし批判的契機は、歴史的対象がそれによってまず構成される歴史的連続性を破砕するときに、効果を発揮する。（594）

すなわち彼の唱える「史的唯物論」は、物象化のアウラを帯びた歴史の連続した流れにショックを与えることによってこれを破砕し、その瞬間的な裂け目に、流れによって隠蔽されていた「かつて在ったもの」の認識可能性を見る。ベンヤミンが「認識可能性のいま」ないし「いまという時（Jetztzeit）」（Ⅰ, 701）というのはこの瞬間であり、それは同時に、「かつて在ったもの」がこの流れのなかで救いようもなく奪われ続けているということを自覚する「危機の瞬間」（Ⅰ, 695）である。〈アレゴリー〉とはこの破壊のための武器であり、この武器を機能させる実践的行為が〈収集〉である。なぜなら収集とは、事物を有用性の機能連関から切り離すことによってそれらを無機的死物＝骨董品として保管することであり、このような機能連関からの解放がアレゴリーの原段階であるのだから。「真なる収集家は対象をその機能連関から切り離す」（274）のであり、「すべての収集家にはアレゴリカーが潜んでいる」（279）。ベンヤミンが零落したパッサージュに足を踏み入れたとき、そこに見い出した時代遅れの品々はこのような骨董品であり、その片隅に座っていた老婆は一人の収集家である。だからこそ彼はこれらの品々のなかに「かつて在ったもの」の痕跡を認め、そこに認識可能性を孕んだ夢の領域を幻視する。アレゴリーによって破砕された〈いま〉という瞬間に過去の出来事の認識可能性が重なり合うこと、この〈いま〉という静止状態において〈新しいもの〉と〈古いもの〉とが融合し、物象化の流れに隠蔽されていた夢の領域が開示されること、このことがオーバーラップやモード等の歴史認識における本来的あり方として、ベンヤミンが「想起」と呼ぶものである（この想起はもちろん詩的幻視などではなく、過去の歴史的資料に対する厳密な分析に支えられていなければならない）。「想起」は歴史認識のあり方として、「近さ」と「遠さ」という対概念を介して、「感情移入」と対比的に語られる。感情移入とは、過去を確定した事実と見なし、それを認識するには一切の現在性を廃してこの過去の一時点に身を置かなければならないとする、歴史の完結性と連続性を前提とした進歩史観に見られる認識態度である。そこにおいて「近さ」とは、この進歩史観という同一の時間軸上にある同質性として、また「遠さ」とは、この時間軸上における距離として、それぞれ捉えられる。これに対して想起においては、「近さ」は、「かつて在ったもの」が〈いま〉という瞬間に事物の痕跡を通じて現れてくる同時性であり、「遠さ」は、それがなお「慣れのアウラ」を帯びざるを得ない覚醒との間の絶対的距離を表している。この〈感情移入〉から〈想起〉へと歴史認識のあり方を転換すること、これがベンヤミンが「歴史観におけるコペルニクス的転回」（490）と呼ぶものであり、それは歴史の連続した流れという水平な時間軸に対して、この流れを掻き乱す渦という垂直な時間軸を開示することを意味している。

すでに見てきたように、この想起によって開示される夢の領域（「収集は実践的な想起の一形式であり」（271）、「収集家は根本的に一個の夢の生を生きている」（272））、このアレゴリーの世界は両義的なものである。それは「かつて在ったもの」の認識可能性をもたらすと同時に、物象化の流れへと収斂する萌芽をそれ自体に秘めるものであった。ベンヤミンはこの夢の領域に現れる諸像を、「弁証法的像」という言葉で表す。

弁証法的像は閃くような像である。それゆえ、認識可能性のいまにおいて閃く像として、かつて在ったものは捉えることができる。(591f.)

だが「弁証法的像」は、この夢の世界の両義性を帯びるがゆえに、決して単なる認識の可能性のみを担った輝かしい像であるわけではなく、しばしば不気味な異形な姿をとって現れる。ベンヤミンが、想起によって開示される歴史領域の象徴的形姿として「せむしの小人」(I, 693)を登場させるのはこのためであり、それは、住宅様式と結び付いた初期の工場建造物や、馬のように車体を交互に持ち上げる二つの足を有する蒸気機関車などの、時代の転換期に現れる様々な「願望像」=「新しいものと古いものとの融合を示す諸像」(46)との親縁性をもっている。

この夢の領域の両義性からその神話的負性を払拭することによって、「かつて在ったもの」を真に認識すること、すなわち〈夢からの覚醒〉が、パッサージュ論の課題となる。「夢は密かに覚醒を待望している」(492)。しかもこの覚醒がなされる瞬間は、連続した歴史の流れにおいては、アレゴリーによってこの流れが破砕され夢の領域が開示される〈いま〉という瞬間と重なり合う。

「認識可能性のいまとは覚醒の瞬間である」(608)。歴史の流れの破砕と、夢の領域の開示と、そこからの覚醒、この三つの過程が、歴史のアクチュアリティーを担った〈いま〉という瞬間において重なり合う。このことがベンヤミンが「静止状態における弁証法」と呼ぶ歴史認識のあり方である。この覚醒の瞬間は、歴史の流れのなかでは「次の瞬間にはもはや救いようもなく消えてゆく」(592)という一時性を担わざるを得ない。だがこの瞬間において、生起した出来事は歴史の根源構造(「星座的配置」)のもとに位置付けられ、その真実の姿を取り戻す。収集＝アレゴリーはもはやたんに破壊と混交の原理ではなく、「完全性」(271)という概念によって表されるこの「歴史的体系」(271)(＝「生起総体の結晶」(575)「歴史の構造自体」(575))へと歴史事象を組み入れる構成の原理となる。パッサージュ論の課題は、このような形での夢からの覚醒、歴史の夢解釈である。しかしそれは解決ではない。

「せむしの小人」は夢から覚醒することによって「歴史の天使」となる。だが悪魔がそのイローニッシュな笑いを浮かべるのは、まさにこの瞬間である。進歩を目指す歴史の流れを〈静止の弁証法〉という形で破砕する以上、〈いま〉という瞬間における根源の想起は、この歴史の流れの未来にユートピアや最終審判を求めているわけではない。しかし歴史の水平な流れを垂直に破砕する時間軸の先に、アレゴリーによって破壊された歴史的事象が収斂してゆく根源構造をあらかじめ措定するなら、この破壊‐想起‐覚醒という静止の弁証法そのものが目的論的予定調和という性質を帯びてしまう。事実ベンヤミンはこの目的論を導入するのであり、ヘーゲルからは弁証法とともに

「理性の詭計」という予定調和的構図をも引き受けている。

我々は夢の連関において目的論的要因を求めている。この要因が待望である。（492）

なぜなら、覚醒は詭計を用いるからである。我々は詭計によって夢の領域から身を引き離すのであり、詭計なしにはそうすることはできない。（1058）

このとき静止の弁証法という根源史は、アレゴリーそのものがそうであったように、容易に進歩史観という物象化のメカニズムに取り込まれてしまう危険性をもつ。我々が『歴史の概念について』の有名なテーゼⅠを読むとき戸惑いを感じるのは、しばしば論じられるような神学と史的唯物論との主従関係などではなく、「せむしの小人」という明らかに静止の弁証法を担うべき形姿が、自らが否定する進歩史観を、〈つねに勝つことが決まっているチェス〉という予定調和的決定論の構図のなかに再現しているからである。進歩史観の批判が新たな進歩史観へと転じてしまうこと、この進歩史観が〈近代〉という「地獄の時代」の物象化機構の一つの現れであるとすれば、それは悪魔の詭計とも言うべき転換である。歴史の連続した流れをアレゴリーによって破砕したとき、地獄の悪魔は密かな詭計をこの想起の世界に刻印する。なぜなら、そこに広がるアレゴリー領域は、何らの価値規準も構成原理ももたずに、破砕された事物が無限に交錯する〈永続的衰滅・ニヒリズム〉

という容貌を取るからであり、この不安な交錯は、やがては物象化機構へと回帰してしまうような何らかの収斂構造を求めるからである。ベンヤミンの覚醒が予定調和の性格を帯びるのは、アレゴリーがこの収斂構造を求めていることを示している。

しかし、そこには一つのためらい、このデモーニッシュな詭計を挫く積極的留保が見られる。〈静止の弁証法〉という構図は、明らかに一般的な意味での史的唯物論とも神学とも一線を画するが、それが予定調和的覚醒・救済を志向する限り、それは一種の神学的色彩を帯びる。だがベンヤミンは、この神学を前提としたり、「神学的概念で歴史を記述しようとしてはならない」（589）という留保の姿勢を見せる。

私の思考と神学との関係は、吸い取り紙とインクとの関係と同じである。私の思考は神学に完全に吸い取られる。だが吸い取り紙をあてにして思考がなされるなら、書かれたものは何も残らないだろう。（588）

おそらくこの留保のなかに、覚醒が静止の弁証法のなかでもつ現実的機能が最もよく現れている。すなわち覚醒は現実の歴史認識においては、何らかの収斂構造を求めるデモーニッシュなニヒリズム的運動に対して、この収斂を無限遠方へと延ばすことによって、物象化メカニズムへの批判機能をもつアレゴリーの無限運動性を保証する原理としてのみ機能する。つまり覚醒は、歴史の連続した流れが破砕されるときアレゴリーに密かに刻印されたサタンの暴力を、その詭計に陥ることなく永続的な批判機能へと転用する。その意味で「歴史の天使」は、覚醒した神なのではなく、あくまでもアレゴリー領域にとどまる「サタンの天使（der Angelus Satanas）」である。ベンヤミンが『歴史の概念について』において決定論的色彩を強めているのは、ナチスの支配する歴史の現実のなかで、この「歴史の天使」が進歩の風に吹き流されてもはや「認識可能性のいま」に翼を閉じることさえできずにいる、という危機意識の強さに比例している。それは、「敵は依然として勝ち続けている」（I, 695）という危機意識のなかで、いわばその対蹠者として、〈いま〉という瞬間に亀裂を走らせるショック作用を与える機能としてのみ置かれていると言えよう。このことはまた、収集における理念的「完全性」が、逆に現実における収集の不完全さ、価値規準の無さを不可避なものとし、収集のアレゴリー機能を逆説的に保証する原理であることを示している。覚醒はパッサージュ論の課題であるが、その解決は現実には与えられない。「彼の収集は理論のアポリアに対する実践者の答えである」（II, 469）。

＊

パッサージュという〈境域〉のなかを歩きながら、ベンヤミンはどこへ行くのか。冒頭のエッセイ『パッサージュ』では、彼はこの歩廊を通り抜け、「凱旋門」へと向かう。「門はその下を通り抜ける者を勝利者へと変容する」（1025）。覚醒とは、ベンヤミンにおいて単なる比喩ではない。彼はパッサージュ論を『ドイツ悲戯曲の根源』と平行する類似性のもとで捉え、「両者に共通しているのは〈地獄の神学〉である」(1023)と述べている。おそらくパッサージュ論においても、ベンヤミンはアレゴリーのニヒリズム的永続運動の果てに、悲戯曲論で見た「アレゴリー的急転」という形での覚醒の希望を見ていたように思われる。それはかつて親和力論において、「ただ希望なき人達のためにのみ、我等に希望は与えられている」と述べられた、同種の希望のあり方であろう。だがそれだけに、我々はパッサージュ論のなかに安易に覚醒・救済の構図を見てはならない。「永遠なるものはつねに理念であるというよりはむしろ衣服の襞飾りである」(578)という言葉に表された、神学を留保し、歴史事象の神学概念によらない唯物論的分析に向かうことによって、アレゴリーの批判的機能を保持しようとするベンヤミンの姿勢に、我々は目を向けなければならない。ベンヤミンは凱旋門へと向かう。だが門もまたパッサージュと同様に一つの境域であり、パッサージュから凱旋門への遊歩を「通過儀礼」と見なすことは、そこに秘められている覚醒への限りない希望にもかかわらず、我々には阻まれている。

ベンヤミンはどこへ行くのか。歴史的事実としては、我々はこの問いに過去形で答えることができる。彼は、ポール・ボウへ行ったのだ。そしてこの国境の町を越えることなく、彼はナチスの犠牲となって死んだ。彼は境域を通過することはできなかった。しかしパッサージュから門へと、境域から新たな境域へとベンヤミンが歩いて行ったように、後にはアレゴリーによって破砕された断片と引用から成る未完の書物が、一つの境域・パッサージュとして残される。それは、覚醒へと到る完成した物語であってはならない。だがこの境域を遊歩する読者がそこに、現実における一切の収斂性を排し、歴史の進歩・物象化のメカニズムに対する批判機能をもつアレゴリーの無限運動性を認めるなら、そのとき、ナチスの犠牲として死んだベンヤミンの過去の完結性は破砕され、彼の精神そのものの覚醒・救済を確信することが、我々には可能となるだろう。それは、パッサージュ論という書物が未完のままで一つの凱旋門となる、そのような瞬間である。

＊　ベンヤミンの著作からの引用は、Walter Benjamin: *Gesammelte Schriften. 7 Bde.* Suhrkamp Verlag. Fft a/M 1972-1989に拠り、引用箇所の末尾に巻数と頁数を記す。ただし、パッサージュ論が収録されている第Ⅴ巻からの引用は、頁数のみを記す。

# あとがきに代えて

本書は、故 古屋裕一が一九九〇年に修士論文として、東京都立大学大学院の独文論集（11号）に掲載した同名の「初期ヴァルター・ベンヤミンにおける媒質的展開運動」と、一九九二年に現代思想（12月臨時増刊号）に掲載された「境域のなかで――パッサージュ論素描」をもとにまとめられているものです。横組みを縦にしたための体裁や明らかな誤植等、多少の修正はなされておりますが、基本的には発表当時のままの文章となっております。

古屋はコロナ禍の始まった二〇二〇年四月に、多分コロナが原因であろう心疾患にて急逝致しました。生涯独身でなにも残さなかった古屋が、唯一ベンヤミン研究に足跡を残せたと自負しておりました本論文を、この時点で公刊する意味があろうかと躊躇致しましたが、研究者仲間の先生方に、ベンヤミン研究をしている方々にとっては今でも意義のある論文であると背中を押していただき、刊行の運びとなりました。

古屋としては、その後のパサージュ論研究も視野にいれたいところではないかと思いながら、門外漢の人間ではまとめる力量もなく、本書の形となりました。独文研究を進める方々の一助となることができましたら、本人も何よりと思っていることと存じております。

二〇二二年八月

姉　八田幾子

**著者略歴**

古屋　裕一（ふるや　ゆういち）

1960年　宮城県生まれ
1985年　東京大学文学部卒業
1989年　東京都立大学大学院人文科学研究科修士課程独文学専攻修了
1990年　東京都立大学大学院人文科学研究科博士課程独文学専攻中退
1990年　東京都立大学人文学部助手
1992年　岐阜大学教養部講師
1996年　岐阜大学地域科学部講師
1999年　同助教授
2001年　東京都立大学人文学部助教授
2005年　首都大学東京都市教養学部人文・社会系助教授
2007年　同准教授
2018年　首都大学東京人文社会学部人文学科准教授
2020年　東京都立大学人文社会学部人文学科准教授
2020年　没



**初期ヴァルター・ベンヤミンにおける媒質的展開運動**

2022年10月20日　初版第1刷発行

著　者　古屋　裕一
発行者　木村　慎也

定価はカバーに表示　印刷／製本　モリモト印刷

発行所　株式会社　北樹出版

〒153-0061　東京都目黒区中目黒1-2-6
URL:http://www.hokuju.jp
電話(03)3715-1525(代表)　FAX(03)5720-1488





ISBN978-4-7793-0701-0
（落丁・乱丁の場合はお取り替えします）